N&K

Heinz Stalder
Die Hintermänner
Roman

Nagel & Kimche

© 1986 Verlag Nagel & Kimche AG, Zürich
Alle Rechte der Verbreitung, auch durch Film, Funk und
Fernsehen, fotomechanische Wiedergabe, Tonträger jeder Art
und auszugsweisen Nachdruck, sind vorbehalten
Umschlag von Heinz Unternährer,
unter Verwendung eines Gemäldes von M. C. Escher
Gesetzt in der Baskerville-Antiqua
Satz: Fa. Büchler AG, Wabern
Druck- und Bindearbeiten: Wiener Verlag, Himberg
ISBN 3-312-00125-0

1

Bergfrühling.

Keine Jahreszeit wird so inbrünstig und mit gewölbter Brust besungen.

Melancholisch beginnen die Lieder.

Neuschnee schneit's noch auf den alten Schnee, doch schon in Dur steigt die Sonne höher, Schmelzwasser rinnt dem Eis davon, die Düsternis verkriecht sich an den Schattenhang, Krokusse strecken ihre Köpfe aus dem ersten grünen Fleck im winterfaulen Gras.

Die Menschen atmen auf.

In der dritten Strophe das Menuett zwischen Himmel, Berg und Bach, Sehnsucht, Wanderlust und Liebe.

Più mosso stürmt der Senn die Alp hinan und jauchzt und weiß, wenn's Sommer wird, sind er und sie, die unten Brautarbeit verrichtet, so Gott will – und der will – ein Paar.

Hochzeitsglocken, Alpsegen, Gletschermilch, Edelweiß und Enzian.

Der Bergfrühling ist die tote Saison.

Das Roulette ist stillgelegt, abgereist der Croupier, schmuddlig der grüne Filz, die Jetons sind abgegriffen, die Tischränder zerkratzt. Rien ne va plus.

In den Abstellkammern der Hotels und Restaurants hängen die Portiersuniformen, die Trägerschürzen, die schwarzen Hosen, die Gilets und Fräcke der Kellner. Abgeschabter Glanz an Knie, Ellbogen und Gesäß.

Ältere Frauen schlurfen durch die gefangenen Räume, betasten die schadhaften Stellen, greifen in die Hosentaschen, erröten. Einmal mehr sind ihnen die Wäscherinnen zuvorgekommen, weil doch jeder vergessene

Papierfetzen von den Maschinen in filzige, schwer aus den Geweben zu entfernende Fasern aufgelöst würde. Was sich zu bügeln lohnt, wird aussortiert, vom Kellner auf den Gärtner und den Hausburschen übertragen. Einiges verwerten die Frauen privat. Ein Bruder in einem Behindertenheim. Und der Fundus der dramatischen Theatergesellschaft.

Parkettböden werden geschliffen, defekte elektrische Leitungen von den Wänden gerissen und Tapeten beschädigt, Wasserhähne ausgewechselt, Badewannen emailliert.

Der Bergfrühling ist die Zeit der Handwerker.

Einzig das Restaurant neben dem Bahnhof hat den Betrieb nicht eingestellt. Das Bahnpersonal und die Handwerker müssen verpflegt werden.

Da keine ganzjährig befahrbare Straße ins Dorf führt, ist die halbprivate Bahngesellschaft verpflichtet, auch dann fahrplanmäßig zu verkehren, wenn nur noch acht Personen mit dem Anrecht auf massiv reduzierte Fahrkarten die zahnradgetriebenen Züge benützen.

Statt in schwarzen Uniformen und unter steifen Mützen mit weißen Dienstalters- und Rangstreifen Gäste aus Yorkshire und Boston, Massachusetts, zu befördern, schlüpfen die Schaffner in grellrote Arbeitsanzüge, stülpen sich Öltuchhüte über Kopf und Ohren und verladen fluchend den Wintermüll. Die Abfallhalden und Verbrennungsanlagen liegen versteckt unten im Tal. Bei Windstille erreicht der Rauch aus dem Hochkamin das autofreie Dorf.

Der Bergfrühling ist die Kehrichtverbrennungszeit.

Die Kellner sind auf Mauritius. Die Zimmermädchen auf Lanzerote. Die Gewerkschaft der Hotel- und Restaurantangestellten chartert die Flugzeuge, mit denen während der Saison die Gäste aus Yorkshire und Boston eingeflogen werden.

Die Hoteliers, die Geschäftsführer und die Wirte jener Etablissements, die von weltumspannenden Ketten verwaltet und bei Nichtrendite ohne Federlesens veräußert werden, fahren in die Stadt, wo die wichtigsten Straßen und die malerischsten Gassen nach den ortsansäßigen Banken benannt sein müßten.

Der Bergfrühling ist die Zeit der Bilanzen.

In dem Dorf, das die Gäste aus Yorkshire oder Boston, Massachusetts, zu einem Kurort gemacht haben, werden die Männer älter als die Frauen. Sie haben die Wiesen und Weiden verkauft, auf denen ihre Eltern und sie in jungen Jahren Bauern gewesen sind. Sie haben ihre Heuschober und Häuser ausbauen lassen, vermieten Zimmer und Wohnungen, fahren im Winter den Fremden voran Ski, führen im Sommer betulichere Gäste über Geröllhalden und Gletscher auf die begehbaren Gipfel. Tennis mußten sie zusätzlich lernen, aber da sie alle einmal Heu- und Mistgabeln in den Fäusten gehabt haben, fällt ihnen der Umgang mit dem Rakett nicht allzu schwer, und drein- und draufschlagen braucht ihnen nicht beigebracht zu werden.

Arbeit ist das nicht mehr. Zum Skifahren lassen sie sich von Maschinen die Berge hochschleppen, in die Felsen haben sie sich früher schon geflüchtet, wenn ihre Frauen nach der Liebe zu geschwätzig wurden, haben vielleicht ein Gewehr mitgenommen und zur Ausrottung der Adler und Steinböcke das Ihre beigetragen. Die Vermietung der Zimmer und Wohnungen ist Sache der Frauen, der Ärger mit den Mietern ebenfalls.

Wenn landesweit die Lebenserwartung der Frauen um mehrere Jahre höher veranschlagt wird, in den Bergen, dort, wo es die Männer verstanden haben, die positiven Folgen des Fremdenverkehrs auf sich abzuwälzen, überwiegt die Zahl der Witwer die der Witwen bei weitem.

Sobald einmal die Frauen an ihrer Arbeit verstorben sind, kommen die Witwer auf die Einladungen ihrer Ski- und Tennisschüler zurück, die sie einst als Ehemänner ausschlagen mußten.

Es gibt in der Welt angenehmere Orte als das von Touristen überlaufene Dorf auf der besonnten Terrasse über dem engen Tal. Zumal die Qualität der Gäste mit zunehmender Zahl beträchtlich abgenommen hat. Einem Gast, der sozusagen von der Stange kommt, braucht kein nach Maß gekochtes Essen serviert zu werden, und wenn die Küchenchefs sich einmal auf kasernenartige Abspeisung eingestellt haben, beruft sich ein einheimischer Genießer vergeblich auf gastronomische Tradition. Was einem Gast aus Yorkshire oder Boston, Massachusetts, recht ist, muß einem verwitweten Einheimischen wohl oder übel billig sein. Also gehen sie während der Saison auf Reisen, lassen sich einladen, sehen sich an den Rivieren um, wohnen zur Probe mal hier, mal dort und kaufen sich wohlüberlegt mit dem Geld, das ihre Frauen ein Leben lang erwirtschaftet haben, die eine oder andere Altersresidenz.
In der toten Saison lohnt es sich zurückzukommen. Die Handwerker, das weiß jeder, der mal auf sie angewiesen war, lassen sich nicht wie beim Militär abfüttern.
Der Wirt des Bahnhofrestaurants rechnet den Steuerbehörden alle zwei Jahre vor, wie er in der toten Saison derart in die roten Zahlen gerate, daß er selbst bei einer vorzüglichen Hauptsaison nicht mehr auf einen grünen Zweig komme.

Die Damen und Herren auf dem Steueramt nehmen das Gejammer nicht ernst, und die zurückgekehrten Rentner kritisieren die Klischees in des Bahnhofwirts Sprache.

Rote Zahlen und grüne Zweige!

Dann grollt der Wirt.

«Koch immer so, wie du es für die Handwerker tust», sagen ihm die alten Männer.

Nach dem Essen, wenn sich die Handwerker ein Stündchen oder anderthalb Stunden hinlegen, lehnen sich die Rentner und verwitweten Privatiers auf den stabilen Holzstühlen zurück, strecken die Beine aus, legen den einen Schuh auf den andern und falten die Hände wie zum Gebet über den Bäuchen.

Keiner betet.

Keiner weiß, was der andere denkt.

Zigarren ziehen sie aus den Brusttaschen ihrer Vestons, wickeln sie aus den Hüllen, halten sie ans Ohr, machen die Knisterprobe, entflammen sie.

Dann begeben sich die Handwerker zur Arbeit, und die alten Müßiggänger setzen sich zu viert an einen Tisch, lassen sich einen Spielteppich, Schiefertafel, Kreide und Karten bringen.

Der Bergfrühling ist die Zeit der Kartenspieler.

2

Leu heißt der Bahnhofswirt, und er wird sich, wenn es an der Zeit ist, zu den Kartenspielern setzen.

Alteingesessen ist er, der Sohn eines Wirts, dessen Vater auch schon das Schankrecht besessen hat.

Von Fritz Blumenstein wird die Rede sein. Auch er im Gastgewerbe tätig, wenn auch auf einer anderen Ebene.

Als junger Mann hat er von seinem zu früh verstorbenen Vater das Grandhotel übernommen, und so sehr er sich seither bemüht hat, den Stil zu halten, die Gäste sorgten dafür, daß der Luxus zuerst kaum merklich demokratisiert und etwa vom dritten Viertel des zwanzigsten Jahrhunderts an unübersehbar versozialisiert wurde.

Fritz Blumenstein wehrte sich lautstark gegen den Einfluß der Banken und multinationalen Ketten.

Die Folge war der Verlust einiger seiner fünf Sterne.

Susanne von Beatenberg wird die andere Hauptrolle spielen.

Nicht anders als Leu und Fritz Blumenstein, besitzt und führt sie ein Hotel. Den *Adler:* ein mittelgroßes Haus, um die Jahrhundertwende aus Holz erbaut. Susanne von Beatenberg rettete nicht nur den Baustil, sondern auch die dem *Adler* eigene Gastlichkeit in eine Zeit hinüber, die, sah man genau hin, sowohl für alleinstehende, alte Damen wie für etwas zu filigranen geratene Hotels nicht mehr viel übrig hat.

Die First Lady der Hotellerie wird sich wenig um den geschmäcklerischen Zeitgeist kümmern. Auch darum nicht, ob der Komfort des Hotels noch den Erwartungen des Standardtouristen entspricht. Sie hat ihre Bilder, Werke zeitgenössischer Maler und Bildhauer, auch ererbte Gemälde, vor allem das Bild am Ende des Ganges.

Susanne von Beatenberg hat ihren Platz in der Conciergeloge, und sie kümmert sich nicht darum, wenn man ihr rät, als Directrice vielleicht doch lieber im kleinen Salon Hof zu halten.

10

Alle wichtigen Bekanntschaften hat sie in ihrer Loge gemacht. Sie schaut den Ankommenden beim Ausfüllen der Formulare auf die Handschrift und bildet sich ihr Urteil. Bemerkt der Gast dann noch das große Bild am Ende des Ganges, eine Landschaft unter einem hellen, leicht bewölkten Himmel, kann nichts mehr schiefgehen.

Fuchs wird mit von der Partie sein.
Fuchs, der Skilehrer und Bergführer. Einmal hätte er beinahe das große Lauberhorn-Abfahrtsrennen gewonnen. In der letzten Kurve vor dem gefürchteten Zielhang hat es ihm die Skis verschlagen. Sicherheitsbindungen gab es noch nicht. Der Sturz mit den langen Holzskis sah fürchterlich aus. Ein Fotograf hatte genau an der richtigen Stelle gestanden. Eine der berühmtesten Sportfotografien entstand. Der Fotograf verkaufte das Bild weltweit. Fuchs brachte das ohne Knochenbruch überstandene Abenteuer nichts ein. Auch sein Erfolg als Bergführer und Skilehrer blieb mäßig. Der Sturz baute unsichtbare Schranken zwischen ihm und den möglichen Kunden auf. Mit dem Aufkommen des Fernsehens verblaßte die Erinnerung an seinen Sturz. Die Geschwindigkeiten wurden größer, die Stürze konnten im Zeitlupentempo beliebig oft wiederholt werden. Weil er überzeugt war, ein von Sonne und Wind gebräunter Skilehrer und Bergführer habe mehr Erfolg, flöße größeres Vertrauen ein, setzte er seinen Kopf der Sonne so lange aus, bis er wie eine schorfige Kartoffel aussah und Fuchs eine panische Angst vor Hautkrebs befiel.

Bleibt noch der Notar.
Siebenthal. Ein guter Name für ein Advokaturbüro.

Vier Generationen früher hatten sich seine Vorfahren noch von Siebenthal genannt. Dann wanderte der Bruder des Großvaters weiter westwärts, ließ sich am Genfersee nieder, kaufte den Weinberg eines faillierten Winzers und wurde Weinbauer. Der Wein hatte bald einen sehr guten Ruf, bloß der Name auf der Etikette war zu deutsch, erinnerte an Rhein- oder Moselweine und schreckte manchen potentiellen Käufer ab.

Auf dem Einwohneramt der Wohngemeinde und am Heimatort erkundigte sich der älteste von Siebenthal nach den Möglichkeiten einer Namensänderung. Da sich die Familie schon lange genug am Lac Léman niedergelassen und auch wohlgefühlt hatte, stand einer Einbürgerung und einer Französisierung des Namens nichts im Wege. Auch die ursprüngliche Heimatgemeinde hatte nichts dagegen, nachdem der zum Weinbauern gewordene Bergbauer sich vertraglich verpflichtete, einen Ehrenwein zum Vorzugspreis zu liefern.

Einen de Siebenthal.

Der Notar hat nichts mit dem welschen Zweig zu tun. Er trägt den Namen seiner Mutter, einer schlichten Siebenthal. Jedenfalls hat er sich als lizenzierter Advokat, Notar und Fürsprecher mit den richtigen Leuten zusammengetan und ist schneller als mancher Hotelier und Gastwirt zu Geld und Ansehen gekommen.

Früher waren im Bergfrühling jeweils auch Merz, Scherler und Lauener ins Dorf auf der besonnten Terrasse hoch über dem engen Tal zurückgekehrt.

Scherler, der legendäre Concierge des Grandhotels.

Er hatte sich von den Trinkgeldern der damals weiß Gott exklusiven Gäste eine Pension an der ligurischen Küste gekauft.

Merz hatte keinen eigentlichen Beruf gehabt. Theologie hatte er zu studieren begonnen. Eine Erbschaft vereitelte die fromme Absicht. Auf seinen Grundstükken wurden die meisten Chalets der prominenteren Gäste gebaut. Zeitweise soll er in einer der Großbanken der ländlichen Hauptstadt einen überdimensionierten Safe mit Goldbarren besessen haben.

Lauener war vierzig Jahre lang Gemeindeschreiber gewesen. Man sagte ihm nach, er habe bei allen Erbschaftsangelegenheiten, unter denen seine Unterschrift zu stehen hatte, zehn Prozent für sich beansprucht. Die Gemeinderäte wechselten alle vier Jahre, und Lauener wußte es immer so einzurichten, daß der Rat nie länger als eine Amtsperiode gleich zusammengesetzt war. Lauener blieb, hielt mit den Informationen für die Neugewählten so lange zurück, bis die Informierteren zurücktraten.
Der Altgemeindeschreiber verstarb in Hongkong, wo sein Sohn Generalmanager eines gigantischen Hotel- und Kongreßzentrums war.

Merz wurde auf dem Sunset Boulevard von einem unter Drogen stehenden jungen Regisseur erschlagen.
«Ein kitschiges Ende», sagte Fritz Blumenstein.
Scherler kam eines Jahres einfach nicht mehr. Es hieß, er sei ertrunken.
Der Bergfrühling ist nicht mehr, was er mal war.

Merz, Scherler und Lauener waren Jahr für Jahr für verrückte Geschichten gut gewesen. Scherler hatte als Concierge Einblick in die Zimmer und Suiten des Grandhotels gehabt. Ohne jemals durch ein Schlüsselloch gelinst zu haben, konnte er einiges erzählen, und er wußte in den richtigen Augenblicken mehr über das komplizierte, durch und durch verquere Verhältnis zwischen Susanne von Beatenberg und Fritz Blumenstein zu berichten, als die Beteiligten es hätten tun können.

Es mag zutreffen, daß Fritz Blumenstein, der früher, wenn er sein Hotel für einige Wochen schloß, in die großen Städte verreiste, um seinen Bedarf an gewaltigen Opern zu befriedigen, sich erst nach Scherlers Tod zum Kartenspiel im Bahnhofrestaurant einfand.

Susanne von Beatenberg meidet die Männerrunde auch jetzt noch. Nicht, daß sie nicht gerne gespielt hätte, aber sie war eine Teetrinkerin, und Leu, der Wirt des Bahnhofrestaurants, bereitete in der toten Saison, wenn bloß die Handwerker und die Rentner und keine Engländer mehr da waren, den Tee auf Schweizer Art zu: indem er an Schnürchen hängende Beutel in warmes Wasser hängte.

Fritz Blumenstein, der ebenfalls etwas von Tee verstanden hätte, trank keinen Tee.

Zuschauer braucht es beim Kartenspiel. Eine Spielrunde ohne einen unbeteiligten Nörgler, dem die Spieler eins übers andere Mal erklären, die Nichtspieler hätten das Maul zu halten, ist bedeutend fader als eine mit Zuschauer.

Früher war Scherler dieser Zuschauer gewesen.

Leu war kein Zuschauer. Wenn die Handwerker sich endlich an die Arbeit gemacht hatten, wartete er bloß noch auf die Bestellungen der Rentner. Sobald es ums Trinken ging, waren die alten Männer nicht mehr knausrig.

Edle Getränke mußten es sein, die ihre angegriffenen Verdauungsorgane wieder in Betrieb setzen sollten.

Schon dieses Wortes edel wegen mochte Fritz Blumenstein nichts mit den Privatiers zu tun haben. Er, der seinen Keller auch nicht für die schönste Frau, nicht

einmal für eine Susanne von Beatenberg, weggegeben
hätte, kannte keine Qualitätsbegriffe. Bei der Abstu-
fung begann für ihn bereits der Niedergang. Ein Getränk, das edel genannt werden mußte, das überhaupt
Adjektive nötig hatte, wäre nie in seinen Keller gekommen.
Aber was sollte er machen?
Mit den jüngeren Hoteliers und Gastwirten verstand
er sich nicht mehr. Sie, die Weinkarten mit gedruckten
Preisen an die Tische trugen! Sie, die alten und uralten
Cognac servierten und bereit waren, jeden Wein, der
möglicherweise nach Korken roch, wieder zurückzu-
nehmen!
Leu hatte wenigstens die Courage, einen etikettenlosen
Wein aufzustellen und das Radio abzuschalten, wenn
ihm, nicht den Gästen, die Musik nicht gefiel.

3

Leu ist nicht mehr der jüngste. Längst hätte er sich
zurückziehen können.
Als Privatier. Vom erwirtschafteten Kapital hätte er
wahrscheinlich nicht schlecht leben können.
Da er aber als Müßiggänger bloß den Spott seiner
Söhne auf sich gezogen hätte, hält er es für besser,
weiterzuarbeiten, Schritt zu halten mit der Entwicklung der Hotellerie.
Karten kann er auch als Wirt spielen.
«Der *Bahnhof* wird in einem Jahr umgebaut werden»,
sagt er, und Fuchs antwortet, indem er kaum merklich
nickt, sie, also Siebenthal, Blumenstein und er, wüßten es.

«Und ihr werdet es nicht verhindern», trotzt Leu.

Dabei behagt ihm der Um- und Neubau selber nicht. Das Hotelrestaurant zum *Bahnhof* ist ein Gebäude, das sich sehenlassen kann. Die *Bahnhof*-Stube mit der dahinterliegenden Küche und der *Prellbockbar* auf der Rückseite, der Empfangsraum, die Portiersloge, das Frühstückszimmer und der große Speisesaal sind Backstein- und Holzkonstruktionen. Die meisten Balken stammen aus dem Jahr der Grundsteinlegung. Die drei Etagen mit den Gästezimmern, den Personalräumen und der Wirtewohnung unter dem Dach sind reine Holzkonstruktionen, vielleicht nicht gerade architektonisch eindrücklich, aber das Haus paßt ins Ortsbild, ist ein Zeugnis der Pionierzeit, als mit der Alpenbahn auf den im Konkurrenzkampf mit der Landwirtschaft stehenden Tourismus gesetzt wurde, und der Fortschrittsglaube sich tatsächlich als gewinnbringender erwies.

Der *Adler* ist etwa gleich alt. Ebenso das Grandhotel. Vielleicht ist der *Bahnhof* nicht ganz so traditionsreich wie die Häuser der Susanne von Beatenberg und Fritz Blumensteins. Zu schämen braucht sich Leu aber keineswegs.

Für den Um- und Neubau kommt nur mehr Beton in Frage. Sichtbackstein kombiniert mit Beton. Daran gibt es nichts mehr zu ändern, dagegen gibt es auch nichts mehr einzusprechen. Und anschließend wird alles in einem freundlichen, warmen Braunrot gestrichen.

Neue Fenster werden in die Mauern gebrochen, und die Balkone vor den Fenstern sollen ein Holzgeländer erhalten. Das Dach wird die Form des das Dorf dominierenden Berges bekommen. Vielleicht ist es gut, daß der wegen seiner Nordwand berühmte Berg nicht von überall im Dorf eingesehen werden kann. Leu ist sich

nicht sicher, ob wegen des Daches nicht ein Hohnge-
lächter ausbrechen könnte.

Seine Söhne haben ihn vor die Wahl gestellt.

Entweder er willige in ihre Pläne ein, oder er könne auf
seinem alten Kasten hockenbleiben. Auf ihr Erbe würden sie jedenfalls unerbittlich pochen.

Pochen, hatten sie gesagt.

Sie würden sich zu wehren wissen, bevor er bankrott
ginge.

Einen Kasten, hatten sie sein gut erhaltenes Haus
genannt und ihm die Pläne gezeigt, die ein Architekt in
ihrem Auftrag gezeichnet hatte.

Gelacht hatte er, als sie ihm das dem Berg nachemp-
fundene Dach zeigten.

Leu hatte seine Söhne das Hotelfach erlernen lassen,
damit sie einmal ein Ritz, Sheraton oder Hilton übernehmen könnten.

Mit diesen immer noch guten, wenn auch nicht mehr
wegweisenden Namen hatte er geprahlt, bevor seine
Söhne auf die unselige Idee mit dem Um- und Neubau
gekommen waren.

Zwillinge sind es. Gutgewachsene, intelligente junge
Männer. Ins Gymnasium hätte man sie schicken können unten im Tal, in der Kreisstadt. Doch Leu wollte
seine Knaben um sich haben, verwitwet, wie er schon
lange war. Wer hätte ihm garantieren können, daß sie
im Internat ebenso sicher auf dem rechten Weg geblieben wären wie in der Volksschule und später in der
Koch- respektive Kellnerlehre.

Das Hotelfach braucht keine Studierten.

Ein Grundsatz Fritz Blumensteins.

Weiß der Teufel, Leu hätte nahezu alles bedingungslos
unterschrieben, was Blumenstein über seinen Beruf
und ihr Gewerbe dachte.

Der eine Zwilling lernte Koch, der andere Kellner. Nach glänzend bestandener Lehrabschlußprüfung arbeiteten sie ein Jahr lang in einem ersten Haus in London und kamen mit dem gastronomischen Knowhow der Engländer zurück.

Susanne von Beatenberg war nicht einverstanden, als Leu und Blumenstein für die Gastronomie der Engländer bloß ein überhebliches Lächeln übrig hatten. Sie, die ein geübtes Auge für alles Englische hatte, hielt die Zwillinge für begabt.

Nach einer ersten Heimsaison lernte der Koch Kellner und der Kellner Koch.

Nicht in einem der weltberühmten Kurorte.

Blumenstein hatte Leu entschieden von St. Moritz und Gstaad abgeraten. «Hüte dich vor Dingen, die jedermann leichthin weltbekannt oder weltberühmt nennt. Was einen Namen und, was wichtiger ist, einen guten Ruf hat, kennt nicht alle Welt. Was jeder kennt, kennt eben jeder.»

Der Kellner ging nach Genf und kam mit einem eidgenössischen Fähigkeitsausweis als Koch zurück.

Der Koch hatte seinen ersten Beruf im mit den höchsten Prädikaten eines französischen Pneu- und Gastronomieunternehmens ausgezeichneten Restaurant im luzernischen Hinterland, an der Straße von Luzern nach Basel, am Gotthardweg also, gelernt. Zum Kellner wurde er in einem Großbetrieb in Zürich ausgebildet.

Mit besten Zeugnissen ausgestattet, schickte Leu seine Söhne in die ganz große Welt, wobei Fritz Blumenstein, der wie Susanne von Beatenberg an den zwei jungen Männern den Narren gefressen hatte und sich oft wie der zweite Vater vorkam, dem beruflichen Fortkommen der Leu-Söhne mit Adressen und Beziehungen weiterhalf. The Blumenstein connection, nannten es die Zwillinge.

«Minneapolis», hatte Leu vorgeschlagen.

Fritz Blumenstein winkte ab.

«Provinzstadt», sagte er und schickte den einen nach Philadelphia und den andern nach Singapore.

Später folgten Marseille, Rom, Montevideo und Paris.

Schließlich die Hotelfachschule in Lausanne.

Damit waren sie doch noch Studierte geworden.

Der eine der Zwillinge übernahm die Leitung eines kleinen, aber umso feineren Hotels in St. Moritz, der andere wurde Chef über Küche und Restaurant eines großen Hauses in Berlin, das wegen seines mit den schönsten Mädchen bestückten Nachtlokals wirklich weltberühmt war.

Fritz Blumenstein war mit beiden Positionen nicht einverstanden, hütete sich aber, den mittlerweilen dreißig Jahre alt gewordenen Zwillingen dreinzureden.

Auch Vater Leu war nicht uneingeschränkt glücklich.

«Laß sie machen», sagte Fritz Blumenstein. «Wenn sie die Hoffnungen wert sind, die wir dreißig Jahre lang in sie setzten, sehen sie bald selber ein, was wir mit ihrer Ausbildung wollten.»

Die beiden alten Herren tranken auf den noch nicht allzu sicheren Stil der Leu-Zwillinge eine Flasche Mouton Rothschild vom besten Jahrgang.

Und dann die Umbaupläne.

Einerseits war es das, was Blumenstein und Leu sich insgeheim erhofft hatten: ein junges, initiatives Team, weltgewandt und bestens ausgebildet, um dem stillos gewordenen Kurort das gewisse Flair eines eleganten, unaufdringlichen Luxus zurückzugeben.

«Ich hatte ihn, und du hattest nicht das Zeug dazu», hatte Fritz Blumenstein einmal zu Leu gesagt.

Den Luxus, meinte er.

Den angeborenen Stil.

Aber bitte nicht so. Nicht als Erpressung. Und schon gar nicht in braunrot übertünchtem Beton und ein paar Backsteinen. Und wozu brauchte ein mittleres Hotel zwei schon beinahe überausgebildete Spezialisten?

Fritz Blumenstein hatte bei einem der Zwillinge, seinem Patenkind, notabene, immer ein bißchen an sein Grandhotel gedacht.

Auch der *Adler* würde eines Tages einer anderen Leitung bedürfen. Doch die Zwillinge sahen es anders: Um den umgebauten *Bahnhof* zu einem Treffpunkt der gehobenen Klasse, Mittelklasse, präzisierte Fritz Blumenstein, zu machen, brauche es einen Top-Mann in der Küche und einen im Hotelbetrieb.

Die Zwillinge rechneten mit einer Zeit von etwa drei Jahren, bis sich die Qualität des *Bahnhof* mit entsprechender Werbung weltweit herumgesprochen haben würde. Dann könne man weiterschauen.

Vielleicht denselben *Bahnhof* in einem noch renommierteren Kurort.

Eigenartigerweise hatten die jungen Leuen nichts gegen den altmodischen Namen einzuwenden.

«Wart nur», sagte Fritz Blumenstein, «das kommt auch noch.» Und er spottete über die Um- und Neubaupläne, bis es Vater Leu zu wurmen begann.

Was hatte Blumenstein mit seinem heruntergekommenen und verschuldeten Grandhotel sich in Dinge einzumischen, die sie, die Leus, familienintern lösen konnten?

Schweigen sollte er und vor der eigenen Tür kehren. Mit einem möglichst harten Besen.

Eine alte Freundschaft drohte in Brüche zu gehen.

Fuchs und Siebenthal, selbst die Handwerker, nahmen Partei für Blumenstein.

Leus Trotz wuchs.

Zu guter Letzt fand er das dem Berg nachgeahmte Dach nicht mehr so übel.

Und während die Handwerker sich wie mediterrane Müßiggänger entschließen, die Siesta zu beenden und mit schleppenden Schritten die Treppen heruntersteigen, auf Socken, die Schuhe unter dem Arm, an den Tresen treten und einen letzten Kaffee mit einem Schnaps bestellen – französischen, Marc de Bourgogne oder von jenem Grappa, den Leu eigens bei einem kleinen Weinbauern im Piemont zu holen pflegt –, tröstet sich der Bahnhofswirt damit, daß seine Söhne mit den Handwerkern kurzen Prozeß machen werden. In ihrem Ganzjahreskonzept gibt es keine tote Saison. Den Speisesaal wird man durch Knopfdruck in einen hochmodernen Veranstaltungsraum umwandeln können. Bald wird der *Bahnhof* Kongresse und Konferenzen beherbergen.

Kongresse, Konferenzen, Tagungen, Zusammenkünfte irgendwelcher gleichartiger Menschen, Berufsgruppen, Fach- oder Dachverbände werden mit fortschreitender Computerisierung zusehends beliebter. Hat man es tagein tagaus mit dem kalten Geflimmer gesundheitsschädigender Bildschirme zu tun, haben alle, vom Management über die höheren, mittleren und untersten Kaderleute bis zum Angestellten und dem Kassenmädchen das dringende Bedürfnis, ein- bis zweimal im Jahr in einer Großstadt oder, wenn man schon in der Großstadt arbeitet, in bequemen Hotels in den Bergen einen Kongreß, eine Tagung oder eine Generalversammlung zu besuchen. Und das, wenn möglichst alle andern wieder bei der Arbeit sind, also außerhalb der üblichen Ferienzeiten, außerhalb der Saison, nach den letzten schönen Herbsttagen, wenn der erste Schnee aus novembergrauem Himmel noch nicht haftet, oder im Frühling, eben im Bergfrühling, wenn man in der wohligen Wärme eines noch winterlich geheizten Hotels durch die Fenster zuschauen kann, wie der Schnee schmutzig ins Tal fließt.

Waren erst einmal die Kongreßleute im Haus, konnten die Handwerker zusehen, wo sie halb umsonst zu ihrem Essen kamen.

Leu freut sich schon auf die Zeiten, in denen die Herren Spengler, Schlosser, Schreiner, Installateure und Elektriker wieder den kratzenden Bauernschnaps ins hohe Kaffeeglas kippen mußten.

Vielleicht hatte dann die *Kreuz*-Wirtin Erbarmen. Die dicke Frau Kobi, die unten im Dorf für die letzten Bauern eine schmuddelige Kneipe betrieb, die man nur zu Fuß erreichte. Über einen steilen, glitschigen Pfad. Zweihundert Meter betrug allein der Höhenunterschied zwischen dem *Bahnhof* und dem *Kreuz*.

Leu stellt sich die beleibten Meister vor, wie sie für einen Bohneneintopf mit Speck ins *Kreuz* hinunter klettern, um dann, mit schlechtem Fett, gepanschtem Wein und billigstem Fusel im Magen wieder in die feinen Hotels zu ihren gutbezahlten Renovations- oder Neuarbeiten zurückzukehren.

Die *Kreuz*-Wirtin ist keine barmherzige Samariterin. Sie hat ihre festen Preise. Wer feilschen will, muß damit rechnen, kaltschnäuzig in seiner Ecke sitzengelassen zu werden.

Noch muß Leu den Mund halten. Nicht einmal eine Andeutung kann er machen. Er ahnt auch unklar, daß Fuchs und Siebenthal ihn nur auslachen und darauf aufmerksam machen würden, daß, wenn nicht nur die Handwerker, sondern auch sie nichts mehr im neuen *Bahnhof* zu suchen hätten, er wohl auch zu den Rentnern und Privatiers gezählt werden müßte, und ihm, Leu, nichts anderes übrigbleiben würde, als ebenfalls den beschwerlichen Weg zum *Kreuz* unter seine müden Beine und von Altershühneraugen geplagten Füße zu nehmen.

Öfters als es Leu lieb ist, verfolgen ihn genau diese Alpträume, und er verwünscht den Tag, an dem er Blumensteins Rat verlacht und seine Unterschrift unter den Vertrag gesetzt hat.

Unter den heimtückischen Wisch, den seine Söhne von einem mit Hotelgeschäften bestens vertrauten Anwalt haben ausarbeiten lassen.

Wenn seine Söhne mit ihm am selben Tisch sitzen und ihm mit vollen Mündern von den neuesten Erkenntnissen betreffs Führung eines Hotelbetriebs erzählen, überkommt ihn das Grausen. Sobald sie erst einmal, vertraglich geregelt und abgesichert, die Leitung des *Bahnhof* übernommen haben, wird er wohl kaum noch viel mitzureden haben. Selbst auf die Zubereitung seines Beefsteak tatare für bevorzugte Gäste wird er verzichten müssen.

Es werde keine bevorzugten Gäste mehr geben, hat einer seiner Söhne gesagt. Jeder Gast müsse sich bevorzugt vorkommen, und er, der Vater, werde sich mit seinen Jahren wohl kaum mehr zumuten, Abend für Abend mehrere Tatarensteaks zuzubereiten. Sie würden selbstverständlich auf der neu gestalteten Karte vermerken, daß es sich beim Beefsteak tatare um eine Spezialität des Hauses handle. Etwa wie nach *Müllerinnen Art, à la mode du grand-père.*

Ja?

So etwas ziehe heutzutage. Und jeder anständige Koch könne es. Zudem würden sie die Kapazität der *Bahnhof*-Stube leicht erhöhen. Er hätte keinen Platz mehr, seine Künste an den Tischen zu zeigen. Er

müßte sich mit einem Platz in der Küche zufriedengeben.

Was soll er, der alte Leu, dazu sagen?

Gibt er seinen Söhnen recht, verleugnet er sein Können und macht sich vor all denen zum Gespött, die er
ein Wirteleben lang von seiner Kunst, eine superbe
Mahlzeit aus rohem Fleisch, Eiern, Cognac und zwei
Dutzend geheimen Zutaten zuzubereiten, überzeugt
hat. Lehnt er sich gegen ihre Anmassung auf, riskiert
er, daß sie sich tatsächlich in die Küche zurückziehen
und ein Beefsteak tatare zusammenschmeißen, das
sich von seinem nicht unterscheidet.

Als er den einen Sohn einmal im luzernischen Hinterland besuchte, um sich von der genialen Kochkunst
des dortigen Wirtes zu überzeugen, bestellte ein Tisch-
nachbar ein Tatarensteak. Sein Sohn bereitete es am
Tisch des Gastes zu, als ob er seinen Vater imitieren
wollte. Und der Sohn, damals im ersten Lehrjahr,
hatte die Frechheit gehabt, über den Tisch hinweg
seinen Vater aufzufordern, das Gericht zu kosten.

Vater Leu hatte sich beim erstaunten Gast entschuldigt, und der fühlte sich geehrt, etwas essen zu dürfen,
das der Sohn eines für seine Kochkunst anscheinend
bekannten Vaters zuerst eben diesem Vater zu kosten
gegeben hatte.

Nicht aus Höflichkeit dem Gast und aus Bescheiden-
heit seinem Sohn gegenüber gab er gerne zu, er hätte
es nicht besser machen können.

Er hätte es nicht besser gekonnt!

Es kann ihm schon heiß und kalt über den Rücken
schaudern, wenn er sich vorstellt, daß er bald ebenso
verschroben und hinterhältig in den Restaurants her-
umsitzen wird wie Fuchs und Siebenthal es in der
toten Saison in seinem Restaurant respektive in seiner
Gaststube tun.

Er weiß auch nicht, wie es, nachdem er die Leitung des Geschäfts seinen Söhnen übergeben hat, mit seinen Finanzen stehen wird.

Ja, er bezieht seit zwei Jahren die staatliche Alters- und Hinterbliebenenrente. Dazu hat er ein kleines Vermögen in sicheren Wertpapieren angelegt. Aber ob das reichen wird?

Wenn er daran denkt, knausrig wie seine Bergfrühlingsgäste werden zu müssen, würde er am liebsten den letzten Sprung über den Felsen des großen Wasserfalls auf der andern Seite des Tales planen.

Er stellt sich den Sprung etwa so vor, wie es die Spieler des dramatischen Vereins jeweils vorführen und dann doch nie vollenden. Es, den als Drohung ausgesprochenen Selbstmord.

Selbstverständlich würde er, Leu, vorher gewisse Andeutungen machen, und wenn er dann verschwunden wäre, würde man ihn mit einem großen Aufgebot genau dort suchen, wo er sich aufhalten würde: auf dem Felsen über dem schon von Goethe beschriebenen Wasserfall. In die Nachmittagssonne würde er springen, und die Leute, die den kühnen Sprung von unten beobachten würden, sähen ihn durch einen Regenbogen, den berühmten Regenbogen des ebenso berühmten Wasserfalls, in die Tiefe tauchen. Ob er die entsetzten Ah und Oh wohl noch hören würde?

Leu schüttelt sich.

Auf was für Gedanken würde er erst kommen, wenn sich die Söhne verheirateten?

Ab und zu hatten sie ihm die eine oder andere Freundin vorgeführt. Lauter Mädchen, mit denen er sich nur dann verstanden hätte, wenn er sich vollständig aus dem Betrieb zurückgezogen, auswärts gegessen und gewohnt hätte.

Es bliebe ihm am Ende nichts anderes übrig, als ebenfalls Karten zu spielen, die Zeit totzuschlagen. Nachmittagelang. Und sich am Abend halbbetrunken dem Gespött seiner Söhne auszusetzen.

Was sollte er an einem klimatisch dem Alter bekömmlichen Strand tun? Er, der Bahnhofswirt, dem es nur wohl ist, wenn seine Gäste ihm das Gefühl vermitteln, er habe zu ihrer Zufriedenheit das Seine beigetragen.

Und nun rufen sie nach den Karten, der Schiefertafel, den Kreiden, dem feuchten Schwämmchen, dem grünen Spielteppich, und die Handwerker brechen endlich auf, um im *Adler* der Susanne von Beatenberg die morschen Leitungen unter Putz zu legen.

Kellner hat Leu in der toten Saison nicht. Alle sind sie in die verdienten Ferien gefahren. Auch sie an Strände und Küsten, von denen sie, was dem Beruf, ihrer Gesundheit und auch dem Patron zugute kommen wird, braungebrannt wieder an die Arbeit zurückkehren.

Für die Zimmer hat Leu eine ältere Frau gefunden, eine äußerst saubere, zuverlässige Person, die ihm auch die Wäsche besorgt und ein bißchen in der Küche aushilft.

Das Frühstück serviert er selber. Die Nachmittage und Abende, vor allem die Nächte schafft er allein. Nur fürs Mittagessen und das Dîner, wenn er dem Abendessen in der toten Saison den hochgestochenen Namen geben darf, hat er eine Aushilfe. Eine Studentin, die an einer Arbeit schreibt, so schnell wie möglich mit dem Service und dem Abrechnen fertigwerden will, freundlich ist, aber sich weder auf die Anzüglichkeiten der Handwerker noch auf die Kneifereien der Rentner einläßt.

Leu nimmt den Spielteppich aus dem Fach. An dem einen Tisch sitzt Fuchs und winkt Siebenthal, den zittrigen Notar, zu sich. Mit ihm spielt er gern. Leu setzt sich Blumenstein gegenüber. Ein Team, das trotz allem harmoniert.

Wenn sich die vier Männer niedergelassen haben und die Spielutensilien nach gewohnter Art auf dem Tisch liegen, bestellt Blumenstein eine Flasche Portwein und vier Gläser.

Leu steht auf, entfernt sich vom Tisch, den er zuvor noch mit einem feuchten Lappen abgewischt hat.

Dann kommt er mit dem Gewünschten zurück, gießt ein und wartet ab, wie es sich für den Patron gehört, was die Gäste zum Getränk sagen werden.

Siebenthal hebt sein Glas an die Lippen, kippt einen kleinen Schluck auf die Zunge, schließt die Augen, läßt den Portwein über die Zunge in den Gaumen rollen und sagt:

«Ein edler Tropfen, Leu. Ein guter Tropfen, Leu. Dein Portwein entschädigt für vieles, das man sich von dir tagein tagaus bieten lassen muß.»

Fuchs hält die Flasche in der Hand, Blumenstein schaut auf die Etikette und nickt.

Die drei Männer sehen einander abwechslungsweise tief in die Augen. Sie sind zufrieden, und Leu kann sich wieder zu ihnen setzen.

Das Spiel beginnt. Fuchs verteilt die Karten. Jeder bekommt dreimal drei Karten. Die letzten drei gehen an ihn selber. Stolz zeigt er das Dreiblatt und sagt:

«Es ist aufgegangen, meine Herren. Karo Sieben sagt den Trumpf an.»

Leu, Blumenstein und Siebenthal lecken wie auf Kommando den linken Daumen, nehmen die Karten auf, ordnen sie in die rechte Hand. Nur Fuchs ist Linkshänder, und er hat die Karo Sieben aufgenommen.

«Aha», sagt er und beginnt zu überlegen, wo er seinen Trumpf ansetzen soll.

Treff? Nein, davon hat er keine Karte aufgenommen.

Sie spielen einen Schieber und zu zweit. Kann derjenige, der an der Reihe ist zu trumpfen, kein vernünftiges Blatt zusammenstellen, hat er die Möglichkeit, das Trumpfen seinem Partner, der ihm diagonal gegenübersitzt, zu überlassen.

Mit einem Dreifarbenblatt, überlegt sich Siebenthal, darf er unter keinen Umständen schieben. Täte er es doch, und das Spiel ginge daneben, würde Fuchs kein Wort mehr mit ihm reden.

Wie wäre es dann mit Pic? Da ist eine Sieben. Mit der allein ist nicht viel anzufangen. Immerhin findet er noch den König und die Dame, und zu seiner Überraschung rutscht unter der Sieben die Neun hervor. Nicht schlecht. Mit Pic als Trumpf hätte er schon mal mit dem Nell die zweithöchste Karte, und mit der Dame und dem König könnte er bereits zwanzig Punkte verbuchen. Vier Karten. Vielleicht, wer kann das wissen, hat Fuchs den Bauer und das As dazu. Zu schön, um wahr zu sein.

Herz. Da ist der Bauer. Ein schöner Bauer, aber was nützt der schönste Herzbauer, wenn er sich in der schlechten Gesellschaft einer mickrigen Zehn und einer bedauernswerten Sechs befindet?

Und Karo? Auch da blinzelt ihn der Bauer neben der Dame hervor an. Dazu die Sieben, die ihm die fast unlösbare Aufgabe des Trumpfens beschert hat.

Vier Pic, drei Herz und drei Karo. Da kann etwas nicht stimmen. Vier und drei plus nochmals drei ergibt zehn. Und er hat doch bloß neun Karten in Händen. Hat er aus lauter Respekt vor Fuchs schon derart gezittert, daß er sich die Karten nicht mehr merken kann?

«Ich hatte doch die Pic Neun, verdammt nochmal!»
sagt er laut.

«Aber sonst geht es euch gut?» sagt Blumenstein und fixiert Fuchs. Siebenthal kann nicht betrügen. Das wissen
alle. Also hat sich Fuchs eine Teufelei ausgedacht.

«Ich darf doch wohl eine Karte suchen, die ich vor ein
paar Sekunden noch in der Hand hatte!» verteidigt
sich Siebenthal. «Ich schwöre euch, ich hatte die Pic
Neun.» Ein Zittern erfaßt seinen Körper. Die linke
Hand umklammert die Tischecke, und so stabil die
Arvenholzmöbel auch sind, der Tisch zittert mit, und
aus Siebenthals Glas schwappt der edle Portwein über.

«Mir ist ja egal, wenn du deinen Portwein verzitterst»,
bemerkt Fuchs, «aber denk dabei bitte auch ein bißchen an unseren lieben Freund Leu. Wenn der sieht,
wie du mit dem wertvollen Schatz aus seinem Keller
umgehst, wird unser Gönner eines Tages behaupten,
der Vorrat sei aufgebraucht, und wir werden ihm, da
es uns nicht ansteht, in fremden Kellern herumzuschnüffeln, das Gegenteil nicht beweisen können.»

«Weiße Mäuse und eine schwarze Pic Neun», spottet
Blumenstein. «So fängt's immer an.»

Siebenthal will aufbegehren, aber Fuchs kommt ihm
zuvor.

«Such gescheiter deine verlorengegangene Pic Neun»,
sagt er eine Spur zu barsch. «Ich habe sie nämlich
auch nicht.»

«Nein, er hat sie nicht», sagt Leu und legt die gesuchte
Karte auf den Spielteppich.

Blumenstein schlägt mit der Faust auf den Tisch.
Seine Karten wirbeln durch die Luft.

«Falschspieler!» schreit er Fuchs an. «Genau wie damals, als ich Susanne von Beatenberg eine Hure nannte. Absichtlich hast du gezögert, als du vom Grandhotel zum *Adler* laufen solltest, um dort der schönen

Susanne mitzuteilen, sie solle sich schleunigst von der Chaiselongue erheben, auf der sie splitternackt ausgestreckt dem hergelaufenen Franzosen Modell lag, die Kleider solle sie sich über ihren attraktiven Leib werfen und mir, als ob nichts geschehen wäre, entgegenlaufen, denn ich hätte soeben vom Tal unten angerufen, ich käme mit dem nächsten Zug.»

«Hör mir auf mit der Chaiselongue», unterbricht Fuchs den atemlos gewordenen Fritz Blumenstein. «Legende, sage ich. Wir alle kennen die Geschichte. Eine ganz simple Begebenheit. Du brauchst sie uns nicht jetzt, nach mehr als vierzig Jahren, so zu erzählen, als hätte sie erst gestern das Dorf und das halbe Tal durcheinandergebracht.»

«Habt ihr's gehört», sagt Blumenstein, «zuerst sind's simple Begebenheiten, und einen Satz später erinnert er sich, daß die Ereignisse das Dorf und das ganze Tal durcheinandergebracht haben.»

«Das halbe Tal, sagte ich», wehrt sich Fuchs.

«Stimmt», nickt Siebenthal.

«Außerdem», meint Fuchs, «bist du nur eifersüchtig. Ich weiß, daß ich heute aussehe wie eine grindige Kartoffel, aber ich weiß auch, wie ich früher einmal ausgesehen habe. Und hat nicht die nämliche Susanne von Beatenberg immer wieder betont, nichts erscheine ihr männlicher als ein schöner Mann. Und wer hätte besser über die Qualität der Männer Bescheid gewußt als die *Adler*-Susanne, die nach dem Debakel, nach der Auseinandersetzung zwischen einem Angehörigen der internierten französischen Armee und einem jungen, etwas lulatschigen Oberleutnant der heimischen Gebirgsinfanterie, sich einen Spaß und beinahe Sport daraus machte, während jeder Saison von fünf Männern, im Durchschnitt, verschiedenster Nationen Gebrauch zu machen.»

Fuchs schweigt, und Leu steht auf. Die Verunglimp-
fung der Susanne von Beatenberg erträgt er nicht. Sie
hätte ihm auch gefallen, die Frau, die immer noch eine
Gesichtshaut wie eine Vierzigjährige vorzuweisen
hatte.

Fritz Blumenstein ist blaß geworden.

4

Ein Maler war unter ihnen. Als hätte der Teufel die
Absicht gehabt, Verwirrung zu stiften und Unheil
über das Dorf auf der Sonnenterrasse zu bringen.

Früher hatte er es mit Föhnstürmen, Feuersbrünsten,
Lawinenniedergängen und Verwüstungen durch
Wildbäche versucht. Dann, als die Feuerwehr eine
neue Pumpe angeschafft hatte, die Wildbäche verbaut
und die Wälder gegen die Lawinen aufgeforstet waren,
brachte er Franzosen ins Dorf, geschlagene Soldaten,
verwirrte Unteroffiziere und gedemütigte Offiziere.

Und dazu einen Maler.

Wenn es nur das Geld gewesen wäre. Wenn sie bloß
profitsüchtig gewesen wären, aber eigenartigerweise
hielten sie im Dorf nicht allzu viel von Reichtum, von
einem großen Vermögen, von Wertschriften und den
damit verbundenen Spekulationen. Nicht daß sie, die
lange vor dem Krieg im Tourismus die Welt gerochen
hatten, nicht daß sie die Bedeutung des Geldes nicht
gekannt oder gar außer acht gelassen hätten, aber
wenn ein Mann sich eine schöne Frau in den Kopf
gesetzt hatte, ließ ihn das Geld viel kühler, als es für
ihn von gutem gewesen wäre.

Oder die Frauen. Alte wie junge. Oder, dachte Fritz Blumenstein den Frauen zuliebe, die reiferen wie die jungen.

Sie hatten seit dem Aufkommen des Tourismus Kontakt mit der halben Welt, hatten gelernt, sich anzuziehen, sich zu benehmen, hatten mitbekommen, was mit Charme und ein bißchen Koketterie, mit angeborenen, angelernten und aufgepfropften Reizen zu erreichen möglich war.

Den Männern standen die Frauen nicht im geringsten nach. Die jungen machten sich an ihresgleichen heran und ließen sich nur zu gerne auch von etwas erprobteren Herren in die Kunst der galanten Konversation und deren aufregende Folgen einführen, und zwischen den Altern gab es immer wieder ungeahnte Möglichkeiten, hatten sie doch in ungezählten erlebten und erträumten Abenteuern nahezu alle Scham abgestreift, und wer diesen Zustand einmal sich selber zugestand, der zog die Männer an wie Insekten der Honig. Nicht als Fliegen- oder Insektenfänger, als jenes klebrig süße Ding, das von den Decken vieler schmuddliger Küchen hing. Kleben blieb man an ihnen nicht mehr, an den femininen Einheimischen jeden Alters. Es wäre auch gar zu arg gewesen, wenn die Männer sich erst einmal hätten losreißen müssen und dabei wahrscheinlich erlahmt wären.

Die älteren und, es sei zugegeben, die alten Damen trieben es am auffallendsten, hatten die Regeln des kindlichen Versteckenspiels, des jouer à cache-cache, vergessen. In jedem Kellner und Buffetier sahen sie einen Felix Krull und setzten alles daran, ihn, wenn er sich Thomas Manns unwürdig erwies, zu einem dem Dichter aus Lübeck die Ehre erweisenden Mann zu machen.

Fritz Blumenstein fragte sich noch später, wie es möglich war, daß aus einer bäuerlich frommen Dorfbevölkerung eine einerseits verschworene Gemeinschaft aus Hasardeuren und Kokotten, andrerseits ein loses Gesindel von Dennochkirchgängern geworden war. Spieler waren sie alle.

Und dann kam der Krieg. Er brach hierzulande glücklicherweise nicht aus, er kam einfach daher. Die Männer und Frauen mußten lernen, wieder allein zu leben, ohne die Gäste aus Yorkshire und Boston, Massachusetts, aus- und zurechtzukommen. Schwer sollte es ihnen fallen. Man kannte sich. Nach einer Frau, mit der man in der Volksschule großgeworden war, drehte sich kein Mann um. Sich für einen Mann, der das gleiche Geld auf der gleichen Bank liegen hatte, wie Lulu zu geben, wäre keiner Frau eingefallen. Überdies verschwanden mit der Zeit die Männer, als hätten sie sich mit den Gästen davongemacht. Sie wurden eingezogen und hatten zumindest den Vorteil, vielleicht anderswo auf eine günstige und gute Gelegenheit zu stoßen.

Männer wurden Mangelware.

Männer, nicht Soldaten, die nachts in enge Kantonnements gesperrt wurden und auf widerlichen Strohsäkken gefälligst zu schlafen hatten.

Wie froh waren die Frauen, als sie hörten, nicht alle Hotels müßten geschlossen werden.

Franzosen kämen, Soldaten, Unteroffiziere und elegante Offiziere, mit denen man unten im Tal nichts anzufangen wisse.

Susanne von Beatenberg war die einzige Besitzerin und Direktorin eines ansehnlichen Hotels. Ihr *Adler* war zwar kein Grandhotel, aber doch ein Etablissement, dessen man sich nicht zu schämen brauchte, wo

Komfort und Stil jeden verwöhnten Geschmack befriedigen konnten.

Einen Ballsaal, drei Salons, ein Rauch- und ein Spielzimmer sowie eine Bar konnte der *Adler* aufweisen. Die Gästezimmer waren geräumig und großzügig möbliert. Freilich hatte nicht jedes ein eigenes Bad. Das störte zu Beginn der Vierzigerjahre niemanden. Die Körperpflege war noch nicht standardisiert. Jeder Mensch, jeder Mann und vor allem jede Frau roch noch anders, verschieden vom andern. Und wäre der andere auch der nächste gewesen.

Ein Holzbau war der *Adler,* nicht so sehr zweckmäßiger Hotelbau als vielmehr dem Stil eines behäbigen Bauernhauses nachempfunden. Vor den Fenstern gab es keine Balkons. Eine breite Laube erstreckte sich auf jedem Stockwerk über die ganze Hausbreite. Im Sommer blühten ein wenig zu üppige Geranien auf diesen Lauben, im Winter kamen die filigranenen Verzierungen um so besser zur Geltung.

Den *Adler* betrat man durch eine schwere Glastür, die in der toten Saison durch eine noch schwerere eicherne ersetzt werden konnte.

Das Entrée nahm jeden Gast sogleich gefangen. Es gab den Blick frei auf einen langen, sehr hohen und breiten Gang. Am Ende des Ganges hing ein mächtiges Bild, mindestens drei Meter breit und an die fünf Meter hoch. Im unteren Bildteil war eine flache Heidelandschaft zu sehen. Ein Weg führte andeutungsweise durch die in eigenartig grellen Farben dargestellte Ebene. Darüber Himmel. Meterhoch nichts als Himmel mit Wolken, die, betrachtete man sie etwas länger, sich zu öffnen und den Blick in eine andere, noch unwirklichere Landschaft freizugeben schienen.

«Wenn ein Gast das Bild nicht sieht», sagte Susanne von Beatenberg, «wenn er nicht fasziniert stehenbleibt und für eine Weile vergißt, daß er sich in der Empfangshalle eines Hotels befindet, auf so einen Gast würde ich gerne verzichten.»

Selbstverständlich wäre sie nie so weit gegangen, jemanden zurückzuweisen.

Susanne von Beatenberg liebte es, den staunenden Gast nach einer Weile nicht mit einem Gruß anzureden, sondern ihn zu fragen, ob ihm das Bild gefalle.

Fast jeder Gast, auch wenn er schon des öftern im *Adler* abgestiegen war, erschrak ob den nahezu zärtlich ausgesprochenen Worten ein bißchen, drehte sich nach der Fragestellerin um, sah die apart schöne Frau in der Portiersloge, entschuldigte sich, wußte nicht wofür, sagte, doch doch, das Bild gefalle ihm außerordentlich. Verwirrt von den beiden Anziehungspunkten, stellte sich der Gast vor, sofern er das erstemal da war. Blickte er beim Ausfüllen der Anmeldeformulare noch einmal den Gang hinunter zu der Landschaft unter Wolken, wußte Susanne von Beatenberg, daß sie sich mit dem Gast verstehen werde, daß er bald nach weiteren Kunstgegenständen Ausschau halten und sie auch entdecken werde.

Susanne von Beatenberg erwartete nicht, daß ihre Gäste den Wert ihrer Gemälde und Skulpturen abschätzen konnten. Es machte ihr nichts aus, wenn sie gefragt wurde, wer denn die Landschaft unter den Wolken gemalt habe, wer der Bildhauer sei, der die kurios liegenden Körper, die in den Salons plaziert waren, geschaffen habe.

Ein wenig die Belehrende spielen zu können war ihr nicht unangenehm.

Am liebsten hatte sie die älteren Gäste, die sie am Arm durch die Räume führen konnte.

Tee zu trinken war sie gewohnt.

An kleinen, fast zierlichen Tischchen saß sie mit ihren

Gästen und trank aus feinen Porzellantassen, was die Engländer einst aus ihren Kolonien mit auf ihre im ganzen gesehen doch unwirtliche Insel gebracht hatten.

Die Stühle oder Sessel durften nicht allzu stabil sein.

Lord Malcauley, ein Schotte mit onduliertem Backenbart und golden gefaßtem Monokel, hatte ihr gesagt, es gebe nichts Konversationstötenderes als Stühle und Sessel, auf denen man wie auf einem Thron sitzen, hin- und herrutschen könne und nie in Gefahr gerate, samt dem brüchigen Holz zu Boden zu stürzen. Tee, meinte Malcauley, dürfe man nie in einem Fauteuil oder gar auf einem Sofa trinken. Zum Teetrinken brauche es Vitalität und Aufmerksamkeit. Zu große Ruhe und Bequemlichkeit lenke auf einen selbst, man beginne in Erinnerungen zu schwelgen, und nichts hindere ein angeregtes Gespräch so sehr wie Erinnerungen, die stets so stark subjektiv getönt seien, daß der, der sie mitgeteilt bekomme, nur darauf warte, daß auch er etwas vor langer, zu langer Zeit Geschehenes auftischen könne. Nicht wesentlich anders sei es mit gemeinsamen Erinnerungen. Erinnerungen kreisten bekanntlich um Ereignisse, die längst verjährt seien. Wenn alle Menschen ein gleich gutes oder entsprechend schlechtes Gedächtnis hätten, wenn der eine nicht vergesslicher als der andere wäre. Dann, ja. Er wolle kein Wort aus oder von irgendeiner vergangenen Zeit hören, sagte Lord Malcauley, und unter seinem schweren Arm brach die Lehne eines Sessels aus einem Jahrhundert voller Erinnerungen ein.

«Da sehen Sie's», hatte er zu seiner Gastgeberin gesagt, «ab und zu muß man einbrechen. Und wäre es in seine eigenen Erinnerungen.»

Susanne von Beatenberg konnte den Überlegungen des alten Lords wahrscheinlich nicht ganz folgen, ging aber doch mit ihm einig, daß man in gepolsterten, stabilen Möbeln an seinen Gefühlsäußerungen nicht gehindert werde.

Auf den Stühlen und Sesseln im *Adler* war jeder Gast gezwungen, seine Gedanken oder gar Gefühle einzig und allein verbal zu äußern. Kleine Handbewegungen und eine beherrschte Gesichtsmimik konnten helfen, dem Gesagten einen gewissen Nachdruck zu geben.

Für einen Schotten genügte das. Einen Lord mit onduliertem Backenbart. Später sollten Franzosen kommen.

Freundlich hatte das Oberkriegskommissariat angefragt, ob man ein Kontingent internierter Franzosen einquartieren dürfe. Selbstverständlich würden die Unkosten plus ein zwar nicht allzu großer Zuschuß übernommen. Finanziell lohne sich die Einquartierung wohl nicht sonderlich, kaum wie ein normaler Saisonbetrieb, andrerseits blieben die Gäste jetzt ohnehin aus, Einbussen seien nicht zu befürchten, und sie, die Besitzerin und Geschäftsführerin, erweise nicht bloß dem eigenen Land, sondern auch Frankreich einen großen Dienst.

Falls zusätzliches Personal benötigt werde, verpflichte man sich, dieses aus den Reihen der Franzosen zu rekrutieren. Nicht umsonst sei Frankreich das Land, in dem die Gastronomie einen Stellenwert habe, der sich mit dem hiesigen wahrscheinlich vergleichen lasse.

Einer der Kriegskommissare hatte bei einem späteren Anruf, als Susanne von Beatenberg schon zugesagt hatte, gelacht und gesagt, wie er sich erinnere, würden im *Adler* die Speisekarten seit eh und je ausschließlich französisch präsentiert. Auch für die Engländer.

Im Brief, der vom Oberkriegskommissariat korrekt adressiert im *Adler* angekommen war, wurde besonders hervorgehoben, daß es sich bei den Internierten um eine intakte Eisenbahnerkompagnie, eine Pariser Einheit, handle. Zum Fronteinsatz seien die Männer nicht gekommen. Die Einheit habe Etappendienst geleistet, sei dann an die Ostfront, an die französische Ostfront beordert worden. Auf dem Weg dorthin sei die Truppe von feindlichen Einheiten in südlicher Destination abgedrängt worden, und unvermittelt sei sie an der Grenze der neutralen Eidgenossenschaft gestanden. Insgesamt seien etwa 150 Mann zu erwarten. Hundert Soldaten, dreißig Unteroffiziere, zwanzig Offiziere. Man, die Leute vom Oberkriegskommissariat, habe sich die Männer angeschaut. Einen guten Eindruck hätten sie insgesamt hinterlassen, aber die Internierungslager im Mittelland seien überfüllt. Die Männer würden tagsüber zur Sanierung der Alpenbahn abkommandiert. Abends und nachts würden die Offiziere für Ordnung sorgen. Ausgang hätten die Soldaten nur sehr beschränkt, zudem werde ein Detachement Schweizer Wehrmänner zur Bewachung der Franzosen aus der nahen Kreisstadt abgezogen und ins Dorf beordert. Erfahrene Landwehrsoldaten und zweisprachig. Sollte es, was unwahrscheinlich sei, zu Differenzen kommen, hätte diese Truppe den Auftrag, zwischen den Einheimischen und den Internierten so diskret wie irgend möglich zu vermitteln.

Susanne von Beatenberg sagte zu.

Doch dann war ein Maler dabei. Ein gewöhnlicher Soldat.

Sie mußten durchs Hauptportal gekommen sein, die Franzosen. Etwas schüchtern hatten sie wohl gewirkt. Viele mochten zum ersten Mal vor einem viertausend Meter hohen Berg gestanden haben. Viele waren wahrscheinlich auch etwas außer Atem geraten. Bis in den Talgrund hatte man sie fahren lassen. Dort, wo die Bahn nur mehr mit Zahnrädern und einem Hilfsgeleise den Berg hochkam, erinnerte sich ein schulmeisterlicher Schweizer Offizier an durchgestandene Ski- und Wanderlager und befahl, die Pariser Einheit habe zum *Adler* auf der besonnten Terrasse zu marschieren. Der Marsch werde die Eisenbahner müde machen, immerhin seien auf einer Wegstrecke von 5,3 Kilometern eintausendundvier Höhenmeter zu überwinden. Die über tausend Meter Höhenunterschied würden in der ersten Nacht im *Adler* für Ruhe sorgen.

Die Schweizer Bewacher gaben den französischen Offizieren zu verstehen, sie möchten den Befehl geben, die Tornister fürs erste vor dem Hotel zu deponieren und…

Der ranghöchste Offizier der entwaffneten und zur Sanierung einer Alpenbahn abkommandierten Armee unterbrach den Schweizer Wachhabenden und erklärte ihm, er wolle jetzt gerne das Kommando übernehmen und die Männer ins Hotel führen.

Er stamme aus einer Hoteliersfamilie und wolle mit einem kleinen Zeremoniell beweisen, daß das französische savoir vivre keine leere Phrase sei.

Das Argument leuchtete ein, der Offizier, ein Major, gab die nötigen Befehle, marschierte in die Halle.

Es war ihm gesagt worden, der *Adler* werde von einer Dame geführt. Als er das Bild am Ende des Ganges sah, darauf die mehr als bloß schöne Frau vor dem Schlüsselbrett, verlor er die Sprache.

Susanne von Beatenberg lächelte, hieß ihn in charmantem Französisch willkommen, begrüßte jeden der Offiziere, indem sie ihnen die Hand gab und sich die ihre drücken ließ.

Die Herren in ihren etwas mitgenommenen Uniformen schauten sich verblüfft und ein bißchen entsetzt an.

Mit einer so apart schönen Frau konnte der Aufenthalt selbst bei härtester körperlicher Arbeit nur zu einem Desaster führen. Keiner hätte dieser Frau im Zivilleben widerstehen können, und jetzt hatten sie gerade einen Krieg verloren, waren von einer Militärmacht gedemütigt worden, die sich in erster Linie aufs Marschieren verstand, ansonsten kaum Rotwein produzierte und keine Ahnung von der Herstellung weicher Käse hatte. Barbarisch war zudem ihre Sprache, durchsetzt von unaussprechlichen ch-Lauten und harten T. Nie hätte jeder der Männer mehr der Zuneigung einer Frau bedurft als gerade jetzt.

Dem Himmel sei Dank, sagte sich der Major, daß die Truppe entwaffnet worden ist. So konnten seine Männer nur mit bloßen Fäusten statt mit Bajonetten und Gewehren aufeinander losgehen, denn so wie er sie dastehen und lächeln sah, die schöne Frau, würde sie unnahbar bleiben und die Eifersucht immer aufs neue anstacheln.

Er, Fritz Blumenstein, sagte später, als er allen Grund zu Gehässigkeiten zu haben glaubte, so wie die Männer dagestanden seien, habe ihn die Niederlage ihrer Armee nicht überrascht.

Geschämt habe er sich, zumindest vor der französischen Fremdenlegion und der Militärakademie in Saint-Cyr habe er eine Art Hochachtung gehabt. Selbst die Offiziere seien nicht bis auf den letzten Mann sauber rasiert gewesen. Einige Schnurrbärte hätten wie Uhrzeiger ausgesehen. Wenn schon Schnurrbart, dann bitte mit dazugehörender Binde und dem unerläßlichen Wichs.

Susanne von Beatenberg hatte sich über die Überheblichkeit geärgert. Daran, daß er sich über Bartwichse aufhalte, merke man, daß er noch immer nicht bemerkt habe, was in der Welt vor sich gehe.

Das Personal, es wartete beim ersten Kontakt mit den etwas absonderlichen Gästen im Hintergrund, war nicht dazu angetan, die Aufmerksamkeit der seit Monaten frauenlosen Offiziere auf sich zu lenken. Alte Männer, die zum Inventar des Hotels zu gehören schienen. Ein paar ältere Frauen, Saaltöchter, denen die vielen Saisons in den Rücken und in die mit elastischen Binden eingebundenen Beine gefahren waren.

Der Major ließ, nachdem die Offiziere einen ersten Augenschein hatten nehmen können, die Unteroffiziere und Soldaten eintreten. Die Männer kamen entspannter herein als ihre Vorgesetzten. Viele von ihnen waren noch nie in einem so noblen Hotel gewesen. Laute und weniger laute Äußerungen sorgten für vereinzelte Lacher. Auch anerkennende Pfiffe waren zu hören.

Sie galten zweifelsohne der schönen Gastgeberin. Der Major bat mit höflicher Stimme um Ruhe. Die Soldaten erschraken. Was mochte in den Major gefahren sein, daß er auf einmal einen durch und durch zivilen Ton anschlug.

Nach zwei oder drei Fragen gaben alle Ruhe, und der Major stellte die Dame des Hauses vor.

«Madame Susanne de Beatenberg.»

Eine Adlige, dachten die meisten.

Der Major erklärte in nun wieder etwas militärischerem Ton, er erwarte von jedem, daß er sich dem Stil des Hauses unterwerfe. Man sei Gast hier. Jedermann könne auf den ersten Blick sehen, daß dies ein vornehmes Hotel sei. Die Stühle zum Beispiel, sagte der Major, auf diese feinen, stilechten Sitzgelegenheiten dürfe sich nur setzen, wer um den Wert eines solchen Möbelstücks wisse.

Susanne von Beatenberg errötete, ihr Blick streifte den

Mann, der, seit er in die Halle getreten war, wie angewurzelt dastand und auf das Bild am Ende des Ganges starrte.

Sie wandte sich an die über hundert Männer, hieß auch sie willkommen, sagte, man lege hierzulande kein Gewicht auf das de vor den Familiennamen. Adelige gebe es nurmehr in Romanen. Sie sei Bürgerin dieses Dorfes. Im übrigen sei sie überzeugt, man werde sich bestens verstehen. In normaleren Zeiten sei man im *Adler* zwar etwas mehr auf Engländer eingestellt, aber das Personal beherrsche auch das Französische, nicht zuletzt, weil die Hotellerie samt Küche und Keller französisch orientiert sei.

Susanne von Beatenberg genoß den ersten Beifall.

Alle Räume, fuhr sie fort, seien frei zugänglich. Sie verlange, daß es keine Örtlichkeiten gebe, in denen sich bloß Offiziere aufhielten. In ihrem Hotel gebe es nur Gäste. Keine besseren oder weniger guten Gäste, und selbst wenn der *Adler* jetzt etwas zweckentfremdet werde, bleibe er ein Hotel. Das schlug ein.

1939/45 gab es in jeder Armee weiß Gott noch Standesunterschiede. In der französischen nicht minder als in der Schweizer Milizarmee, in der zwar ein Klauenschneider neben einem Bankdirektor Dienst leisten konnte, sofern der Bankdirektor den Sprung ins Offizierscorps aus unerfindlichen Gründen nicht geschafft haben sollte.

Wer nichts war, wurde in der Regel auch in der Armee nichts.

Ob sich Susanne von Beatenberg die Sache mit dem Einheitsgast zuvor überlegt hatte oder ob dieser Beschluß erst gefallen war, als sie den Soldaten auf das Bild am Ende des Ganges starren sah, ist nicht bekannt. Selbst Fritz Blumenstein konnte es nie in Erfahrung bringen.

Als sie zu sprechen anfing, schreckte der in das Bild vertiefte Soldat auf, wandte ihr den Kopf zu, sah zurück zu der Landschaft unter den Wolken, hinter denen weitere Landschaften zu sehen waren, schüttelte den Kopf, wie um einen unbotmäßigen Gedanken zu verscheuchen, staunte in das schöne Gesicht der Susanne von Beatenberg.

Zu kurze Hosen trage er, mochte sich die Besitzerin und Direktorin des *Adler* gedacht haben. Die Haare sollte man ihm schneiden, und ein bißchen mehr Fleisch auf den Wangenknochen dürfte ebenfalls nicht schaden. Seine Hände müßte sie sehen, hatte sie sich wahrscheinlich überlegt und war noch mehr errötet.

Der Major und die Offiziere, die am nächsten standen, dachten, die vielen Männer würden sie doch mehr verwirren, als sie vorzutäuschen versuchte. Daß es ein einzelner Mann sein könnte, ahnte keiner.

Der Major wollte wegen der fehlenden Offiziermesse Einwände vorbringen. Er kam nicht dazu.

Lüscher, sagte Susanne von Beatenberg, und ein alter Mann trat aus der Gruppe der Angestellten, ob sie ihnen Pierre Lüscher vorstellen dürfe. Den Küchenchef. Er werde auch ihr Chef sein. Niemand, auch sie als Direktorin nicht, werde ihm dreinreden. Er brauche ein paar Leute. Er, sagte sie zum Major, werde diese Leute zu ihrer aller Wohl bestimmen. Es gebe nur einen Speisesaal. Und jeweils nur ein Menu. Wein werde nur am Abend ausgeschenkt. Zwei Glas pro Mann.

Susanne von Beatenberg kam den Unmutsäußerungen zuvor. Das Oberkriegskommissariat wünsche es so. Selbstverständlich gebe es im Keller noch mehr und besseren Wein, aber jedermann werde verstehen, daß sie nur gegen Bezahlung in den Keller hinuntersteige. Platz gebe es für hundertfünfzig Leute. Hauptsächlich handle es sich um Doppelzimmer. Da aber zu wenig Personal zur Verfügung stehe, sei sie mit dem Kriegskommissariat übereingekommen, es würden für die Soldaten Dreierzimmer und für die Offiziere Einzelzimmer zur Verfügung gestellt. Drei Einzelzimmer stünden als Krankenzimmer bereit, und jetzt würden die Damen von Allmen, Graf, Sieber, Gertsch und Brunner ihnen die Zimmer zeigen.

«Moment, Moment!» rief der Major. «Es gibt eine Liste. Der Sergent major teilt die Männer ein.»

Ein Durcheinander entstand. Tornister, Koffer, Pappschachteln und Bündel wurden herumgereicht. Einmal rief der Sergent major, die Schuhe müssten ausgezogen werden. Gelächter. Dennoch wurde die Bitte befolgt, und alle zogen sie die Schuhe aus, bevor sie sich in die Etagen begaben.

Fritz Blumenstein schüttelte es. Szenen aus seinen weitläufigen Reisen gingen ihm durch den Kopf. Das Betreten heiliger Stätte, wo er sich, wenn er die Schuhe auszog, immer wie im Bordell vorkam, so, als ob er sich auf verschwitzten Socken zu nicht ganz sauberen Abenteuern vorschleichen würde, immer einen Blick nach rückwärts, wo eine Dame aus bester Gesellschaft, englischer womöglich, ein Loch in seinen Strümpfen feststellen könnte.

Ob es ihm gefalle, fragte Susanne von Beatenberg den das Bild am Ende des Ganges anstaunenden Soldaten. Wieder fuhr er erschreckt zusammen.

«Doch doch. Ja. Sehr.»

Er schob behutsam die Stiefelabsätze zusammen, verneigte sich leicht, sagte seinen Namen:

«Claude Roussin.»

Susanne von Beatenberg streckte ihm die Hand entgegen. Soldat Roussin ergriff die Hand, wollte sie an seine Lippen führen, wie er es vor dem Krieg in Wien gelernt hatte, als ein Soldat, der schon auf der Treppe stand, «Roussin!» schrie. Wo denn der verdammte Roussin stecke. Zwei weitere Soldaten traten zu Roussin und forderten ihn unfreundlich auf, endlich die Schuhe auszuziehen und mitzukommen.

Löcher hatte er in den Strümpfen.

Lange hatte Susanne von Beatenberg keine Zehen mehr gesehen, die wie neue Kartoffeln aus feuchter Wolle schauten. Sie ertappte sich dabei, daß sie krampfhaft überlegte, wie man solche Löcher stopft. In der Schule hatte sie es gelernt. Eine hölzerne Kugel hatte sie dazu benötigt. Und einen Fingerhut. An die doppelte Ferse konnte sie sich erinnern. Bei dem Soldaten, der wohlklingend Claude Roussin hieß, waren die Fersen anscheinend ganz. Vielleicht brauchte es mehr als einen Fingerhut. Wahrscheinlich steckte man einen fingerhutgeschützten Finger statt einer Holzkugel in die Spitze des Strumpfes, wobei ein Strumpf nicht mit einem Fingerhandschuh verglichen werden konnte. Susanne von Beatenberg hätte die Strümpfe der Flickfrau anvertrauen können. Daran dachte sie aber nicht. Die Socken des Soldaten Claude Roussin würde sie eigenhändig stopfen. Selbst auf die Gefahr hin, daß er bei einem längeren Marsch Blasen bekäme. Sie würde sich bei der alten Handarbeitslehrerin ein Lehrbuch besorgen. Wer lesen kann, kann auch strikken und stopfen, sagte sie sich. Für die Blasen würde sie ihn mit einem neuen Paar Strümpfe entschädigen.

Claude Roussin, für Susanne von Beatenberg bereits nach der ersten flüchtigen Begegnung der einzige Zivilist im Haus, folgte seinen Kameraden hinunter durch den langen Gang. Er stellte die Füße etwas nach außen und watschelte leicht.

Die eine Ferse, die linke, schaute auch aus dem Strumpf.

Ein Offizier hatte bemerkt, wie Susanne von Beatenberg dem Soldaten Roussin nachschaute.

Die Dame und der Soldat.

Der Offizier, wie alle andern Offiziere Mitglied einer höheren und deshalb auf jeden Fall besseren Gesellschaft, hatte auf den ersten Blick, anderes wäre in seinen Kreisen absolut unmöglich gewesen, festgestellt, daß die Patronne des *Adler* ganz und gar Dame war. Mit einer kleinen Einschränkung vielleicht: Daß sie alle Räume für Soldaten und Offiziere öffnen wollte, verriet ihm, dem Offizier, daß eine echte, ganz echte Dame eben doch nicht berufstätig sein konnte.

Déformation professionnelle, dachte er.

Daß sich eine Dame nach einem Soldaten aus einem andern Grund als dem einer gewissen Abscheu umdrehen könnte, dazu reichte selbst der taktisch und strategisch geschulte Verstand eines Offiziers der geschlagenen, entwaffneten und internierten französischen Armee nicht aus.

«Ein Elend, diese Vagabunden», sagte er zu Susanne von Beatenberg.

Susanne von Beatenberg reagierte nicht, und erst als der Offizier fragte, ob er ihr in irgendeiner Art dienen könne, schreckte sie auf, errötete, sagte nein nein, es sei alles in bester Ordnung, sie sehe schon, sie habe es mit durch und durch anständigen Herren zu tun.

Sagte es und hätte die Worte am liebsten wieder zurückgenommen. Sie hatte sich angewöhnt, auch auf die bedeutungslosesten und dümmsten Fragen immer eine aussagekräftige Antwort zu geben.

Und jetzt kommt einer, gestand sie sich ein, nennt den, der von allen vom Bild am Ende des Ganges am meisten angetan war, einen Vagabunden. Zu spät, dachte sie, sagte dennoch, man müsse sich wohl etwas um die armen Teufel kümmern.

«Um Gotteswillen», entrüstete sich der Offizier.

Wenn diese Burschen nicht selber auf ihr Äußeres achteten, gut, befehlen könne man ihnen, sich sauber zu halten, aber die meisten hätten sich im Verlauf des Krieges zu Schweinen gewandelt wie weiland Odysseus' Soldaten.

Einmal Schwein, immer Schwein.

Daß ihm, dem auf Äußerlichkeiten peinlich genau achtenden Offizier, Odysseus eingefallen war, schien ihn mächtig zufriedenzustellen.

Susanne von Beatenberg hatte sich gleich wieder gefaßt.

«Ich verbiete Ihnen, in meinem Haus einen anständigen Menschen Schwein zu nennen!»

Der Offizier schien zusammenzuschrumpfen. Jedenfalls sagte Frau von Allmen später, der elende Angeber sei von der Bestimmtheit der Chefin derart getroffen worden, daß er dagestanden sei, als hätte er vor aller Welt die Hosen verloren.

Susanne von Beatenberg sagte dem Mann, der, bloß weil er die Insignien eines Offiziers trug, auch respektiert werden mußte, sie wisse nicht, ob das der Ton der französischen Armee sei. Wenn ja, werde sie wohl mit dem ranghöchsten Offizier reden müssen. Sie habe vor dem Krieg viele englische und auch einige Schweizer Offiziere als zivile Gäste beherbergt und den einen oder andern auch als Menschen schätzen gelernt. Das Wort Schwein sei dabei nur und ausschließlich im Zusammenhang mit dem Menu gebraucht worden. Als porc, zudem. Das Hotel habe oder rühme sich einer gewissen Tradition, und der gepflegte, englische Ton sei vielleicht der wichtigste Bestandteil dieser Tradition.

«Sie bieten mir Ihre Dienste an – einen Dienst können Sie mir tatsächlich erweisen! Gehen Sie in sich und

denken Sie nach, wer für den Zustand, den äußeren wie den inneren, Ihrer Soldaten verantwortlich ist.»
Drehte sich um und ließ den Offizier wie ein Häufchen Hundekot stehen.

Daß der Ausbruch der Madame de Beatenberg etwas mit dem Soldaten Claude Roussin zu tun gehabt haben könnte, fiel dem Offizier auch später, als Susanne von Beatenberg beim Anblick Claude Roussins bereits erbleichte, nicht ein.

Noch später, als die Besitzerin und Direktorin des *Adler* kein cache-cache mehr spielte und ihre Sympathien zu einem größeren Teil an die Soldaten vergeudete, zeigte sich die Sturheit der besseren Gesellschaft darin, daß sie unfähig war, die bessere Gesellschaft, sich Gedanken über ihr Fehlverhalten zu machen.

Vergeuden, ein Wort übrigens aus dem arroganten Vokabular einer Offizierskaste, die nicht wahrhaben wollte, daß sie und nicht die Übermacht der deutschen Wehrmacht für die schmähliche Niederlage die Verantwortung trug.

Kriege werden von Offizieren gewonnen und von Soldaten verloren.

Es sollte sich besser anlassen als erwartet, das Zusammenleben der Soldaten mit den Offizieren, den Unteroffizieren und dem wenigen Personal. Anfänglich herrschte fast so etwas wie eine Euphorie. Man putzte sich, wusch sich, schnitt sich die Haare und lebte auf.
Lieder wurden wieder gesungen. Keine Marschlieder.
Lieder, die jeder in der Schule gelernt hatte, Volkslieder, Lieder, die einem einmal ins Ohr gegangen und dort beharrlich sitzengeblieben waren.
Les trois cloches, zum Beispiel. Il était un petit navire.
Das Lied von der schönen Gärtnerin am Hof des Königs.

Ein besonders unternehmungslustiger Sänger erinnerte sich, daß in den Schweizer Alpen gejodelt wird. Die ersten Versuche brachten die einheimische Bevölkerung zum Lachen. Später hörte man den Unterschied zwischen einem französischen Jodler und einem einheimischen, also eidgenössischen Jauchzer, kaum mehr.

Kam hinzu, daß den Schweizern, obwohl sie im Vergleich mit andern Europäern kaum unter dem Krieg zu leiden hatten, das Jodeln mehr und mehr vergangen war, während die Franzosen, je länger sie sich im *Adler* wohl fühlten, zusehends zur Touristenattraktion geworden wären, hätte es noch Touristen gegeben.

Das Jodeln, hätte ein Volkskundler gesagt, die inbrünstigste Art des Singens, habe sehr viel mit der Gemütslage zu tun. Nur wer reinen Herzens, frohen Mutes und wenn möglich männlichen Geschlechts sei, bringe jene Töne hervor, an denen der Mann und das Vaterland gesunde.

Die Arbeit am Bahntrassee ging gut voran. Die Männer waren willig, froh, eine Arbeit zu verrichten. Einen Sold, wenn auch einen kleinen, verdienten sie sich obendrein. Viel war mit dem Geld nicht anzufangen, aber es brauchte sich keiner als Sklave vorzukommen. Abends und übers Wochenende spielten sie Karten, und immer häufiger konnte festgestellt werden, daß Offiziere und Soldaten an den gleichen Tischen saßen.

Einige begannen an einem Stück Holz herumzuschnitzen. Spazierstöcke, reich verzierte, kleine Kunststücke, entstanden.

Und es wurde viel geschrieben. Die Post hatte fast so viel zu tun wie bei normaler Belegung des *Adler*.

Was die Männer nach Hause ins besetzte Frankreich schrieben, war nicht im Detail zu erfahren. Eine Verletzung des Postgeheimnisses hätte dem Kurort noch weit über den Krieg hinaus geschadet.

Viel zu erzählen gab es aus dem Hotelleben nicht: Die Streitigkeiten beim Kartenspiel wurden zu den beliebtesten Briefinhalten.

Von Messerstechereien mußte nie berichtet werden. Es war stets Madame von Beatenberg – die deutsche Schreibweise wurde nicht befohlen, aber da Susanne von Beatenberg gegen das de war, wurde sie, die deutsche Schreibweise, zur Regel – die, wenn die Zänkereien zu arg zu werden drohten, mit ein paar liebenswürdig vorgetragenen Ermahnungen die Wogen wieder glättete.

Kleider wurden geflickt. Es gab eine Art Soldatenhilfswerk, eine Einrichtung des gemeinnützigen Frauenvereins. Die Hauptaufgaben dieses Hilfswerks waren das Zusammenstellen und Verschicken von Liebespaketen an die Soldaten, die an den Grenzen zu Großdeutschland, Italien und Frankreich Wache standen.

Susanne von Beatenberg, die dem Frauenverein bloß als Passivmitglied angehörte, erreichte, daß nach einigem verständlichem Zögern die Frauen auch an die internierten Franzosen zu denken begannen.

Jeden Dienstag und Donnerstag fanden sich ein paar Frauen im *Adler* ein, um die gewaschenen Kleider, auch die Unterwäsche und die Socken der Franzosen, zu flicken und zu stopfen. Und zu bügeln. Die Männer brachten am Morgen, was sie den Händen der Frauen überlassen wollten, in einen der Salons, versahen die Kleidungsstücke mit einem Namenszettel und durften am Abend, wenn sie von ihrem Einsatz an der Bahn zurückkamen, feststellen, daß sie sich wieder für einige Zeit keiner Löcher zu schämen brauchten.

Soldat Claude Roussins Name tauchte nachweisbar nie im Nähsalon auf.

Niemandem fiel dies auf.

Die Männer, zu denen am Rande auch die Schweizer

Bewacher gezählt werden durften, hatten nie zuvor soviel Anlaß gehabt, Frauenarbeit und Frauenfürsorge zu schätzen.

Die Frauen wurden verehrt.

Und die Frauen merkten – was heißt merken –, sie fühlten, wie hoch sie bei den Franzosen im Kurs standen.

Das Bild mit dem Kurs mag nicht stimmen. Aber die Frauen brauchten es, um ihre Gelüste, die mit jedem Paar Socken größer wurden, dahinter zu verstecken.

Die Frauen wetteiferten untereinander, und wenn nie ein Franzose Grund zu einer Klage gehabt hatte, manch biederer Schweizer Wehrmann hätte sich gewundert über den Qualitätsunterschied zwischen seinen gestopften Strümpfen und den mit geradezu aufopfernder Liebe geflickten Socken irgendeines unbekannten Soldaten aus dem geschlagenen und gedemütigten Frankreich.

Les chaussettes d'un soldat inconnu.

Roussin mußte ausrücken wie jeder andere auch. Seine Hände hatten sich schon vor der Internierung an härtere Arbeit gewöhnt. Solange sie wegen zu harter körperlicher Arbeit verbunden mit ungenügender Ernährung und psychischem Terror nicht zu zittern begännen, sagte er sich, könne er ruhig eine Schaufel oder einen Pickel in die Hand nehmen.

Im *Adler* war das Essen einfach, aber ausgezeichnet zubereitet. Zu hart war die Arbeit nicht, und von psychischem Terror konnte nicht die Rede sein.

Weil die Jackentaschen nicht allzu groß waren, hatte er sich angewöhnt, sehr kleine Skizzen zu machen. Er hatte sich im Dorf einen Notizblock beschafft und zeichnete, wann immer er Zeit dazu fand.

Als Internierter, den man in der kriegsverschonten

Schweiz ohne übertriebene Strenge zu beschäftigen suchte, hatte er sehr viel Zeit.

Die Alpen hatten es ihm angetan, die drei gewaltigen Berge vor allem, die selbst dann gegenwärtig waren, wenn es bewölkt war.

Anfassen glaubte er den Eiger, den Mönch und die Jungfrau zu können, wenn er auf halber Höhe des Lauberhorns im kurzen Gras saß und darüber nachgrübelte, wie die Berge wohl zu ihren Namen gekommen waren.

Daß es Menschen geben sollte, die die senkrechte Nordwand des Eigers zu durchklettern versuchten, das sich vorzustellen, hatte er anfänglich größte Mühe. Er wollte nicht leugnen, daß er sich ab und zu auch auf die Gipfel hinaufwünschte, und es schien Wege und Routen zu geben, die mehr oder weniger gefahrlos bis auf über viertausend Meter führten. Je mehr er den Graten und Gletschern auf seinen Skizzenblättern beikam, desto näher fühlte er sich den kühnen Kletterern.

Er versuche, mit seinen Kohle- und Bleistiften der Jungfrau seinen Willen aufzuzwingen, sagte Roussin seinen Kameraden, die den Maler gut leiden mochten, sich und ihn aber dennoch des öftern fragten, weshalb er immer wieder die gleichen Sujets skizziere.

«Du könntest mich mal zeichnen», sagte einer der jüngsten Soldaten. «Mit deinen tausend Jungfrauen, den Bergföhren und den Wolken über dem Tal kann niemand viel anfangen.»

Claude Roussin war nicht verletzt.

Er erinnerte sich an einen Kollegen aus der Akademie, an einen Bildhauer, der seiner Zeit mit jedem von ihm gestalteten Objekt davonlief, bis er vor lauter Avantgardismus in die Isolation geriet. Im Hafen von Cherbourg hatten es ihm verrottete Transportkisten und

kompliziert verschraubte Verpackungsbretter angetan. Niemand hatte etwas dagegen, als der Künstler
den Abfall nach Paris transportieren ließ. In der Me-
tropole stellte er die Objekte auf einem Industriegelän-
de zu einem mächtigen Kunstwerk zusammen. Die
Kritik reagierte begeistert, die Arbeiter, die an den
Déchets vorüber in die Fabrikhallen gehen mußten,
lachten anfänglich, später wurden sie obszön, und
schließlich verlangten sie über ihre Gewerkschaft die
Wegschaffung des widerlichen Fatras. Eine Beleidigung der werktätigen Menschen sei es, wenn einer
komme und das, was von ihrer Arbeit übrigbleibe, zur
Kunst deklariere.
Die Stimme des Volkes.
Wenn nun einfache Eisenbahner ihm, dem Maler,
vorwarfen, niemand könne mit seiner Kunst viel an-
fangen, sollte vielleicht auch er, Claude Roussin, in
sich gehen. Er brauchte dabei nicht gleich ehrverlet-
zend zu werden wie der Kollege aus der Akademie.
Im übrigen hatte es dem Bildhauer viel Publizität
gebracht, als er sich mit der Gewerkschaft anlegte.
Er dagegen mußte zumindest bis Kriegsende mit seinen Kritikern auskommen, auf recht beschränktem
Raum zusammenleben.
Einfache Eisenbahner.
War nicht das schon beinahe eine Ehrverletzung?
Der Soldat, der sich das Porträt wünschte, hatte gemeint, so, wie er, Roussin, die Landschaft sehe, könne
sie kein anderer im *Adler* wahrnehmen. Kunst verkaufe
sich zurzeit ohnehin schlecht, wurde der Soldat von
einem Offizier unterstützt. Der Offizier mußte es wissen. Sein Vater sei ein bekannter Sammler, behauptete
er. Ob das zutraf, war nicht zu überprüfen.
Vieles, was von den Internierten, gleich welchen Gra-
des, behauptet wurde, war nicht überprüfbar.

«Mit einem Porträt...»

«Komm», sagte Roussin, «setz dich da drüben ins Licht und halte den Mund!»

Claude Roussin hatte auf der Akademie porträtieren gelernt, doch hatten ihn die Gesichter der meisten Menschen nicht so sehr interessiert, als daß er sich ihnen wie der Jungfrau hätte nähern wollen. Er stellte sich ein Ölbild vor. Nicht ganz so groß wie das Bild am Ende des Ganges im *Adler*.

Der Bergsteiger, hätte er es genannt, und beim Betrachten des zum äußersten angespannten Männergesichtes wären Landschaften freigeworden, hätte man über Grate und Gletscher, über Gipfel und Runsen in andere Gesichter gesehen. Weichere Züge wären zum Vorschein gekommen. Hinter der Lust zum Abenteuer, hinter der Gier, der Todesgefahr zu trotzen, wäre die Angst zum Vorschein gekommen.

«Mach mich so, daß mein Mädchen zu Hause in Pierrelaye mich erkennt und mich auf ihr Nachttischchen stellen kann», sagte der Soldat, als er bemerkte, daß Roussin mit seinen Gedanken weit weg war.

«Unters Kissen wird sie dich legen. Oder noch tiefer. Komm, dreh dich noch ein bißchen, damit ich in deinen Augen feststellen kann, was du mit deinem Mädchen selbst aus der Ferne zu tun gedenkst.»

«Sacrée chabraque», sagte der Soldat, «mach mich nicht an.»

«Sie willst du doch anmachen», meinte Roussin.

Und dann besah sich der Soldat Roussins Skizze. Und staunte.

«Sag mal, du hast aus mir ein Kunstwerk gemacht. Genau so stellte ich mir's vor. Da, die Augen. Und das Grübchen neben dem Schnurrbart.»

Der Soldat schien den Schöpfer seines Porträts zu vergessen, hielt das Blatt in der Hand, prüfte mit den

Fingerspitzen, ob die mit Kohle gezeichneten Linien auch wirklich waren und nicht bei der ersten Berührung wieder verschwanden.

Er dachte an die Zeit vor dem Krieg. Ein Eisenbahner war er. Wie sein Vater. Auf dem Rangierbahnhof von Pierrelaye hatte er eine Lehre als Stellwerker gemacht. Daneben versuchte er sich als Radrennfahrer, hatte auch schon ein paar kleinere Rennen gewonnen. Auf einer Kirchweih am 14. Juli hatte er sich von einem Fotografen auf seinem Rennrad ablichten lassen. Um sich einen energischen, siegesgewissen Gesichtsausdruck zu geben, hatte er die Unterlippe etwas nach vorn geschoben und versucht, die Mundwinkel nach unten zu pressen. Dazu sah er starr geradeaus, wie auf ein Zielband fixiert, das er selbstverständlich als erster überqueren würde. Das Foto hatte ihm über alle Maßen gefallen. So müßte der Sieger der nächsten Tour de France aussehen, hatte er sich gedacht.
Sie wohnten unten am kleinen Fluß. Nebenan hauste Madame Blanc, eine leicht gebrechliche, aber zauberhaft unordentliche, ältere Dame, der er im Frühling den Garten umstach und unter deren Anweisung er Gemüse setzte, Blumen säte. 1938 war da plötzlich ein Mädchen im Garten der Blanc. Schwarzhaarig und ganz anders gekleidet als die Mädchen im Dorf. Wie ein Fahnentuch flatterte ihr ein fadenscheiniges rotes Kleidchen um einen unheimlich anmutigen Körper. Anmutig, genau dieses Wort hatte er für Mireille von allem Anfang an gefunden.
Mit dem Training war es vorbei.
So schnell wie das fremde Mädchen schüchtern ihre Augenlider senkte, wenn er sie über die Gartenhecke hinweg bewunderte, so schnell hatte er die Teilnahme an der grande boucle vergessen.

Aus Berlin war das Mädchen gekommen, und französisch sprach sie so wunderschön fremd, daß er jedes noch so falsche Wort am liebsten zweimal gehört hätte. Wie aus einem Buch mit romantischen Rittergeschichten kam ihm das Wunder in Madame Blancs Garten vor. Und er hörte zu, ließ sich erzählen, weshalb sie geflohen und zu Madame Blanc nach Pierrelaye gekommen war.

Den Garten brauchte er nicht mehr zu besorgen. Mireille hatte ungeheuer tüchtige Hände und packte Hacke, Rechen und Schaufel an, als hätte sie in ihrem achtzehn Jahre alten Leben nie etwas anderes angefaßt.

Was sie in Berlin getan hatte, getraute sich der junge Mann, der von einer Radrennfahrerkarriere geträumt hatte, nicht zu fragen. Sie hatte ihm nur gesagt, sie habe im letzten Moment fliehen können.

So saßen sie eben unten am kleinen Fluß, Mireille erzählte von anderen, größeren und ganz großen Flüssen, von Strömen, die hoch in den Alpen entsprängen, als kleine Bäche wie Musik durch Wiesen, Wälder und Dörfer plätscherten, sich mit melodischem Getöse über Felsen stürzten, durch enge Schluchten schossen, durch große Städte rauschten und schließlich wie der Schluß einer großen Symphonie im Meer endeten.

«Mahler», sagte der Soldat, und Roussin fragte, ob er, der in einem abgelegenen Bergdorf internierte Eisenbahnersoldat, sich so dargestellt gefalle.

«Weißt du», antwortete der porträtierte Soldat, «einmal brachte ich ihr aus Paris ein Kleid mit, und ob du's glaubst oder nicht, es paßte ihr, als hätte ich Maß genommen.»

Roussin verstand nicht.

«Ich habe dir doch eben erzählt, wie das mit Mireille war», sagte der Soldat.

Nein. Er habe auf die Zeichnung gestarrt und auf einmal Mahler gesagt, rief Roussin den Träumer in die Realität der Schweizer Berge zurück.

«Eigentlich», fuhr der gelernte Stellwerker fort, «hatte ich vor dem Krieg an der Tour de France teilnehmen wollen. Es gab Experten, die sich ernsthaft um mich und meine Teilnahme am schwersten Etappenrennen der Welt bemühten. Aber dann zeigte ich Mireille die Fotografie. Ich auf meinem Renner, kurze Hosen, buntes Trikot, die Schirmmütze verkehrt auf dem Kopf.»

Ob er denn vorher schon Rennen bestritten habe, wollte Roussin wissen. Er, der Maler, konnte sich nichts Dramatischeres vorstellen, als die Ankunft eines großen Feldes und den sich anbahnenden Endspurt auf der Zielgeraden. Zu Muskeln und angespannten Nerven gewordene Menschen jagten auf einen Strich auf der Straße zu, oft bloß Zentimeter voneinander getrennt. Und nur vom Ersten, vom Sieger, wurde hinterher gesprochen. Alle andern wurden vergessen, waren Verlierer, Geschlagene. Sport mußte eine grausame Sache sein. Da fuhren junge Männer fast dreihundert Kilometer bergauf und bergab, durch Regen und Schnee, durch die Hitze des Midi und gegen den eisigen Mistral. Wenn es keinem gelang, dem großen Harst zu entkommen, konzentrierten sich alle, Fahrer, Begleiter und directeurs sportifs auf die letzten, auf den allerletzten Kilometer. Dreihundert Kilometer Kampf und Anstrengung reduziert zur Vorbereitung auf ein paar hundert Meter, auf ein gerades Stück Straße. Alle hatten dort noch eine Chance, strampelten sich um eine Meldung in den Schlagzeilen fast zu Tode, stießen einander mit den Ellbogen in die Seiten und gegen die tief über die Lenker gebeugten Köpfe, versuchten mit unerwarteten Richtungsänderungen die Hintermänner in einen Massensturz zu verwickeln, richteten sich für den Bruchteil einer Sekunde auf und spuckten zur Seite. In der Hoffnung, der Rotz treffe das Auge des Konkurrenten.

Roussin wußte, daß die Fotografie den Sport exakter und überraschender festzuhalten vermochte als die Malerei. Ein Mitstudent an der Akademie hatte eine Aufnahme des Zieleinlaufes eines Flachrennens mehrfach vergrössert. Eine recht aufwendige Arbeit. Auf den Mund eines Jockeys kam es ihm an, auf den haßverzerrten Mund, der zu einem Gesicht gehörte, das sich kurz vor dem Zielstrich dem Nebenreiter zuwandte, dem nachmaligen Sieger, notabene. Als er eine Kopie seiner Vergrößerung einem Taubstummenlehrer zeigte, begann der verschämt zu lachen und sagte, der Mann, der zu diesem Mund gehöre, schreie ein einsilbiges Zischwort, so widerlich und gemein, daß er es nicht über die Lippen bringe, schon gar nicht einem Studenten der schönen Künste gegenüber.

Roussin hatte vor dem Krieg über ein Bild nachgedacht, hatte skizziert, Tagebuch geführt, war zu unzähligen Rennen gegangen. Alles, jede Regung, das kleinste nach außen getragene Gefühl auf den letzten Metern vor dem Sieg oder der Niederlage wollte er einfangen, die verzehrende Leidenschaft, Neid, Haß, den Ekel und den Triumph.

Nun hatte er einem Sportler, dem jüngsten Soldaten seiner Einheit, ganz andere Züge gegeben.

Weiche, verliebte Züge.

«Ich bin gar kein cycliste mehr», sagte der Soldat. «Habe ich dir's nicht gerade erzählt?»

«Bloß Mahler hast du gesagt. Sag mal, stimmt etwas nicht?»

Der Soldat schaute den Maler mit ein wenig geröteten Augen an und erklärte ihm, daß er, als er den Einrükkungsbefehl bekommen habe, dem Mädchen die an jenem 14. Juli gemachte Fotografie geschenkt habe. Zum Abschied.

Und das Mädchen habe geweint.

«Ich weiß nicht, ob sie es meinetwegen tat. Ich weiß es wirklich nicht. Wir hatten nicht mehr allzu viel Zeit, und manchmal habe ich sie auch nicht verstanden. Nicht etwa, daß sie unsere Sprache zu wenig beherrscht hätte. Ich sagte schon, sie redete so wunderbar, daß ich ab und zu die Augen schloß und glaubte, es lese mir jemand, vielleicht meine Großmutter, aus einem Buch vor. König Artus, zum Beispiel. Le chanson de Roland.

Wenn ich die Augen wieder öffnete, war Mireille da und sprach von Dingen, die ich nicht verstand. Sehr oft erzählte sie mir Geschichten, die etwas mit Musik zu tun hatten. Von Musik, verstehst du, Roussin, mir, der es nicht einmal bis zum Akkordeon gebracht hat. Was blieb mir anderes übrig, als zuzuhören und mich in meiner Unwissenheit nicht zu verraten. Ich hörte zu, und es war wie Musik.

Verstehst du? Es war Musik!

Etwas, das ich nie zuvor gehört hatte, viel tiefer, viel mächtiger als die Marseillaise nach einem Sieg. Ihre linke Hand übrigens war anfänglich dick aufgeschwollen. Madame Blanc versuchte es mit heißen Umschlägen und allerlei Salben. Es nützte nichts. Schließlich brachte man sie zum Arzt, und der stellte fest, daß das Handgelenk seit längerer Zeit gebrochen war. Es komme ihm vor, erklärte der Arzt, als hätte jemand versucht, dem Mädchen die Hand gewaltsam aus dem Gelenk zu drehen. Stell dir vor, Roussin, Mireille hat mit dieser Hand den Garten der Madame Blanc besorgt, als wäre nichts geschehen. So, als wäre ich mit einem gebrochenen Fuß über die Pyrenäen, von Les

Eaux-Bonnes nach Lourdes und von den Heilgrotten weiter nach Bagnères-de-Bigorre über den Col d'Aspin nach Bagnères-de-Luchon und vielleicht sogar weiter nach Montréjeau und Tarbes oder hinüber nach Toulouse gefahren. Und gewinnen hätte ich auch noch müssen. Im Vergleich zu ihr.»

Roussin war nur in Biarritz gewesen.

«Die Behandlung war schwierig. Erst nachdem die Schwellung zurückgegangen war, konnte der Gips verpaßt werden. Mireille hat nie gejammert und mir auch nicht verraten, wie sie sich die Hand gebrochen hat. Zum Abschied sagte sie mir, ich solle wiederkommen. Sie würde unten am Fluß auf mich warten. Das Foto steckte sie in ihre Bluse und sagte, sie möge mich lieber in eher zu langen Hosen und ohne diesen martialischen Blick. Und meine Lippen seien auf der Fotografie auch entstellt. Sie fuhr mit dem Zeigefinger ihrer Hand über meinen Mund, umarmte mich und weinte.»

Roussin hüstelte.

«Ja, ich weiß, es klingt kitschig und wie im Kino», sagte der Soldat, «aber genau so haben wir voneinander Abschied genommen. Und jetzt hast du mich gemacht, wie sie mich sieht. Roussin, du bist ein großer Künstler!»

Roussin nickte. Oder hatte er den Kopf geschüttelt?

«Ich weiß, was ich kann, aber sag es vorläufig nicht weiter.»

Aber nein. Was er sich denke. Wenn er, Roussin, noch einen andern so mache, erstechen würde er ihn. In die Küche schliche er sich, das längste und rostigste Messer würde er Lüscher klauen.

«Lüscher hat keine rostigen Messer», unterbrach ihn Roussin.

«Dir und dem zweiten Modell schnitte ich auf der

Stelle die Gurgel durch. Du kennst meine Eifersucht
nicht, wenn du glaubst, ich könne kein Geheimnis für
mich behalten.»

Nach zwei Tagen hatten die Soldaten, die Unteroffiziere und die Offiziere der zwangsinternierten Pariser
Eisenbahnereinheit ihre eidgenössischen Bewacher
und das leicht überalterte Hotelpersonal das Porträt
des in eine Musikerin verliebten Stellwerkers und an
der Liebe gescheiterten Radrennfahrers aus Pierrelaye
begutachtet und auch begriffen, wie aus einem verbis-
senen Radamateur ein feinfühliger, also sensibler Zuhörer für vielleicht sogar ein wenig sentimentale Geschichten geworden war.

Lüscher, der seine Messer achtlos in seiner ansonsten
ordentlichen Küche herumliegen ließ, pfiff, als er die
Geschichte, die in Madame Blancs Garten ihren An-
fang genommen hatte, das zweite Mal hörte, leise Lilli
Marlène, und Frau Brunner, die unheimlich viel für
traurige Liebesabenteuer übrig hatte, wischte sich die
Tränen mit ihrer stets ein bißchen schmuddeligen
Küchenschürze ab.

Kriegszeiten sind, sofern man die Frontgeschehnisse
zu verdrängen versteht oder geschickt genug ist, sich
von den Grausamkeiten fernzuhalten, die sentimental-
sten Epochen der Geschichte.

Roussin nahm es seinen Kameraden nicht übel. Jeder
hatte seine Geschichte. Die Jüngeren schwärmten von
ihren Geliebten. Die Verheirateten wußten von ihren
schönen Frauen und den mit tausend Talenten ausgestatteten Kindern zu berichten.

Roussin mußte seine Sport- und Bergbilder vergessen.
Der französische Kommandant im Rang eines Majors
beurlaubte ihn nach Rücksprache mit dem schweizeri-
schen Bewachungskommandanten im Rang eines
Wachtmeisters vom Ausrücken zu den Gleisarbeiten.

Roussin war nicht bereit, seinen Ruf als seriöser, akademisch ausgebildeter Maler mit Huschhusch- und Ruckzuckskizzen aufs Spiel zu setzen.

Er brauche für ein Porträt mindestens einen halben Tag. Und mehr als drei schaffe er am Tag bestimmt nicht. Am Vormittag eines, eines am Nachmittag, und wenn er noch Lust und Laune verspüre, vielleicht ab und zu abends eines.

Jeder wollte der erste sein, und zum ersten Mal pochten die Offiziere auf gewisse Vorrechte. Die Soldaten konterten mit dem Hinweis auf die von Madame von Beatenberg befohlene klassenlose Hotelgesellschaft.

Roussin weigerte sich, in einer gespannten Umgebung zu arbeiten.

Susanne von Beatenberg, die zu Rate gezogen werden sollte, winkte ab. Sie wolle sich nicht durch jeden noch so klugen Schiedsspruch alle Sympathien verscherzen.

Lüscher bot la solution parfaite an. Er erklärte sich bereit, genau so viele Brötchen zu backen, wie Leute im *Adler* waren.

Bevor er die Brötchen in den Ofen schob, preßte er in jedes eine Zahl. Dazu benützte er die bekannte Suppenbeilage aus Buchstaben und Zahlen.

Lüscher verstand es, selbst dreistellige Zahlen so zu applizieren, daß die Ziffer beim Brechen des Brötchens auf den ersten Blick zu erkennen und zu lesen war.

Auch Susanne von Beatenberg mußte ein Brötchen aufbrechen. Als erste sogar, da sie als Unparteiische die Liste schreiben sollte.

Sie fand in ihrem Brötchen die Zahl neunundsechzig.

Die Liste wurde erstellt, und es kam zu weiteren Komplikationen, galt es doch, nicht nur Roussin freizustellen, auch der zu Porträtierende mußte vom Einsatz an der Alpenbahn für einen halben Tag dispensiert werden.

Einige Offiziere kauten mindestens einen halben Tag an ihren Bleistiften, bis auch die zweite Liste fertig wurde, und Roussin machte sich an die Arbeit.

Nicht daß aus dem *Adler* eine Akademie geworden wäre, aber einen Anflug von etwas Höherem bemerkte jeder. Lüscher behauptete gar, es werde deutlich leiser gegangen, und die Damen Gertsch, von Allmen, Graf, Sieber und Brunner wollten festgestellt haben, die Männer trügen geradere Scheitel und gestutztere Schnurrbärte.

Die Spiegel in den Zimmern seien auf einmal geputzt, und manch einer, ob Offizier, Unteroffizier oder Soldat, probiere eine vorteilhaftere Kopfhaltung aus, koketter oder mit dem kühnen Schwung eines Abenteurers. Andere begannen sich ihrer schlechten Zähne zu schämen und waren froh, erst im letzten Drittel der Liste eingetragen zu sein. So hatten sie genügend Zeit, sich einen diskreten Schnurrbart wachsen zu lassen.

Roussin arbeitete regelmäßig. Vormittags und nachmittags. Und auch abends. Da nützte alle vorgespielte oder tatsächliche Müdigkeit nichts. Der Künstler hatte sich vor seine Modelle zu setzen.

Es war Krieg, und die Bräute, die Ehefrauen mußten mit Briefen hingehalten werden.

Hundertfünfzig Männer ohne die Chance eines Heimurlaubs stellten eine ungeheure Potenz dar, und obwohl angeblich die männliche Lust auf etwas Weibliches mit zunehmender Höhe über Meer rapide abnimmt, dachten die Soldaten, die Unteroffiziere und Offiziere an nichts anderes als an die weiße, verletzliche Haut einer Frau.

Diese Sehnsucht stellte sich vor allem dann ein, wenn die Männer ihren Frauen Briefe schreiben sollten, sich in den Haaren kratzten, am Schreibwerkzeug nagten und die Schwielen an ihren Händen betrachteten.

Auf hundertfünfzig Franzosen ein Maler.

Damit schien das künstlerische Potential erschöpft.

Für einen Dichter reichte es nicht mehr. Aber wenn dieser Maler fähig war, all das mit einer einfachen Kohlezeichnung auszusagen, was jeder gerne nach Hause geschrieben hätte, war Roussin mit Geld nicht aufzuwiegen.

Roussin wurde nach einer Woche müde. Dreiundzwanzig Porträts hatte er hinter sich gebracht. Zweiundzwanzig Männer und Frau Sieber.

Die Müdigkeit war nicht körperlicher Natur. Im Gegenteil. Er begann sich vorzustellen, wie beruhigend und erholsam es sein müßte, mit einem schweren Vorschlaghammer die Steine zwischen den eichernen Schwellen der Eisenbahnlinie zu zertrümmern.

Seine Bedenken, einer könnte durch die Massenabfertigung dem andern immer ähnlicher sehen, wurden nicht ernstgenommen.

Maler sei ein Beruf wie jeder andere, sagten die Modelle. Wo käme man hin, wenn jeder, der zehn Stunden am Tag arbeite, nach einer Woche nicht mehr weitermachen wollte?

Immerhin gewährte man ihm ein freies Wochenende, und nach einer Aussprache mit Susanne von Beatenberg, die der Küchenchef Roussin vermittelt hatte, schien ihm das Porträtieren wieder viel leichter von der Hand zu gehen.

Bald schaffte er die doppelte, dann die dreifache Tagesproduktion. An guten Tagen zauberte er gar ein gutes Dutzend aufs Papier.

Alle waren zufrieden, bis eines Abends ein französischer Küchengehilfe entsetzt feststellte, daß Lüscher, der mindestens vierzig Jahre ältere Küchenchef, ihm, dem noch Jungverheirateten, auf dem Papier verblüffend ähnlich sah.

Lüscher war am selben Halbtag gemacht worden. Roussin redete sich mit den von ihm längst angemeldeten Bedenken heraus, doch als die Männer, die ihm bereits Modell gestanden, die Zeichnungen aber noch nicht abgeschickt hatten, sich zu vergleichen begannen, mußte Roussin für ein paar Stunden um sein Leben fürchten.

Die Gefahr verflog, als die wenigen, die noch nicht gezeichnet worden waren, in ein großes Gelächter ausbrachen und sich für ein Gruppenporträt entschlossen. Roussin weigerte sich zuerst, es half nichts: Für das Gruppenbild mußte er noch einmal sein Bestes geben. Dann kehrte wieder Alltag ein im *Adler*. Das Streben nach Höherem verflog, die Scheitel wurden nachlässiger gezogen.

Soldat Roussin mußte wieder ausrücken und war froh darüber. Zwar setzte die Arbeit ein paar Schwielen ab, auch ins Kreuz schoß ihm die Plackerei mit dem Vorschlaghammer, und in den ersten Tagen war er dem Gespött seiner früheren Bewunderer stärker ausgesetzt, als ihm lieb war.

Es schien dem Maler, den es zu den Eisenbahnern verschlagen hatte, als betrachte ihn Susanne von Beatenberg anders als zuvor. Sie hatte sich, als sie an der Reihe gewesen wäre, dispensieren lassen, hatte vorgeschlagen, Roussin ganz am Schluß Modell zu sitzen, was ihr nach einigem Hin und Her gestattet worden war.

Beobachtet hatte sie Roussin, intensiv sogar, wie er sich eingeredet hatte. Seine Bergbilder hatte sie sehr gemocht, und einmal hatte sie ihn gebeten, ihm die Skizzen für einen halben Tag zu überlassen. Sie wolle sie in Ruhe betrachten. Als sie ihm die Zeichnungen am Abend zurückgab, bemerkte er, daß sie zwei Stöße aussortiert hatte.

Ob sie die Skizzen, die ihr besonders gefielen, im Salon links des großen Bildes am Ende des Ganges ausstellen dürfe.

Er zögerte.

Sie errötete und sagte, er könne sich auf ihren Geschmack verlassen. Im übrigen mache sie zwischen dem einen und dem andern Stoß keinen Qualitätsunterschied. Sie meine bloß, es gebe eine bestimmte Thematik. Sie denke an die Wolkenlandschaften über den Bergen und daran, daß in diesen Landschaften verfremdete, äußerst nachdenkliche Gesichter zu entdecken seien.

Die Ausstellung kam zustande, und sie wäre ein großer Erfolg geworden, wäre Roussin von den porträtierten Kameraden nicht doch ein wenig geschnitten worden. Zudem waren die Franzosen zu sehr mit sich selbst beschäftigt.

Die frauenlosen Männer waren eitler geworden, als es männerlose Frauen geworden wären.

Sie standen vor dem Spiegel, betrachteten die Krähenfüße links und rechts der Augen, die Falten um den Mund. Auch die Stirnfalten schienen Sorgen zu bereiten, sowohl die senkrechten, von den Augenbrauen ausgehenden, wie die waagrechten, mit denen sie dem Kummer Ausdruck verliehen, der verzweifelten Sehnsucht nach zärtlicher Zweisamkeit oder jenen befriedigenden Beischlafdiskussionen, die sie als Männer hatten bestimmen können, in deren Verlauf sie immer auf ihr Recht gekommen waren.

Den Krieg verdrängten sie. Sie hörten Radio, informierten sich, so gut es ging, ballten die Hände zu Fäusten, erblaßten und erröteten vor Zorn. Über ihre Nöte mit der großpolitischen Lage zu sprechen, stand den geschlagenen Soldaten nicht an, befanden sie sich doch in einem neutralen und im Frieden lebenden Land.

Unter den Eisenbahnern befand sich folgerichtig kein Friseur.

Weshalb dann aber ein Maler, hätte man fragen können.

Niemand fragte.

Der alte Hurni, der vor Jahren seinen Salon einem jüngeren Barbier verkauft hatte, einem überaus fleißigen und tüchtigen Geschäftsmann, der wie alle kräftigen jungen Männer des Dorfes irgendwo an einer Grenze stand, Hurni hatte sich einverstanden erklärt, noch einmal einzuspringen, die wenigen Alten, die sich nicht mehr selber behelfen konnten, zu rasieren und auch gleich die Franzosen zu bedienen.

Hurni hatte eine etwas zittrige Hand, und Roussin fand, der eigenartige Stufenschnitt gehöre zu ihrem unfreiwilligen Hotelaufenthalt wie die von den Damen des gemeinnützigen Frauenvereins gestopften Strümpfe.

Andere, eitlere Kameraden reagierten weniger gelassen und verlangten, man solle ihnen einmal wöchentlich einen Besuch in dem von zwei Frauen geführten Damensalon gestatten. Aber sowohl der Kommandant der eidgenössischen Bewachungstruppe als auch der ranghöchste Franzose waren strikte dagegen.

Ehrbar waren die beiden Salonbesitzerinnen ohne Zweifel, aber die Einrichtungen des Salons, die Waschbecken, die Spiegel, die Parfüms, die Fläschchen, die winzigen Nagelfeilen und Scherchen, mit denen die feinen Häutchen an den Wurzeln der Fingernägel geschnitten werden konnten, die Brennscheren und Lockenwickler, die lila und rosa Berufsmäntel, die lackierten Fingernägel der Friseusen waren Dinge, die alle Falten aus den bekümmerten Männergesichtern hätten zum Verschwinden bringen können.

Roussin hatte, was nicht unwichtig zu erwähnen wäre,

keinen einzigen seiner Kameraden nackt gemalt; obwohl der eine oder andere zumindest die behaarte Brust auf dem Bild haben wollte, getraute sich keiner, in voller Blöße Modell zu stehen.

Darüber geredet wurde wohl, und mancher fragte sich und seine Kameraden, weshalb die Maler nur immer nackte Frauen porträtierten.

Ein vorzeitig gealterter Offizier geriet über jeden weiblichen Akt in Rage. Ein begeisterter Ballonfahrer war er gewesen. Einmal hatte er zu viel Sand abgeworfen, und die Reißleine verklemmte sich. In piccardscher Höhe gefroren ihm unter kaltem Angstschweiß die mit Pomade zu schicken Wellen frisierten Haare und blieben auch grau wie Rauhreif, nachdem er mit der Pistole mehrere Löcher in die Ballonhülle geschossen hatte und langsamer, als er zu berechnen gewagt hätte, ins Meer bei Biarritz abgesunken war.

Von der Mehrheit anderer Männer verschieden sei er bei seinem piccardschen Abenteuer geworden, tuschelten die richtigen Männer sich hinter vorgehaltener Hand zu.

«Für uns», sagte der Ballonfahrer, «lassen sich die Damen nackt, stehend, sitzend, liegend, kniend, auf dem Bauch und auf dem Rücken sich räkelnd zeichnen, malen, in Stein hauen und in Bronze gießen. Auf breiten Hüften liegen sie da, mal mit zusammengekniffenen Schenkeln, mal entspannt und mit halbgeschlossenen Augen, die Arme im Nacken verschränkt, auf Kirschblüten oder Kirchtürme blickend. Nicht selten waschen sie sich die Achsel, oder sie ziehen sich, das eine Bein angewinkelt, den Fuß auf einen Schemel gestützt, Strümpfe übers Knie. Und weshalb? Damit der Körper gestrafft ist und die Muskeln tragen, was bekleidet raffinierte Gürtel oder elastische, mit Fischbeinstäbchen verstärkte Stützutensilien in eine ästheti-

sche Lage bringen. Uns sollte man mal so malen»,
meinte der Ballonfahrer, und ein paar Soldaten baten
ihn mit unterwürfiger Höflichkeit, sich Roussin zu
offerieren, sozusagen als Pilotmodell zu sitzen, zu liegen oder sich gar auf dem Rücken zu räkeln.
Roussin lehnte ab, obschon der Vorschlag als Spaß
gedacht war. Wenn schon, male er einen jungen,
athletisch gebauten Soldaten und nicht einen schlaffen
Flieger.
«Fahrer», korrigierte ihn der Offizier, «mit einem Bal-
lon fährt man.»

Susanne von Beatenberg war anfänglich über das Des-
interesse an Roussins Ausstellung empört, wollte aber
keinen Zwang ausüben.
Umso mehr beschäftigte sie der Gedanke, Roussin
könnte sich eines Tages als großer Maler erweisen.
Vielleicht fand er gerade im *Adler* die Muße, einen
eigenen Stil zu entwickeln, sich einzig und allein auf
sich selbst, seine Studien und seine Sicht der Dinge zu
verlassen. Daß er das Metier beherrschte, hatte sie
längst festgestellt, daß er zum Künstler die nötige
Tiefe besaß, hatte sie schon bemerkt, als er zum ersten
Mal die Empfangshalle des *Adler* betrat und nichts
gesehen hatte als das große Bild am Ende des Ganges.
«Die nötige Tiefe zum Künstler», spottete Blumenstein.
Susanne von Beatenberg hörte nicht hin.
Wer verliebt der Bewunderung Ausdruck gebe und
dabei kitschig werde, dem fehle es an Tiefe. Was
immer man unter Tiefe verstehe. Ein See sei tief. Das
Bild am Ende des Ganges weise eine gewisse Tiefe auf,
bestimmt. Allenfalls dürfe man noch von der Tiefe
schöner Augen sprechen. Dann aber sei augenblicklich
Schluß mit den ganzen Tiefenbetrachtungen.

Er verstehe eben nichts von Kunst, meinte Susanne von Beatenberg, jedenfalls nichts von der bildenden, gestaltenden Kunst.

Er, der junge Fritz Blumenstein vom Grandhotel, habe bloß ein Gespür für den Berg. Nicht einmal für die Berge.

Für den Berg.

Man erzählte sich im Dorf auf der Sonnenterrasse, er sei als Sechzehnjähriger zusammen mit seinem Vater der Einladung eines norwegischen Reeders gefolgt. Zum Lachsfang waren sie zwischen Oslo und Trondheim in ein abgelegenes Fjell gefahren und anschließend acht Stunden zu Fuß zu einer Hütte gewandert. Eine Woche lang hatten sie dort von Fischen, gesalzener Butter, Knäckebrot, Preiselbeeren und etwas Schnaps gelebt. Auf dem Rückmarsch wich der Norweger von der Route, die sie eine Woche zuvor genommen hatten, ab. Vater Blumenstein machte den Reeder sogleich darauf aufmerksam, doch der Norweger antwortete, es handle sich bei dem nicht sehr leicht begehbaren Pfad um eine Abkürzung, für die er sich immer dann entscheide, wenn das Wetter umzuschlagen drohe. Die Gegend sei über Hunderte von Quadratkilometern menschenleer, und wenn es einmal zu regnen beginne, schössen unzählige Quellen aus dem Boden. Wie Pilze nach gutem Pilzwetter. Die Pfade würden im Handumdrehen zu Bachbetten. Nebel steige auf, ohne Kompaß könne man sich nur noch hinsetzen und warten, bis das Wetter wieder aufklare.

Einen Kompaß hatten die drei Männer nicht mitgenommen. Weshalb, war unerfindlich.

Das Wetter schlug noch schneller um, als der erfahrene Lachsfischer erwartet hatte. Alle Schilderungen erwiesen sich von einer halben Stunde zur andern als Verharmlosungen. Keine zehn Meter weit sahen die

Männer mehr, der Regen wurde so dicht, daß er ihnen wie Angst über den Rücken lief. Vater Blumenstein lachte und sagte, nun müßten sie sich wohl hinsetzen und abwarten, bis sie wieder zur Hütte zurückfänden und dann den markierten Achtstundenweg unter die Stiefel nehmen. Kurz darauf lachte er nicht mehr. In seinen Bergschuhen glitt er auf den nassen, glattgeschliffenen Felsen aus und blieb liegen. Aus, fertig.

Gebrochen, stellten Fritz Blumenstein und der Reeder fest. Sie schnitten die Hosen mit einem Fischmesser auf, schnürten die Bergschuhe auf.

Der Knochen war oberhalb des Fußgelenkes gebrochen. Die zersplitterten Enden ragten aus dem kaum blutenden Fleisch.

«Schnaps», sagte Vater Blumenstein.

Der Gastgeber hatte bereits ebenso weit gedacht und schraubte seinem Freund, dessen Gast er viele Winter gewesen war, die letzte Flasche auf. Der Verletzte trank ein paar große Schlucke, leerte behutsam fast einen halben Liter auf den offenen Bruch und trank den Rest in einem Zug weg.

Kein Wort sagte er mehr. Keinen Laut gab er von sich. Der Norweger stand ratlos daneben. Er solle sich alle Rucksäcke aufladen, befahl ihm Fritz Blumenstein.

Der Eigner einer der größten privaten Handelsflotte der Welt gehorchte, hängte sich die drei Rucksäcke geschickt um seinen massigen Körper, schaute zu, wie der Sohn sich seinen von Schmerzen und vom Schnaps betäubten Vater auf die Schultern lud.

Und vorwärts, marsch.

Als ob er, der damals etwas mehr als Sechzehnjährige, nie etwas anderes getan hätte, als einen Schwerverletzten durch dichten Nebelregen aus einem weglosen, gurgelnden norwegischen Fjell zu tragen, kehrte er in etwas mehr als fünf Stunden zum Ausgangspunkt ihrer Lachsfischerei zurück. Auf direktestem Weg. Sicherer als mit Karte und Kompaß.

Ohne Pause.

Mit regelmäßigem Schritt.

Tatsächlich hatten Tausende von Quellen das Fjell in ein Bachbett verwandelt. Unter seiner Last sank er tief ein. Kein einziges Mal setzte er seinen Vater ab. Ab und zu legte er den neunzig Kilo schweren Körper über die andere Schulter. Der Norweger hatte seinen Schritt übernommen, einen Meter hinter ihm trug er die drei Rucksäcke ohne Murren durch eine Landschaft, die er später nicht wieder betrat.

Fritz Blumenstein, allen war dies nach dem norwegischen Abenteuer klar, würde sich nie mehr verirren.

Ein Leben lang.

Susanne von Beatenberg hatte es sich zur Gewohnheit gemacht, ihren Gästen zuzuhören und sie dabei diskret, doch sehr genau zu beobachten.

In belanglose Gespräche versuchte sie ihre Gäste zu verwickeln, wollte herausfinden, ob vielleicht der eine oder andere sich als Kunstsachverständiger erwies.

Enttäuscht war sie nicht, wenn sie feststellen mußte, daß oft eine ganze Saison lang kein einziger Gast eine besondere Vorliebe für bildende Kunst zeigte.

Es gab eben solche Menschen.

Sie, diese Menschen ohne Beziehung zu Bildern und wohl auch Büchern, befanden sich sogar in der Mehrheit.

Anfänglich glaubte Susanne von Beatenberg, die meisten Menschen, die das nötige Geld besaßen oder verdienten, um in ihrem nicht billigen Hotel Ferien zu machen und zwei oder drei Monate den nebligen Niederungen der Großstädte, ihren Landsitzen oder

Grafschaften zu entfliehen, seien ihrer selbst so sicher, daß sie sich ganz nach außen orientierten, diese Menschen, so hatte sie gemeint, brauchten keine Spiegel, in denen sie sich selber begegneten, nur eine Aussicht, große Fenster, durch die sie auf Naturschönheiten, auf eis- und schneebedeckte Viertausender zum Beispiel, auf blühende Alpwiesen oder verschneite, von vereinzelten Skispuren durchzogene Abhänge staunen konnten.

Und dann teure schwere Möbel, Teppiche und schwere Rahmen, in denen düstere Porträts hingen.

Fritz Blumenstein, dem sie einmal die Frage gestellt hatte, ob er sich vorstellen könnte, nur mit Aussicht auf die hohen, von ihm durch sein Gespür so beherrschten Berge, mit unpersönlichen Möbeln und Ahnenbildern leben zu können, antwortete, er wohl nicht, aber alle Menschen, die unfähig seien, sich eine andere Welt als die vor den Fenstern vorzustellen, brauchten eben Fenster und eindeutig gemalte Bilder.

«Und die Spiegel?» insistierte Susanne von Beatenberg.

Er schwieg, schenkte sich ein Glas Cognac ein und deutete mit seinen breiten Schultern Zweifel an.

Erst dieser äußerlich etwas heruntergekommene Maler, dieser mit einem «unendlich schüchternen Charme beschenkte» Claude Roussin hatte ihr eine glaubwürdige Antwort gegeben.

Ihm war aufgefallen, daß im *Adler,* außer in den Gästezimmern und in allen zugänglichen Toiletten, keine Spiegel hingen.

Als ihm Susanne von Beatenberg zeigte, wie sie seine Skizzen im Salon neben dem Bild am Ende des Ganges zu einer Ausstellung zusammengestellt hatte, fragte er, ob er sich einen Moment auf einen der zerbrechlichen Stühle setzen dürfe. Sie lud ihn herzlich dazu ein, klingelte und ließ sich von Frau von Allmen Tee bringen.

Claude Roussin verstand Tee zu trinken, und als die Dame des Hauses ihm die Idee erklären wollte, die hinter der Anordnung der Bilder steckte, legte er, nachdem er die Tasse von den Lippen genommen hatte, den linken Zeigefinger auf seinen noch teefeuchten Mund und bat um die Erlaubnis, eine kleine Geschichte erzählen zu dürfen.

«Können Sie sich meine Großmutter vorstellen?» fragte Claude Roussin.

Susanne von Beatenberg stand auf, ging die paar Schritte bis zur Tür und schloß sie. Frau von Allmen, die draußen im Gang Staub wischte, erschrak und wußte nicht, ob sie ihrer Pflicht nachgehen sollte oder nicht. Die Chefin hatte vor der Ankunft der Franzosen angeordnet, es dürfe sich nie eine Frau allein mit einem Mann, ob Franzose oder Schweizer, Soldat, Unteroffizier oder Offizier, hinter einer geschlossenen Tür aufhalten.

Susanne von Beatenberg konnte sich die Großmutter nicht vorstellen und stand noch einmal auf.

«Jetzt wird sie die Tür wieder öffnen», dachte Claude Roussin, denn die hotelinternen Abmachungen hatten sich herumgesprochen, wurden eingehalten und wegen des Alters der angestellten Damen belächelt.

Susanne von Beatenberg öffnete die Tür zum Gang und sagte übertrieben laut: «Frau von Allmen, sorgen Sie bitte dafür, daß wir nicht gestört werden. Ich wäre Ihnen sehr dankbar. Ja?»

Sie wartete keine Antwort ab, schloß die Tür hinter sich, setzte sich und sagte zu ihrem verblüfften Gegenüber: «Nein, ich kann mir Ihre Großmutter nicht vorstellen.»

«Schade», sagte Claude Roussin, «sie war eine bis ins

hohe Alter ausnehmend schöne Frau. Als sie mit fünfundvierzig zum erstenmal Großmutter wurde, rief sie die Familie zusammen und erklärte nach einem superben Essen, nun brauche sie keine Spiegel mehr, ergriff eine Champagnerflasche und schmiß sie wie zu einer Schiffstaufe in den wertvollen barocken Spiegel, den Stolz der Familie, mitten in das einzige Erbstück, das seit Generationen immer wieder zu häßlichen Streitigkeiten geführt hatte. Niemand wagte etwas zu sagen. Es gab noch ein paar weitere recht kostbare Gegenstände im Raum, die hätten in Brüche gehen können. Ihr fragt mich nicht, weshalb ich keine Spiegel mehr brauche, fragte die Großmutter. Nun, fuhr sie fort, ich habe heute morgen, als ich mich in diesem Spiegel betrachtete, festgestellt, daß ich keine Maske mehr trage und ein ganz und gar gewöhnlicher Mensch geworden bin.»

Claude Roussin stockte. Er betrachtete die schöne junge Frau, die ihm gegenübersaß und seine Bilder betrachtete. Hatte er schon zuviel gesagt? Oder vielleicht etwas Falsches? In seiner Familie gab es lauter eitle Menschen. Alle waren sie stolz auf irgendwelche Äußerlichkeiten. Die einen waren Pferdenarren und überall dort anzutreffen, wo die Damen große Hüte mit Schlapprändern und die Herren möglichst unauffällige Eleganz zur Schau zu tragen hatten. Andere waren Stammgäste bei jenen Modeschauen, die dadurch bestachen, daß sie ohne Rahmen, ohne Pferde oder Windhunde auskamen. Die dritten hatten nichts als sich und ihren Stolz, der es ihnen erlaubte, bloß auf Einladungen zu warten, die einen herablassend anzunehmen, die andern ohne Empörung abzulehnen oder nicht darauf einzugehen. Alle seine Verwandten, erinnerte sich Claude Roussin, hatten jedoch eines gemeinsam: Sie versuchten krampfhaft, jung zu bleiben.

Die Jungen prahlten mit ihrer Jugend, die Alten gaben ein Vermögen aus, um die Maske der Jugend möglichst lange aufbehalten zu können. Nach außen bestätigte jeder des andern Schönheit. War man unter sich, wurde gegen die Abwesenden Gift und Galle gespritzt.

«Sehen Sie», sagte Susanne von Beatenberg, «deshalb und weil ich glaube, daß ich Ihre Geschichte verstanden habe, möchte ich Sie bitten, nach allen Soldaten und nicht minder eitlen Offizieren, mich zu porträtieren.»

Claude Roussin hatte sie schon lange fragen wollen, ob sie ihm Modell stehe. Oder sitze. Auch eine liegende Susanne von Beatenberg konnte er sich vorstellen.

«Schön, daß er nicht errötet», dachte Susanne von Beatenberg.

Selbst Fritz Blumenstein errötete, wenn sie ihn mit überraschenden Wünschen verunsicherte. Allerdings wußte er dank seinem untrüglichen Gespür, das er mit der Zeit vom Berg auf die Frauen übertragen zu können glaubte, nach wenigen Augenblicken des Zögerns und Zweifelns, wo es lang zu gehen hatte.

Es, das Leben.

Daß er sich nicht irren oder verirren könne, war ihm mit der Zeit so in Fleisch und Blut übergegangen, daß er sich, ohne je damit zu prahlen oder aufdringlich zu werden, an eine Führerrolle gewöhnte, die sie, Susanne von Beatenberg, nicht akzeptieren konnte.

Sie kannte ihn, seit sie sich überhaupt an etwas erinnern konnte. Ein Jahr älter war er, und man hatte ihr immer wieder erzählt, wie sehr sie sich geärgert hätte, daß er, der kleine Fritz Blumenstein, schon habe gehen können, während sie sich noch kriechend habe fortbewegen müssen. Immer, wenn sie sich in seiner Gegenwart an Stuhl-, Tisch- oder Erwachsenenbeinen hochgestemmt habe, sei der böse Bub vom Grandhotel dagewesen und habe sie mit einem leichten Stoß wieder zu Boden gebracht. Ihm zum Trotz habe sie schneller auf eigenen Beinen stehen und gehen gelernt als jedes andere Kind. Kein Fall sei bekanntgeworden, wo ein Mädchen so früh und so sicher über das geschliffene und glänzende Parkett des Speisesaals eines renommierten Hotels gegangen sei. Selbst der Sohn des Grandhotels habe in seinem Respekt gegenüber einem berockten Kind der gewaltigen Entwicklung Rechnung getragen. Und dann spielten sie zusammen, die kleine Susanne von Beatenberg und er, der etwas größere Fritz Blumenstein. Im Sandhaufen, der nach einem Umbau vor dem *Adler* liegengeblieben war, auf der Terrasse des Grandhotels, wo unter einem großen Sonnenschirm eine Ecke eigens für den kleinen Fritz und seine um ein Jahr jüngere Gespielin reserviert war. Mit Holzkühen hatten sie gespielt. Sie hatten sie in Ställe geführt, hatten ihnen Namen gegeben, sie gestreichelt. Sie hatten sie auf die Weide geführt, hatten aus kleinen Ästchen ganz kleine Hirtenfeuer entfacht und waren für diese kleinen Feuer zum ersten und einzigen Mal gemeinsam bestraft worden. Mit Feuer wurde in einem Dorf, in dem auch das Grandhotel zum größten Teil aus Holz gebaut war, und wo der Föhn den kleinsten Funken zur Feuersbrunst aufblasen konnte, nicht gespielt. Vater Blumenstein hatte die spielenden Kinder ausgeschimpft, hatte wissen wollen, wer auf die unselige Idee mit den Hirtenfeuern gekommen sei. Die *Adler*-Susanne habe ihm eine Geschichte erzählt, hatte Fritz Blumenstein sofort erklärt, in der ein Fräulein und ein junger Herr auf der Alp Kühe hätten hüten müssen. Der junge Mann hätte ein Feuer gemacht. Kartoffeln hätten sie drin gebraten, und als es Abend geworden sei, habe der junge Mann in die

Glut geblasen und dem Fräulein gesagt, so wie die Glut sähe eine große Stadt bei Nacht aus, und es sei gefährlich für ein Fräulein, allein in einer Stadt herumzugehen, in einer Stadt, die nachts wie die Glut eines Hirtenfeuers aussehe. Dann habe er immer wieder in die Glut geblasen, und sie habe sich ganz dicht neben ihn gesetzt, so dicht, bis sie die gefährliche Glut, die in dem jungen Mann aufgestiegen sei, gespürt habe. Und da habe auch sie in die Glut geblasen…

Der Vater trat mit seinen schweren Schuhen das Feuerchen aus, packte beide Kinder beim Oberarm und sperrte sie vorerst in einen Salon. Dann ging er hinunter zum *Adler* und erzählte Susannes Mutter, was die Kinder gespielt hätten.

Sie soll gelacht haben.

Eine Saaltochter vom *Adler* verschlang und erzählte leidenschaftlich gerne die Geschichten in den dünnen Romanheftchen, die Gäste, wenn es längere Zeit regnete, zum Zeitvertrieb lasen und überall herumliegen ließen.

Immerhin willigte Susannes Mutter ein, als Blumenstein um die Erlaubnis bat, die beiden Pyromanen zur Strafe eine Zeitlang in den Keller sperren zu dürfen.

Wenn er nicht Angst habe, die beiden könnten bereits für einander entflammen und in der Dunkelheit des Kellers tüchtig in die Glut blasen, rief sie ihm nach.

Der alte Blumenstein hatte den Spott noch gehört, sonst hätten ihn, kaum waren die Kinder eine Viertelstunde unten eingesperrt, nicht Gewissensbisse gequält.

Was, fragte er sich, was, wenn das kleine Luder den Jungen jetzt schon entfacht?

Erzieherische Strenge besiegte seine sittlichen Ängste.

Die Tür zum Keller hatte er im übrigen nicht verriegelt. Ein Stück Holz hatte er auf die Türklinke gelegt.

Außen. Die Kinder konnten das Holz nicht sehen. Wehe, wenn sie auszubrechen versuchten, hatte er ihnen eingebleut.

Claude Roussin hatte bemerkt, daß sein Gegenüber Gedanken nachhing, die er nicht kannte. Vielleicht bereute sie es, ihm Modell stehen zu wollen.

«Ein Porträt also», sagte er, und sie nickte.

Fürs erste ein Porträt. Ja. Sie stehe schließlich auf der Liste. Und noch sei sie nicht fünfundvierzig und Groß-mutter. Sie trank mit einem großen Schluck die Tasse leer, verschluckte sich leicht, hüstelte, sagte, nun sei genug Tee getrunken. Der Salon sei hell, wie er be-stimmt schon festgestellt habe, sie schlage vor, mit dem Porträtieren gleich zu beginnen.

Roussin schaute auf die Pendule auf dem Kaminsims. Eigentlich müsse er ausrücken, sagte er.

Susanne von Beatenberg war aufgestanden und zu einem Sessel in Kaminnähe getreten.

«Wenn Sie mich jetzt machen, wird kein gallischer Hahn nach Ihnen krähen. In der Schublade im Tisch neben dem linken Fenster finden Sie alles, was Sie brauchen.»

Roussin fand eine feste Unterlage, einen Block für Kohlezeichnungen und ein großes Sortiment Stifte.

«Später», sagte Madame von Beatenberg, «werden wir es in Öl versuchen. Als Akt. Die Jugend ist nicht bloß eine Maske, die man vor dem Gesicht trägt, sie ist eine Rüstung, die zu tragen Kraft und einen unbändigen Willen erfordert. Haben Sie übrigens schon mal die Hände unserer Einheimischen betrachtet? Genau be-trachtet, meine ich. Bisher haben Sie bloß Berge, Wolken und Gesichter gemalt. Die Hände eines Bau-ern, eines Bergbauern, sollten Sie sich ansehen. Vom kräftig-zärtlichen Umgang mit Kuheutern verunstal-tete Werkzeuge sind es. Verknorpelte Haut über den

Daumenknöcheln. Die Handflächen vom Melkfett auf den ersten Blick zart wie die Mäuler der Kühe. Wenn sie zum Streicheln ansetzen, zuckt jede Frau wie bei der Berührung durch eine Kuhzunge zurück. Und Schwielen. Von den Fingerkuppen bis zu den Fingerwurzeln. Wenn Sie sich an den Fenstertisch setzen, bin ich im vorteilhaftesten Licht. Ich hab's ausprobiert. Mit Frau von Allmen. Nein, gezeichnet habe ich sie nicht. Tee haben wir getrunken. Sie ist die ganze Zeit sehr unruhig auf dem Stuhl hin und her gerutscht, und als ich sie fragte, was sie beunruhige, sagte sie, sie könne mich im grellen Gegenlicht, das durch das Fenster einfalle, kaum sehen. Ich sei bloß ein Schatten. Ich hingegen sah jede kleine Falte in ihrem alten Gesicht, und als sie einmal, vom langen Sitzen verunsichert, die Hände gegeneinanderrieb, bemerkte ich auch an ihren Händen Schwielen und Risse. Die Frauen hier oben haben nie sitzen gelernt. Zum Essen setzen sie sich an den Tisch, alles andere wird stehend verrichtet.

Claude Roussin hatte ein Blatt aus dem Block gerissen, hatte es mit einer breiten Klammer auf der festen Unterlage befestigt, die Stifte gewählt und mit dem Porträt der Susanne von Beatenberg begonnen.

Was mochte in dem schönen Kopf vorgehen?

Es hatte sich herumgesprochen, die *Adler*-Wirtin sei dem Grandhotelbesitzer so gut wie versprochen, sobald der Krieg vorüber sei, die Gäste wieder aus aller Welt, auch aus Yorkshire und Boston, Massachusetts, kämen, werde der *Adler* mit dem Grandhotel liiert.

Claude Roussin stellte sich diese Geschäfte vor. Zwei große, hölzerne Hotelbauten, die von irgendwelchen, kaum zu definierenden Gefühlen aufeinander zugeschoben wurden, sich einmal wie zufällig berührten. Man hätte sie auch aneinander vorbeischieben kön-

nen, und die Fenster hätten sich wie erstaunte Augen
angesehen, ein bißchen traurig vielleicht. Mehr nicht.
Allem Anschein nach waren die Verschiebepläne aber
mit schweizerischer Genauigkeit ausgearbeitet worden, also hatte er, der französische Internierte, sich
auch die Verschmelzung der beiden Gebäude vorzustellen.
Vieles mußte dabei kaputtgehen.
«Stört es Sie, wenn ich rede, während Sie mich
machen?»
«Ich mache Sie nicht», sagte Claude Roussin, lachte
und war bereits tief in das außerordentliche Gesicht
eingedrungen.
«Sie selber machen das Bild», erklärte er seinem Mo-
dell. «Ich werde viel Zeit brauchen.»
Claude Roussin stand auf, trat zu Susanne von
Beatenberg und hielt ihr das Blatt vor die Augen.
«Sehen Sie, was ich mit einem einzigen Strich, mit
einer kaum wahrnehmbaren Schattierung anstellen
kann. Ein bißchen mehr Druck auf den Stift, ein
Millimeter mehr Daumenfläche zum Verwischen der
Linie, und Sie sind nicht mehr Sie.»
Susanne von Beatenberg sah weder sich, noch sonst
ein Gesicht. Striche sah sie, Linien und ein paar
Schatten.
Kühn, dachte sie, wahrscheinlich muß ich die zaghaf-
ten Anfänge als kühnen Geniestreich bezeichnen.
Sie nahm Claude Roussins freie Hand in die ihre,
betrachtete sie so lange, bis sie sicher war, der junge
Mann, der vor ihr stand, werde völlig verunsichert
sein, schaute zu ihm auf.
Er war errötet.
Sie fuhr mit ihren Fingern über seine Daumenknöchel,
über die Innenfläche seiner Hand bis zu den Fingerkuppen.

«Sie haben nie gemolken», sagte sie. «Fahren Sie fort. Ich habe Zeit. Heute, morgen. Übermorgen. Bis der Krieg vorüber ist.»

«Und dann werden Sie sich das Grandhotel anheiraten», sagte Claude Roussin, «aber reden Sie ruhig weiter. Wenn ich Ihr Gesicht und später Ihre ganze Rüstung erfassen soll, muß ich wissen, was hinter dem Panzer vorgeht.»

Susanne von Beatenberg ließ seine Hand los. Ein wenig war sie zusammengezuckt, als er sie auf das Grandhotel angesprochen hatte.

Er nahm ihr das Blatt aus der Hand und ging an seinen Platz beim rechten Fenster zurück.

Sie schwieg. Daß er auf die von ihr angedeutete Zärtlichkeit nicht reagiert hatte, befremdete sie.

Würde sie sich trauen, ihm nackt Modell zu stehen? Zu liegen?

Sie schaute sich im Salon um. Ein wunderschönes Kanapee stand auf der andern Seite des Kamins. Der Schotte, Lord Malcauley, mit seiner Philosophie der wackligen Möbel, hatte es als ganz und gar lustfeindlich taxiert. Ein Keuschheitsmöbel, hatte er es genannt.

Sie ertappte sich dabei, wie sie in Gedanken durchs Haus ging und Ausschau hielt nach einer ebenso stilechten, aber eindeutig stabileren Chaiselongue.

Wenn die Eltern sich einmal die Zeit genommen hatten, sich um die kleine und später heranwachsende Susanne zu kümmern, war sie streng erzogen worden. Ihre Eltern waren Wirtsleute. Das Hotel und das Restaurant wegen eines Kindes, das sehr früh allein zurechtzukommen schien, zu vernachlässigen, wäre ihnen nicht in den Sinn gekommen.

Dem Pfarrer hatte sie mit viel Eifer und großer Neugierde zugehört, wenn er über die Reinheit jugendlicher Liebe erzählte, und am Genfersee waren es ältere Damen gewesen, die mit unerbittlicher Überzeugung eine Sittenlehre verfochten, ohne die die Welt augenblicklich aus den Fugen geraten wäre.

Und zu Hause?

Hatten die Zimmermädchen und Kellner, die Köche, die Concierges und vor allem die Schlüssellöcher und sorglos zugezogenen Gardinen nicht mehr zu ihrer Erziehung beigetragen als Vater und Mutter, die sich in erster Linie um ihre «königlichen Gäste» zu kümmern hatten?

Claude Roussin zeichnete weiter.

Susanne von Beatenbergs Haare gaben beide Ohren frei. Rechts fiel eine wie ein Notenschlüssel geschwungene Locke ins Gesicht.

Musikalisch müßte sie sein, dachte Claude Roussin. So weit er sich aber erinnerte, hatte er sie nie von Musik sprechen hören. Ihre Stimme schon. Die klang wie Musik. Bloß, welche Frauenstimme hätte nach so langer Zeit der Internierung nicht wie Musik geklungen.

Dennoch.

Wenn ihre Ohren schon wie zierliche Baßschlüssel aussahen und dazu die Locke, die ein Violinschlüssel war. Und wie sich die beiden Schlüssel ergänzten. Wie eine barock verschnörkelte Neunundsechzig.

Claude Roussin zeichnete die beiden Ziffern auf die feste Unterlage. Wenn er die Ohren der Madame von Beatenberg betrachtete und sowohl die Sechs wie die Neun zu einem Bass- respektive Violinschlüssel erweiterte, mußte die daraus entstehende Zahl sechsundneunzig heißen, wobei dann aber beide Ziffern, also sowohl der Violin- wie auch der Baßschlüssel spiegelverkehrt geschrieben werden mußten.

Susanne von Beatenberg bemerkte, daß der Maler nicht mehr aufs Blatt zeichnete, sondern auf der Unterlage etwas ausprobierte.

«Stimmt etwas nicht?» fragte sie.

«Ihre Ohren», sagte Claude Roussin, «und dazu die Locke, die wie ein verkehrter Violinschlüssel auf den Baßschlüssel Ihrer Ohren fällt.»

Ohren wie ein Baßschlüssel.

Sie war nicht musikalisch. Sie hatte nie rein singen können, und in der Schule, damals war so etwas noch ohne Komplikationen möglich, wurde sie von der ersten Klasse an gebeten, nicht mitzusingen. Ihr Gesang störte das Musikgehör ihrer Lehrer. Also ließ sie es ganz bleiben und foutierte sich begreiflicherweise auch um die Theorie des Singens und Musizierens. Ob sie während des Singens etwas zeichnen dürfe, hatte sie gefragt, und alle Lehrer während ihrer Schulzeit hatten nichts gegen ihren Wunsch einzuwenden gehabt.

Sie bekam die Erlaubnis, zu Beginn jeder Sing- oder Musikstunde im großen Schrank ein Zeichenblatt zu holen und frei zu zeichnen oder zu malen.

Wunderliche Dinge waren entstanden.

Anfänglich hatten die Lehrerinnen und Lehrer die Zeichnungen noch angeschaut, später, Lehrer werden zuweilen Gewohnheitsmenschen, verzichteten sie auf das Betrachten der an Stelle eines gesungenen Liedes gezeichneten Phantasien des musikalisch unbegabten Kindes vom *Adler*.

Hörte Susanne von Beatenberg nun Violin- und Baßschlüssel, hätte der Maler geradesogut Schrauben- oder Rohrschlüssel sagen können. Daß die Violine mit irgendwelchen Schrauben gestimmt werden mußte, wußte sie vom Geiger des kleinen Orchesters, das vor dem Krieg regelmässig zum Thé dansant und allabendlich nach dem Dîner aufgespielt hatte.

Maître de plaisir, wurde der Mann genannt. Er war für die vergnüglichen Stunden der Gäste zuständig. Maître de plaisir. Oder schlicht Engländer, so widersprüchlich dies auch sein mochte.

Susanne von Beatenberg mochte die Engländer. Daß ein verstellbarer Patentschraubenschlüssel nach ihnen benannt wurde, belustigte sie.

Die Engländer waren stets die anpassungsfähigsten Gäste gewesen. Vielleicht mochte diese Behauptung nicht ganz zutreffen. Die Engländer passten sich den Nichtengländern so lange an, bis sie sie im Griff hatten und ihnen die englische Art, ohne daß die Nichtengländer es bemerkten, aufzwingen konnten.

Aber Ohren wie ein Engländer?

Susanne von Beatenberg glaubte, in den Schaffensprozeß eingreifen zu müssen.

«Wenn Sie glauben, mich auf moderne Art zeichnen zu können, bitte sehr, mir soll's recht sein. Ich bin aber beinahe sicher, daß Ihnen das abstrakte Denken abgeht. Ihr Talent, lieber Herr Roussin, liegt eindeutig im konventionell Expressionistischen. Ich kann mir vorstellen, daß hinter meinem Gesicht andere, ebenfalls zu mir gehörende Gesichter zum Vorschein kommen könnten, aber bitte keine Schrauben- oder Violinschlüssel.»

Roussin konnte seinem Modell nicht folgen und zeigte ihr das Ohr unter der Locke.

Sie sah ihren Fauxpas ein, fand das Ohr sehr reizvoll und hätte jetzt fürs Leben gerne einen Spiegel gehabt.

«Was zeichneten Sie denn in den Singstunden?» fragte Claude Roussin und konzentrierte sich auf die rechte Wange seines Modells.

«Ich hätte viel lieber mitgesungen», sagte sie. «Ich weiß, man kann es lernen. Ich vermag Musik schließlich auch zu hören, und ich versichere Ihnen, die

Bilder, die beim Hören von Musik in mir aufsteigen, könnten Sie und alle Maler der Welt nicht nachvollziehen. Bei großer Musik, versteht sich. Nicht bei dümmlichen Volksliedern. Ich hasse das Volkstümliche. Verlogenheit, wohin man hört. Alles tönt gleich. So unheimlich lüpfig und frohgemut. Das Landleben. An Baßgeigen zupfen sie herum, drücken ihre schwieligen Finger auf Akkordeontasten, blasen mit häßlichen Pausbacken in Klarinetten und Alphörner. Jodeln, bis ihnen fast der Kopf zerspringt. Wissen Sie, woran ich denke, wenn ich unsere Männer breitbeinig dastehen sehe, die Hände in den Hosentaschen und die Mäuler sperrangelweit offen?»

Claude Roussin hatte schon jodeln gehört, konnte aber, wie viele seiner Kameraden, mit der Art von Gesang nichts anfangen. Manche witzelten, die Schweiz sei bislang vom Krieg verschont geblieben, weil sich die Angreifer die Ohren zugedrückt und vor dem Kopfstimmengesang Reißaus genommen hätten.

«Erschrecken Sie nicht», sagte Madame von Beatenberg, «aber ich glaube, daß die Männer, um so unnatürlich hoch singen zu können, die Hände in die Hosentaschen stecken und sich in die Hoden kneifen. Bitte versuchen Sie es nicht. Ich weiß, daß es zum Jaulen weh tut.»

«Was sind das für Menschen», dachte Claude Roussin.

Aber vielleicht wurde man mit der Zeit etwas absonderlich, wenn man zwischen viertausend Meter hohen Bergen lebte und nicht wußte, wann man unter Fels und bläulichem Gletschereis verschüttet wurde.

«Woher», wagte Claude Roussin zu fragen, «woher wissen Sie, daß es weh tut?»

«Was?» fragte Susanne von Beatenberg, und Claude Roussin zeichnete weiter.

5

Susanne von Beatenberg spielte nicht Karten, und sie zog es, je älter sie wurde, vor, allein zu bleiben.

Ihr Umgang mit Männern war immer so natürlich gewesen, daß sich jeder Mann in ihrer Gegenwart nackt vorkam, nichts verbergen konnte. Selbst Fritz Blumenstein bekam ihre Überlegenheit zu spüren.

Sie hatte seine veränderten Blicke, mit denen er sie ungefähr von seinem siebzehnten Lebensjahr an bedachte, natürlich bemerkt und sie beantwortete sie, wie es im Dorf die Mädchen schon immer getan hatten: Sie errötete und senkte ihren Blick auf den steinigen Boden.

Ihm gefiel dieses Verhalten außerordentlich. Nicht alle Mädchen waren zwecks späterer Verheiratung auf Züchtigkeit bedacht.

War nicht Saison, traf man sich ab und zu bei einem Tanzanlaß, oder man plauderte nach dem sonntäglichen Kirchgang ein paar Worte miteinander, bevor die Männer sich ins Wirtshaus und die Frauen sich nach Hause begaben. Die einen, um bei einem Glas die politische Lage der vergangenen Woche noch einmal durchzubuchstabieren und die Entwicklung der kommenden sieben Tage je nach Standpunkt vorauszubesprechen. Die andern, um alles zu unternehmen, den Appetit, den die Männer sich holten oder, wenn sie mit ihren Meinungen nicht durchdrangen, auch verdarben, mit Suppe, Kartoffelstock, Reis, Erbsen, Karotten, Salaten und einem in sahniger Sauce schwimmenden Braten zu stillen. Es geschah eines Tages, als Fritz Blumenstein nach ein paar Worten über das Verfärben der Lärchennadeln, den tiefblauen Oktoberhimmel und nach der Frage, ob es ihrem

Vater bereits wieder besser gehe, schon unruhig nach den andern Männern schielte, vom einem Fuß auf den andern trat und mit der rechten Schuhspitze Zeichen in den Straßenstaub zeichnete. Aus dem Wirtshaus gleich neben der Kirche erklang schon die Musik, doch als Fritz Blumenstein, der die Schellackplattensammlung des Wirts kannte, und auch wußte, daß der Wirt am Sonntagmorgen mit Vorliebe Ländler und Märsche aus einer etwas östlich gelegenen Bergregion auf den Plattenteller seines mit einem immensen Trichterlautsprecher versehenen Grammophons legte, zu Susanne von Beatenberg sagte, was da von einer Handharmonika, einer Klarinette und einer Bassgeige gespielt aus dem Wirtshaus klinge, sei der Marsch *So haben wir's gern,* klemmte Susanne von Beatenberg ihre Handtasche rabiat unter den linken Oberarm, streckte den Rücken durch, warf den Kopf in den Nacken, trat dem Mann, der um sie warb, gegenüber und fragte, indem sie zu seinem Entsetzen jegliche Scham und Zurückhaltung ablegte, die Unterlippe über die Oberlippe schob und ein Lächeln aufsetzte, wie er es bloß aus den Magazinen kannte, die die Gäste manchmal liegen ließen, oder wie es etwa auf Frauengesichtern zu sehen war, wenn gegen Ende der hauseigenen Bälle drei Männer wegen zwei Frauen in Streit gerieten, wie er es denn gerne hätte.

Selbstverständlich verfügte Fritz Blumenstein über mehr Kenntnisse, als er in Gegenwart der Frau, die er zu ehelichen gedachte, vorgab.

So wie die *Adler*-Susanne vor ihm stand, das Knie weit abgebogen, daß der Schlitz in ihrem dunkelblauen, engen Wollkleid ein gutes Stück Oberschenkel freigab, so waren die Frauen der feineren Gäste nur, wenn entweder sie selber oder aber ihre Männer zu viel getrunken hatten, wenn sie nach genügend Champa-

gner alle Zurückhaltung ablegten und sich an den
Männern zu reiben begannen, als säßen sie nicht in
gepflegter Garderobe an festlich gedeckten Tischen
oder tanzten sie nicht nach vereinbartem Zeremoniell
zu den Klängen eines dezent aufspielenden Orchesters, sie rieben sich an den Lenden der Männer, als
lägen sie schon in ihren Betten.
Noch gefährlicher wurden die Damen der Gesellschaft,
wenn ihre Männer zu viel und sie nichts getrunken
hatten, wenn die Herren auf die leiseste Zärtlichkeit
mit fahrigen, abwehrenden Gesten oder gar mit einem
Rülpser reagierten. Im Speise- oder Ballsaal schauten
sie sich um, die Damen, bis sie einen Mann, und wäre
er auch bloss ein zweiter oder dritter Kellner, entdeck-
ten, der auf ihre Winke bestimmt mit einem leichten
Druck seines Knies geantwortet hätte. Kurz darauf
entschuldigten sie sich bei Tischnachbarn oder Tanz-
partner, klemmten ihre Handtaschen, wie es vorhin
Susanne von Beatenberg getan hatte, unter den Arm,
verschwanden in Richtung *Ladies Room* und kamen mit
roteren Lippen, geschwungeneren Augenbrauen und
tieferen Décolletés zurück.
Und gingen zum Angriff über.
Schnell, wie die bekannten coups de foudre, mußten
Fritz Blumenstein diese Gedanken durch den Kopf
gegangen sein, anscheinend aber doch nicht schnell
genug, denn Susanne von Beatenberg hatte genügend
Zeit gehabt, ungeduldig zu werden.
«Sag schon, wie hättest du's denn gern?» fragte sie.
Unter der Wirtshaustür rief ein junger Mann Fritz
Blumenstein zu, er solle endlich kommen, zum Kari-
sieren seien der Abend und die Nacht da.
Sie liess sich nicht abschütteln.
«Es ist doch nur der Marsch, der so heißt», versuchte
Fritz Blumenstein sich zur Wehr zu setzen. «Eben: *So*

haben wir's gern. Und jetzt muß ich wohl gehen, sonst gibt's bloß Gerede.»

«Ich weiß, wie ihr's gern habt. Ich schon», sagte Susanne von Beatenberg.

Er verstehe sie nicht, stotterte Fritz Blumenstein.

«Dann geh zu deinen Männern. Trink deinen Weißen und träume mit den andern davon, wie schön es doch wäre, wenn die Frauen sich mit dem zufriedengäben, was ihr Männer zu leisten und zu geben gewillt seid.» Sie wandte sich ab und wippte davon.

Fritz Blumenstein bemerkte, daß sie auf sehr hohen Absätzen ging und ihre Hüften unheimlich unter Kontrolle hatte.

Fritz Blumenstein hatte mit Frauen noch keine allzu großen Erfahrungen. Da war die eine oder andere Frau des einen oder andern betrunkenen Gastes gewesen, meist recht fahle Abenteuer mit ebensolchem Nachgeschmack. Und was die Männer, zu denen er sich seit seinem achtzehnten Geburtstag am Sonntagmorgen nach dem Gottesdienst setzen durfte, von ihren Erlebnissen berichteten, schien eher Susannes Vermutungen zu bestätigen. Er hatte sich gewundert, weshalb die Männer, statt zu prahlen, von Misserfolgen berichteten und beteuerten, sie würden sich nicht dazu hergeben, auf die ausgefallenen Wünsche der Frauen einzugehen, und sei es auch bloß, der Frau das gleiche Erlebnis wie sich zu bescheren.

«Wenn du einmal, ein einziges Mal nachgibst, weitermachst, bis sie mit dir zufrieden ist, lacht sie dich aus, wenn es ein andermal nicht so geht, wie sie's gerne hätte. Nein nein. Eine gewisse Ordnung muss schon sein.»

Und dann legte der fette Wirt den Marsch *So haben wir's gern* auf. Fritz Blumenstein mochte den Wirt nicht. Das wußte Susanne von Beatenberg.

Es standen bereits ein paar renommierte Hotels auf der stark besonnten Terrasse über dem engen Tal, und es würden, sobald die Zeiten wieder besser waren, weitere gebaut werden. Je mehr es die Menschen der höheren Löhne wegen in die Städte zog, je aufgeregter von Landflucht geredet wurde, je besser es mit der Zeit den Stadtbürgern ging, desto stärker würde der Drang hinaus ins Grüne werden, dorthin, woher sie alle einmal gekommen waren. Noch kamen ausschließlich reiche Leute. Doch gab es in dem kleinen, fast ausschließlich aus Granit, Schnee und Eis bestehenden Land von Jahr zu Jahr mehr Kurorte mit erstklassigen Hotels, wo man sich treffen konnte, wo man unter Umständen sogar fehlte und womöglich etwas verpaßte, wenn man zu traditionsbewußt dachte und lieber noch einmal das Bewährte aufsuchte, zum Beispiel das Grandhotel oder den *Adler*, statt dem Trend zu folgen, wohin der einen auch führen mochte.

Susanne von Beatenberg war überzeugt, daß die Zeit der Luxushotellerie bald vorbei sein würde. Sie hatte gehört, daß es nur noch ein paar Jahre dauern könne, bis die Forderungen der Gewerkschaften sich durchgesetzt hätten: Mehr Ferien für alle.
Wer immer diese alle sein mochten.
Fritz Blumenstein dachte nicht wie ein Arbeiter oder Gewerkschaftsfunktionär. Alles zu Soziale befremdete ihn, aber daß auch den Minderbemittelten in den Städten die Bergluft guttun würde, davon war er überzeugt. Man mußte bloß dafür sorgen, daß sich die Reichen, die kamen, um mindestens im gewohnten Stil weiterzuschlemmen, von den andern absondern konnten, die in einem sogenannten Touristenhotel bloß ein bisschen besser leben wollten, als in ihren bescheidenen Stadtvierteln.

Susanne von Beatenberg konnte sich die Menschen, die zum erstenmal in einem richtigen Hotel Urlaub machten, sehr gut vorstellen. Unsicher würden sie über die Treppen mit den roten Teppichläufern in die Etagen mit den Zimmern steigen. Kaum die für die ersten Ferien erstandenen Koffer und Reisekörbe würden sie abzustellen wagen. Die Matratzen würden sie vorsichtig prüfen, und die Frauen müßten wegen der Lavabos mit fließendem heißen und kalten Wasser entzückte kleine Schreie ausstoßen. Die Hausordnung würden sie des langen und breiten studieren und danach wie säuerliche Gouvernanten darauf achten, daß Punkt für Punkt auch eingehalten würde. Wehe denen, die dagegen verstießen. Gäste, die zum erstenmal Ferien machten und dafür auch bereit waren, Erspartes anzugreifen, waren unerbittlich. Genießen wollten sie, wofür sie bezahlt hatten. Auskosten, was man ihnen für ihr gutes Geld zu bieten bereit war, was man ihnen in Prospekten und Broschüren versprochen hatte. Wer das im voraus bezahlte oder angezahlte Genießen störte, bekam es mit anständigen Leuten zu tun, und nichts ist verheerender, als der Zorn anständiger Leute.

Susanne von Beatenberg stellte sich einen Hotelbetrieb für anständige Leute wie einen vollbesetzten Eisenbahnwagen vor. Zweiter Klasse, selbstverständlich.
Es hätte damals, als sie sich über die Frühschoppengesellschaft in Fritz Blumensteins Gegenwart ärgerte, auch noch eine dritte Eisenbahnklasse gegeben, aber sie wollte den Vergleich nicht zu tief ansiedeln. Leute, die dritter Klasse unterwegs waren, konnte sie sich in einem Hotel nicht vorstellen, sie wollte sie gar nicht erst zu sich auf die Sonnenterrasse hinauffahren lassen.

Der Zweitklasswagen wäre bis auf den letzten Platz besetzt gewesen. Und jetzt wäre ein Mensch wie der fette Wirt des Restaurants gleich neben der Kirche mit seiner Frau zugestiegen.

Dieser senkrechte Bürger, Männer wie der Wirt des Restaurants gleich neben der Kirche nehmen zum Begriff Bürger das unmißverständliche Attribut senkrecht ohne jede Skrupel in Anspruch, dieser Mann, der in letzter Sekunde schwer atmend mit seiner Frau zugestiegen wäre und nun einen Platz suchte, hätte angenommen, nein, er hätte als selbstverständlich vorausgesetzt, daß er, der zu Hause ausschließlich bodenständige Musik hörte, Anspruch auf einen Sitzplatz hatte. Lange hätte er sich auf diese Fahrt vorbereitet, hätte mit seiner Frau zu Hause ausgiebig über die benötigte Zeit zum Erreichen des Bahnhofes gestritten, hätte nicht mit Vorwürfen, daß man schließlich doch beinahe zu spät gekommen wäre, gegeizt, und vor allem, er hätte seine Fahrkarte bezahlt, und jetzt müßte die Staatsbahn, die er mit seinen Steuern mittrug, dafür besorgt sein, daß er, der gewichtige, senkrechte Bürger, auch einen Sitzplatz bekam. Für sein gutes Geld.

Denn man darf unter keinen Umständen vergessen, daß das Geld eines senkrechten Bürgers immer auch gutes Geld ist.

«Hast du den Schaffner gesehen?» fragt er seine Frau, die ihm rät, erstens nicht laut zu werden und zweitens doch bitte nicht schon wieder Aufsehen zu erregen.

«Was heißt schon wieder?» fährt er seine Frau an, und die sitzenden Passagiere hören ihn durch geblähte Nüstern schnaufen.

Sie meine ja bloß, beschwichtigt ihn seine Frau, vielleicht gebe es in einem vorderen oder hinteren Wagen noch Sitzplätze.

«Hier bin ich eingestiegen. Hier, mit einer gültigen Fahrkarte.»

Die Frau würde ihm gerne sagen, alle, die hier säßen und sie beide bewußt nicht beachteten, besäßen gültige Fahrkarten.

Sie läßt es bleiben.

«Es ist lebensgefährlich», sagt er, «bei fahrendem Zug den Wagen zu wechseln. Zudem: Vorne ist die erste Klasse. Hinten die dritte. Bin ich ein Kesselflicker?»

Für ihn, den Mann, der für Susanne von Beatenberg wie der Wirt des Restaurants gleich neben der Kirche aussehen muß, ist es, im Gegensatz zu seiner Frau, eine Selbstverständlichkeit, laut zu sprechen. Die Mitreisenden sollen von Anfang an wissen, daß er sich von seiner Frau weder dreinreden noch raten läßt.

Wäre ja noch, in aller Öffentlichkeit.

Dann kommt der Schaffner. Ein stattlicher Mann, und in seiner Uniform wesentlich senkrechter als der sonntäglich gekleidete Bürger.

Der um einen respektive zwei Sitzplätze geprellte Fahrgast macht beflissen Platz, was beim engen Gang des Zweitklasswagens und der Körperfülle des uniformierten wie auch des bloß senkrechten Bürgers kein leichtes Unterfangen ist.

«Viel Volk heute», sagt der Schaffner und überschaut die Lage mit einem Blick, knipst die Fahrkarten, als ob er's auch mit verbundenen Augen könnte.

«Bei der nächsten Station steigt der eine oder andere aus», sagt er, und schon ist er durch die Tür, hinter der es links in die Toilette, rechts aus dem Wagen und geradeaus in den nächsten Wagen geht.

Der Mann ohne Sitzplatz dreht sich zu seiner Frau um.

«Überlegen ist der. Das merkt man gleich. Muß er auch sein. Sonst nehmen sie dich nicht. Beamter zu sein, will heutzutage etwas heißen. Stell dir vor, der läßt sich auf jedes Gespräch ein. Es könnte ja auch einmal ein Fremder im Zug sitzen. Sitzen, jawohl», und der Mann fixiert zwei junge Burschen, die die Aufmerksamkeit eines in Begleitung seiner Mutter reisenden hübschen Mädchens auf sich lenken wollen. Sie tun dies mit viel Gelächter und ihrem Alter angemessenen Sprüchen. Der Mann, der immer noch schwer atmend mit seiner Frau im Gang steht und in jeder Kurve um sein Gleichgewicht kämpft, interessiert sie nicht, also sieht sich der Mann, der schon wüßte, wie man junge Menschen erzieht, wenn man ihm die Möglichkeit dazu gäbe, gezwungen, deutlicher zu werden. «Ein Fremder müßte denken, wenn der Schaffner sich auf jede Frage eines Fahrgastes einließe, hierzulande werde eine Uniform zuwenig respektiert.» Und etwas lauter: «Apropos Respekt. Was sage ich immer? Es mangelt den jungen Leuten an Respekt.» Er solle doch jetzt nicht wieder damit anfangen, sagt seine Frau. «Womit fange ich an?» begehrt er auf und sucht unter den sitzenden Mitreisenden einen Mann, der ihm zustimmen müßte.

Es gibt in einem vollbesetzten und noch nicht nach Rauchern und Nichtrauchern unterteilten Eisenbahnwagen mehrere senkrechte Bürger oder zumindest ehrenwerte Männer, die bereit wären, einem andern Mann beizupflichten, wenn er seiner Frau die Schuld am mangelnden Respekt der Jugend zuweist, bloß, diese Männer sitzen alle, und wenn sie nun aufschauten, müßten sie als senkrechte Bürger oder zumindest ehrenwerte Männer die stehende Frau bemerken und ihr vielleicht, nachdem sie von der eigenen Frau in die Seite gestoßen worden wären, ihren Platz anbieten, was der aufgebrachte, ebenfalls stehende Mann vielleicht als Affront empfinden würde, denn einer Frau einen Platz anzubieten, der eben die Schuld am mangelnden Respekt der Jugend zugewiesen worden war, hätte durchaus als Affront ausgelegt werden können. Keine Reaktion also.

Der Mann, der mit dem fetten Wirt des Restaurants gleich neben der Kirche hätte verwechselt werden können, hat sich für die Reise eine besonders gute Zigarre eingesteckt, und eine lange, dicke Zigarre, eine Havanna womöglich, raucht man am besten in einem geschlossenen Raum. Wenn dieser Raum auch noch so schön besetzt ist wie dieser Eisenbahnwagen, ist es um so ärgerlicher, wenn man sich nicht hinsetzen, die Füße unter die Nachbarbank strecken, die Hände über dem Bauch wie zum Gebet falten und den Raum mit einer brennenden, für die meisten Menschen beißend qualmenden Zigarre zur Qual oder, weil man gerade an einer mittelalterlichen Burg vorüberfährt, zur Folterkammer machen kann.

Der Mann wird sich hüten, über den Lebensstil der Jungen zu schimpfen. Das brächte nichts. Lachen würden sie über ihn, sich mokieren, die Burschen und Mädchen, die weder ihn noch seine Frau wahrnehmen wollen. Ins Schwitzen gerät er, während seiner Frau alle Farbe aus dem Gesicht weicht.

Sie hat vor nicht allzu langer Zeit eine Venenentzündung an den Beinen gehabt, und dazu hat sie Krampfadern, daß man nicht mehr hinsehen kann, wenn sie die Strümpfe einmal ausgezogen hat.

Gibt es denn in diesem ganzen gottverdammten Eisenbahnwagen keinen einzigen Mann, dem das Verhalten der zwei jungen Männer ebenfalls mißfällt?

Hätte er Söhne, denkt der Mann, er würde ihnen die Ohren langziehen, hält er es doch für seine verdammte Pflicht und Schuldigkeit, für eine vornehme, vaterländische Aufgabe, junge Männer auf den Eintritt in die

Armee vorzubereiten, ihnen Zucht und Ordnung schon im zivilen Leben beizubringen.

Und wo kann Anstand und Ordnung besser gelehrt werden als in einem vollen Eisenbahnwagen zweiter Klasse? Doch, wie soll Zucht und Ordnung in einem Staat herrschen, der nicht fähig ist, jedem, der sich eine Fahrkarte für die staatliche Eisenbahn kauft, auch einen Sitzplatz zu garantieren und der zudem, statt die Ortschaften gradlinig zu verbinden, um jeden Baum, um jedes Haus, um jede Gartenhecke und jeden Misthaufen eine Kurve zieht?

Wieder prallt der Mann, der dem fetten Wirt des Restaurants gleich neben der Kirche immer ähnlicher sieht, mit seinem massigen Oberkörper gegen die Lehne eines besetzten Sitzplatzes.

Jenseits der Grenze, im Ausland, so hat er gehört, versteht es der Staat viel besser, seine Bürger zufriedenzustellen und zu disziplinieren. Der Mann beginnt auf einmal Zufriedenheit auszustrahlen. Eine gefährliche, heimtückische Zufriedenheit. Wenn ihm schon niemand zuhören will, wenn sich keine Gesinnungsfreunde finden wollen, dann ist ja noch seine Frau da, sie, die Kinder zu gebären hatte, ob es ihr nun Spaß gemacht hat oder nicht, war er doch der Erzeuger, der seinen Spaß gehabt hatte. Sie, die nach der Geburt der vierten Tochter Krampfadern bekommen hat und jetzt unter Schmerzen einmal gegen ihn, ihren Mann, dann gegen das Sitzgestänge gedrückt wird.

«Halt dich doch fest!» schreit der Mann seine Frau an. «Das wirst du wohl noch können. Kein Halt mehr. Weder in der Eisenbahn, noch sonstwo. Im Ausland ist das jetzt anders, ganz anders. Da wird fest aufgetreten. Und an diejenigen, die in festen Stiefeln und in eindeutigen Uniformen auftreten, kann sich halten, wer auf Sicherheit setzt.»

Bei der nächsten Station steigen ein paar Leute aus. Ein junger Mann bietet seinen freiwerdenden Platz der blassen Frau des rotgesichtigen, schwitzenden und dummes Zeug daherredenden Mannes an. Auch der Platz vis-à-vis wird frei. Der Mann läßt sich auf die Holzbank fallen und stellt befriedigt fest, daß zwei alte Frauen zusteigen und keinen Platz bekommen werden. Tragen auch gar zu komische Hüte, die zwei alten Damen. Und wenn er schon Dame denkt, sollten sich mal alle ihr Teil dazu denken. Er schält seine dicke Havanna aus dünnem, spanisch beschriebenem Papier, hält sich die Zigarre ans rechte Ohr, dreht sie wie ein Könner und Kenner zwischen Daumen, Zeige- und Mittelfinger, kneift die Augen zusammen, horcht auf das Knistern, kramt aus der Westentasche über seinem Bauch eine Schachtel Zündhölzer, steckt die Zigarre in den Mund, beißt einen Teil des Mundstücks ab, spuckt die zu einer Spitze gerollten Tabakblätter in den Gang, obwohl unten am Fensterrahmen ein Schild angebracht ist, auf dem in drei Landessprachen zu lesen ist, das Spucken in den Wagen sei verboten, sagt laut und deutlich, man werde doch wohl, wenn man Raucher sei, nicht wegen eines so dummen Schildes zum Tabakkauer werden müssen, streicht ein Zündholz an, hält das nicht abgebissene Ende der Havanna in die Flamme, wartet, bis sich Glut bildet, schüttelt das Streichholz aus, wirft auch das verkohlte Hölzchen auf den Boden, bläst so lange sehr fein, fast zärtlich, in die Glut, bis diese ganz unter einem Ring weißer Asche verschwindet, holt mit dem rechten Arm zu einer großen Bewegung aus und steckt sich die Zigarre in den Mund, sorgt für eine mächtige Rauchentwicklung, sieht durch den wie Novembernebel sich ausbreitenden Schleier, wie die zwei alten Damen ohne Sitzplatz bleiben. Wer sich ohne Stock kaum noch auf den Beinen halten kann, denkt er, sollte eben zu Hause bleiben.

Sobald der Zug anfährt, stellt der Mann entsetzt fest, daß er rückwärts fährt. Ihm, dem Fahrgast, mutet man auch noch zu, sich sozusagen mit dem Rücken voran durch die Landschaft transportieren zu lassen. Das macht ihm zwar nichts aus, er kann sitzend alles ertragen, aber er hat ein Recht darauf, die Landschaft, die seine Heimat ist, von vorne zu sehen.

«Komm», sagt er zu seiner Frau, «wir wechseln den Platz!»

Sie willigt ein, obschon ihr schwindlig und übel werden wird. Doch übergeben wird sie sich nicht. Eine Sauerei veranstalten, diese Schadenfreude, den Triumph über ihre Schwäche, die weibliche Schwäche, wird sie ihm, dem fetten Mann, nicht gönnen.

Die Frau bleibt mit dem Rücken zur Fahrtrichtung sitzen, schaut ihren, den Zigarrenrauch über die Lippen paffenden Mann aus tränenden Augen gelangweilt an.

«Paßt dir etwas nicht?» fragt der Mann, der schon beinahe vollständig zum Wirt des Restaurants gleich neben der Kirche geworden ist.

Was ihr denn nicht passen sollte, fragt die Frau zurück, und es wird ihm nicht entgangen sein, daß sie die Wörter aus dem Gaumen würgt.

«Das weiß man bei dir nie», sagt er und verschluckt sich am Rauch seiner Havanna. Ein wüstes Husten ist es.

Der Mann weiß in der Tat nicht, was im Kopf seiner Frau vorgeht. Wie sollte er auch. Allzu oft richtet er seine Augen nicht mehr auf sie, die, er kann es heute nicht mehr begreifen und manchmal schüttelt es ihn auch ein bisschen darob, darob, daß sie vor etwas mehr als einem halben Menschenleben ihn zu verwirren fähig war. Falten über Falten, und heute, wo er sie zu einer Eisenbahnfahrt mitgenommen hat, nicht die Spur eines Lächelns im Gesicht, das einem abgeernteten Kartoffelacker, wie er draußen zu sehen ist, ähnlicher sieht, als selbst ihm recht ist.

Oft bemerkt der Mann, wenn es um sie beide herum ganz still ist, daß sie ihn sehr lange und wahrscheinlich sehr genau betrachtet. Er weicht ihren Blicken aus, schaut aber gelegentlich zurück, um Mal für Mal festzustellen, daß sie ihn immer noch fixiert und sonderbar zu lächeln beginnt, so als ob sie in seinem Gesicht etwas ganz besonders Zufriedenstellendes entdeckt hätte.

Was zum Teufel, fragt er sich, was zum Teufel hat sie, die längst nichts mehr zu lachen hat, immer wieder so undurchsichtig zu grinsen.

Daß es ein Lächeln sein könnte, gesteht er weder sich noch ihr zu. Zu fragen traut er sich nicht. Angst macht ihm dieses so völlig grundlose gespenstische Lachen.

Gespenstisch. Das ist es. Wie eine Hexe erscheint sie ihm, wie eine zum Fürchten gemachte Bucklige aus einer Geschichte, mit der man ihn als Kind in den Schlaf reden wollte.

Es zuckt ihr um den Mund und in den Augenwinkeln, obschon es ihr, das weiß er, übel ist, ihr Wille wird es nicht zulassen, daß sie aufsteht, zur Toilette geht und das Frühstück auskotzt und das Mittagessen und den Zorn über den Mann, der sie einmal mehr rückwärts fahren läßt. Jede andere Frau wäre längst aufgestanden und aus dem Zug gesprungen. Oder sie hätte sich schon gar nicht mit ihm in den Zug gesetzt, weil sie gewußt hätte, was sie erwartete, und sich lieber vor den Zug geworfen.

Es schüttelt ihn.

Es ist besser, wenn sie aus dem Zug springt, denkt er,

die Schweinerei ist dann weniger groß: innere Verletzungen, verursacht durch den Sturz, ein Genickbruch vielleicht, ein bisschen Blut in den Mundwinkeln. Das Gemetzel dagegen, wenn ein Zug einen menschlichen Körper, vor allem einen weiblichen, überfährt, will er sich lieber nicht vorstellen.

Er mag kein Blut sehen.

Sie schaut ihn an, läßt nicht locker, bis sie ihr bösestes Lächeln gefunden hat. Ein Lächeln, bei dem sie die Eckzähne zeigt, bis sie aussieht wie ein tollwütiger Hund. In einem Bauernkalender hat er gelesen, bei Tollwut müßten die Hunde gleich reihenweise abgeschossen werden. Erst wenn alle Hunde verscharrt und mit gelöschtem Kalk überschüttet seien, könne man mit der Aufzucht einer resistenteren Rasse beginnen. Eine Fotografie zeigte einen Hund, dem die Tollwut den Kiefer gelähmt hatte. Mitten in den giftigen Rachen hatte man die tödliche Kugel plaziert. Wüst sah das tote Tier aus.

Schwer ist der Mann. Seine dünnen Beine tragen den großen Bauch kaum mehr. Er greift sich unter den Gürtel, versucht, die Hosen in Bauchnabelhöhe zu bringen. Die Hosenträger, die er zusätzlich zum Gürtel trägt, sind breit und sehr elastisch. An den Rändern sind sie mit blauem Band verstärkt. In der Mitte schmücken gestickte Edelweiß die Träger.

Hätte sie noch zusätzlich etwas zu lachen gehabt, sie hätte einmal mehr die doppelte Sicherung seiner Beinkleider belächelt. Es gab nichts zu lachen, geschweige denn zu lächeln. Der Mann trägt einen Gürtel, um seinen Daumen dahinter einzuhaken, wenn er sich eine drohende Haltung geben will. Ist er zufrieden, will er der Welt zeigen, wie sehr er mit ihr, der von viel zu vielen Menschen vermiesten Welt, einverstanden ist, steckt er die Daumen auf Brusthöhe hinter die

Hosenträger und spielt mit dem elastischen Edelweiß-schmuck.

Nun ächzt er und sieht das bissige Lächeln seiner Frau. Es ist Zeit zum Aussteigen. Der Mann steht viel mühsamer auf als sie. Er wälzt sich in den Gang und versperrt den andern Fahrgästen den Weg.

«Mich nähme bloß wunder», sagt er, indem er seine Beine wie Stelzen oder hölzerne, mit Leder beschlagene Prothesen vorwärtsbewegt, «wunder nähme mich bloß, was in deinem Kopf vorgeht, wenn du mir gegenübersitzt.»

Susanne von Beatenberg mochte den Wirt des Restaurants gleich neben der Kirche nicht. Der behandelte seine Frau auch wie ein Stück Vieh, und die Frau zahlte ihm die Schläge und Stiche, die Susanne von Beatenberg den Wirt mit einer alten, rostigen Mistgabel ausführen ließ, wahrscheinlich eben so hinterhältig heim.

Susanne von Beatenberg wußte, daß Fritz Blumenstein sich vom Wirt des Restaurants gleich neben der Kirche beträchtlich unterschied:

Fritz Blumenstein mochte Ländler nicht, die zu Witzen über die Frauen gehörten wie der Bahnhof zur Eisenbahn.

Auf dem Grammophon mit dem enormen Lautsprecher spielte der Wirt die Volksmusik, die patriotisch verstanden werden wollte. Da gab es Märsche, die großen Männern gewidmet waren: Bundesräten, Schwingerkönigen, treffsicheren Schützen. Tänze, die den Verteidigungswillen heraufbeschworen: die Festungswacht-Polka, den Grenzbrigaden-Walzer, die Gebirgsgrenadier-Mazurka, den Scharfschützen-Schottisch. Landschaften wurden besungen, als gäbe es nirgends auf der Welt einen Berg, ein Tal, einen

See, ein Dorf, eine Ebene oder eine Stadt, die mit den heimatlichen Sehenswürdigkeiten verglichen werden konnten: den Heimwehfluh-Jodler, den Berner-Marsch, die Aussicht vom Pfannenstiel, Mein Wallis, Lac Léman mon amour, Ticino Ticino, Prättigau, an dich denke ich.

Die Menschen in diesen Regionen wurden musikalisch nicht minder ausgeschlachtet. Da waren: Die Bündner Mädchen, Les Demoiselles de la vallée de la Broye, Das Schätzchen vom Zürichsee, Der Bub vom Trub, Der Sepp vom Sörenberg, Der Gigi von Arosa, La Teresa di Ponte Tresa, Das Mareili aus dem Schächental.

Und wenn genug Heu von dieser Sorte eingefahren war, durfte ohne Skrupel ein bißchen an der Sauglocke gezogen werden.

Die Marie vom Hinterberg hat ihr Höschen beim Hans vom Vorderberg vergessen. Der Klaus hat's der Anna wieder mal tüchtig gezeigt. Nirgends geht's von vorn so schön wie hinten. Sie, sie, sie hat dem Urs was angehängt.

Was sollte Fritz Blumenstein gegen so viel senkrechten Bürgersinn unternehmen?

Und erst sie, eine Frau?

Wurde man bei den patriotischen Klängen nicht ernst und nickte nicht, wenn einer erzählte, wie er dabeigewesen sei, als der Schützenkönig sein Gewehr beim Lauf gepackt und mit dem Kolben das Grammophon zu Kleinholz gemacht und die Leute, die das moderne, vaterlandsfeindliche Zeug getanzt hätten, zum Teufel gejagt hatte, war man im Nu ein Individuum, dem man in diesen gefährlichen Zeiten auf die Finger schauen mußte.

Klatschte man bei der Gebirgsgrenadier-Mazurka

nicht den Takt, weigerte man sich gar, den Refrain mitzusingen, dann riskierte man, in einer der folgenden Nächte auf dem Heimweg in den vollen Brunnentrog gelegt zu werden und den Kopf so lange unter Wasser gedrückt zu bekommen, bis man bereit war, mit einer Lunge voll eiskaltem Wasser den besagten Refrain in die Nacht hinauszusingen. Und laut, bitte schön.

Brach man bei der Schilderung breiter Täler, hehrer Berge, stählern schimmernder Gletscher und lieblicher Seen nicht in rührselige Tränen aus, wurde einem empfohlen, doch auszuwandern.

Rühmte man die Schönheit der besungenen Trachtenmädchen nicht oder fand man gar die korsettähnlichen Mieder ihrer Trachten der französischen Rokokomode abgeschaut und hierzulande, wo alles auf eine bäurische Herkunft hinweisen mußte, ein wenig lächerlich, galt man im Handumdrehen als Tiroler, und zum Zeichen der Schande steckte anderntags ein entsprechender Hut auf einer hohen Stange vor dem Haus. Und anders als zu Tells und Gesslers Zeiten grüßte jeder Mann laut johlend den Hut, um anschließend ohne jede Scham an den Pfahl und in den fremden Garten zu urinieren.

Lachte man bei den verschweinigelten Liedern nicht geifernd und lefzend mit, konnte man mit plumpen Anzüglichkeiten und Zoten nichts anfangen, verließ man sogar das Lokal, konnte es geschehen, daß man eines Sonntags, wenn man nach dem Gottesdienst sofort nach Hause ging, beim Drücken der Türklinke in Kot griff.

Susanne von Beatenberg wußte, daß kein einziger Fremder, der je seine Ferien bei ihnen auf der Sonnenterrasse verbracht hatte, von diesem Terror auch nur etwas ahnte.

Die Volksmusik klang in den Ohren der Gäste so gesund und rein wie das Wasser eines Bergbaches. Das sprudelte in harmonischen, glockenhellen Tönen und ungebrochenen Akkorden über Stock und Stein, plätscherte durch lichte Auen, fiel über hohe Felsen als gewaltiger Wasserfall zu Tal.

Und sauber. Unheimlich sauber.

Kein Fremder sah je einen Tierkadaver im Bach, und wenn Tirolerhüte auf hohe Stangen gesteckt und Türklinken beschmiert wurden, sorgten Volkskundler dafür, meist waren es pensionierte Lehrer, daß aus gewalttätigen Vergeltungsmaßnahmen althergebrachte, erhaltungswürdige Volksbräuche wurden.

Susanne von Beatenberg wußte auch, daß das Dorf für weitere Luxushotels keinen Platz mehr bot. Was nun kommen würde, waren Hotels für die senkrechten Bürger. Sie sah das Restaurant gleich neben der Kirche schon als Mittelklasshotel ausgebaut. Jeden Abend würde dort statt eines dezenten Orchesters, das auch mal eine Sonate oder ein Klavierkonzert zu geben imstande war, eine urchige Ländlerkapelle aufspielen. Die Gäste würden sich zu jedem Witz auf die Schenkel klopfen, Bier aus großen Krügen trinken, zum Wohlsein, Prost, und den Krug heftig auf dem Tisch absetzen, damit sie nach jedem Spritzer sagen konnten, Bier gebe keine Kaffeeflecken. Den Schaum würden sie sich von den Lippen lecken, nachts durchs Dorf gröhlen und unter Anleitung des Volkskundlers die Bräuche ausprobieren. Dort, wo ein Flurname auf die Teufelei einer Hexe schließen ließe, würden sie einen Kreis bilden, die Hosen öffnen und gezielt in die Mitte wässern, dorthin, wo man sich bei Vollmond eine nackte, sehr weiße Frau mit flammend rotem Haar vorstellen könnte.

Susanne von Beatenberg grauste es.

Es gab ja nicht bloß den Wirt. Bauern, die Gemischt-
warenhändler, der Dachdecker, der Metzger, die beiden gutverdienenden Bäcker, selbst der Pfarrer, der
vor kurzem in die wohlhabende Familie eines Bauun-
ternehmers eingeheiratet hatte, sie alle liebäugelten
mit der Massenhotellerie.

Billige Pensionen sollten dafür sorgen, daß der Metzger sein zweitklassiges Fleisch und der Krämer seinen
sauren Wein würden absetzen können. Die Baumei-
ster, simple Maurer meist, die sich im Winter, wenn es
nichts zu tun gab, schon vorstellen konnten, ganze
Häuser zu bauen, ließen sich die Baupläne von Häusern kopieren, in denen die Städter in Zweiwochen-
schüben rationell und ohne großen Arbeitsaufwand
abgefertigt werden konnten.

Die ganz schlauen unter den künftigen Hoteliers verhandelten bereits mit Arbeitnehmerverbänden. Am
liebsten mit Beamtenorganisationen. Sie offerierten
den Verbandssekretären für ihre Mitglieder Ferien zu
Bedingungen, die es verdienten, als günstig bezeichnet
zu werden.

Tischwein und abendliche Unterhaltung inklusive.

Daß es sich um Volksmusik und Vorträge übers
Brauchtum handeln würde, wenn in den Pauschalar-
rangements von Unterhaltung die Rede war, brauchte
nirgends kleingedruckt zu stehen.

Susanne von Beatenberg gönnte jedem erholsame
Ferien.

Sie hörte sie bloß schon reklamieren. Mit Havannas
zwischen den Lippen, später, wenn es nicht mehr um
den ersten Eindruck des Zimmers oder die spontane
Hilfsbereitschaft des Personals ginge, wenn es das
Essen zu beanstanden galt oder eine Heizung, die
angeblich nicht funktionierte, würden sie mit stinken-

den, billigen Stumpen an die Reception treten und sich von ihren Frauen anfeuern lassen, falls ein nettes Mädchen den Chef vertrat.

«Sag ihr, daß wir Besseres gewöhnt sind! Sag ihr, daß wir uns für unser gutes Geld nicht die Dreizehn für eine gerade Zahl vormachen lassen!»

Auch Fritz Blumenstein grauste es, und manchmal dachte er, vielleicht wäre es gar nicht von Übel, wenn Susanne von Beatenberg mit ihren schlimmen Prophezeiungen recht bekäme und bald ein Krieg ausbräche, ein Krieg, der die Massen zu Soldaten statt zu Gästen in Unter- und Mittelklasshotels machen würde.

Ein Krieg.

Wer wußte schon, was das bedeutete, hoch oben in den Bergen, wo die Menschen auf die Gletscher starrten und sich vom Volkskundler und ehemaligen Lehrer erklären ließen, es gäbe dort in dem Gletscher, der so hell in der Abendsonne leuchtete, eine Stelle, die sich seit Jahrhunderten als klaffendes Loch zeige, wenn wieder ein Krieg auszubrechen drohe.

Ob sie dieses Loch sähen, fragte er seine Zuhörer, wenn er in der Dorfstraße stand und mit seinem geschnitzten Bergstock zum Gletscher zeigte. Nein, eben nicht. Und so lange könnten sie auch das Geschwätz von einem bevorstehenden Kriegsausbruch vergessen. Zudem, was die neuen Männer jenseits des Rheins an Politik anzubieten hätten, so schlecht sei das gar nicht. Es könne nicht schaden, wenn man dafür sorge, daß Leute, die schon seit bald zweitausend Jahren zum Teil zu recht verfolgt würden, nicht zu einflußreich würden.

6

Fritz Blumenstein war auf der Bank gewesen, auf der kleinen Filiale der großen Bank. Ein Einmannbetrieb. Englische Pfund konnten die Gäste einwechseln, Dollars, wenn auch nicht allzu viele. Dann französische Francs, Reichsmark selbstverständlich. Über die Lira spöttelte der Bankbeamte. Gulden und diverse Kronen waren vorhanden. Ein Überfall hätte sich gelohnt.

Im Gegensatz zu den Geschichten, die etwa die Amerikaner aus der Zeit des Wilden Westens erzählten, galten kleine Banken in abgelegenen Orten als bedeutend sicherer als die großen, wo sich, als Fritz Blumenstein sich zur Rettung der Luxushotellerie beinahe einen Krieg wünschte, Gelder aus der ganzen Welt in Sicherheit brachten. Fritz Blumenstein hatte sich auf der Bank, die neben dem Bahnhof in einer ehemaligen Schuhmacherwerkstatt untergebracht war, nach den neuesten Kursentwicklungen erkundigt.

Den Hinweis, daß er sich an der Art, wie die Wechselkurse auf das Verhalten der Menschen reagierten, ein untrügliches Bild der politischen Entwicklung machen könne, hatte er von Susanne von Beatenberg bekommen.

Woher Susanne von Beatenberg all die Ideen hernahm, verstand Fritz Blumenstein nicht. Niemand verstand es.

Nach dem ersten ungläubigen Staunen über Susanne von Beatenbergs Verstandesentwicklung, gewann man die Gewißheit, auch in einem Dorf hoch oben in den Bergen könne einmal jemand das Denken sozusagen neu erfunden haben. Selbst auf das Risiko hin, daß dieser jemand weiblichen Geschlechts war.

Eine von Fritz Blumensteins besonderen Dienstleistungen war, daß die Gäste in ihrer eigenen Währung bezahlen konnten.

Es gab nicht wenige, die sich vor einer Auslandsreise von ihrer Bank einen Stapel druckfrischer Noten in kleinen, mittleren und großen Scheinen beschafften. Dazu ließen sie sich ein Etui aus feinstem Kalbsleder als Präsent geben.

Fritz Blumenstein staunte anfänglich, wie auch ausländische Banken es verstanden, um Kunden zu buhlen.

Das Etui diente zur besseren Übersicht.

Wenn sie etwas zu bezahlen hatten, die Gäste mit den druckfrischen Scheinen, ließen sie sich von den mitgeführten Bediensteten den Gegenwert in der eigenen Währung ausrechnen, zogen das Kalbslederetui mit den neuen Noten hervor und bezahlten mit einem Schein, dessen Wert dem zu begleichenden Betrag am nächsten kam.

Wechselgeld nahmen sie nicht an.

Die Herrschaften hätten sich an abgegriffenen Münzen und schmuddeligen Scheinen die Hände schmutzig machen, widerliche Krankheiten hätten übertragen werden können.

Für die Bediensteten, auf deren Hände die Damen und Herren auf Gedeih und Verderb angewiesen waren, galt das Wechselgeldtabu gleichermaßen.

Es wäre keinem Einheimischen eingefallen, die fremden Gäste könnten sich vor ihnen, die in der sauberen Alpenluft aufgewachsen waren, grausen.

Großzügigkeit, sagten sie einander, die zeigen uns, was Großzügigkeit ist, und diejenigen, die selber etwas Geld besaßen, bekamen es mit der Angst zu tun, dachten, man erwarte eines Tages auch von ihnen, die Fünf geradesein zu lassen, für eine gute Flasche Wein statt 16.80 bedenkenlos eine Zwanzigernote, für einen Anzug einen Hunderter auf den Tisch zu legen, obschon der Preis mit 91.20 angeschrieben war.

Fritz Blumenstein brauchte lange, bis er der unrentablen Zahlungsweise auf die Schliche kam.

Er hatte den Ursprung des Trinkgeldes gefunden: Da glaubten die Concierges, die Kellner, die Zimmermädchen, die Bergführer und Skilehrer allen Ernstes an eine Belohnung für ihre mit ausgesuchter Freundlichkeit geleisteten Dienste, und dabei wollten sich die feinen Herrschaften bloß nicht am Kleingeld der kleinen Leute Ekzeme und Hautpilze holen.

Fritz Blumenstein konnte Bankbeamte nicht ausstehen. Sie taten, als ob sie sich nie verzählen könnten, gingen mit dem Geld um, als ob es nichts Selbstverständlicheres gäbe, als eben das Geld, das die Leute zur Bank brachten oder sich dort gegen Zinsen und das maliziöse Lächeln der zuständigen Beamten ausborgten.

Einmal hatte er in einen Stapel englischer Pfundnoten eine halbtote, am Schwanz von einem Käfer angefressene Maulwurfsgrille gelegt. Der Schalterbeamte nahm das Bündel in die linke Hand, klopfte es zurecht, befeuchtete mit der Zunge Daumen und Zeigefinger der rechten Hand und begann nach der hinlänglich bekannten Manier zu zählen.

Ohne auf das Geld zu schauen.

Er erkundigte sich, wie er es immer tat, nebenbei nach dem zu erwartenden Bergwetter, galt der Bankschalter in der ehemaligen Schuhmacherwerkstatt doch als Auskunftsschalter.

«Dienst am Kunden ist alles», pflegte der Bankverwalter zu sagen.

Wie er nun mit dem befeuchteten Zeigefinger auf die

lädierte Maulwurfsgrille stieß, legte er den bereits abgezählten Stapel etwas beiseite, packte das häßliche Tier beim angeknabberten Schwanz, wollte es in die Höhe seiner kurzsichtigen Augen bringen, der Schwanz brach, und er mußte nachgreifen.

«Komisches Geld», sagte er, legte die Maulwurfsgrille neben den Stempelständer, sah, dass sie sich noch bewegte, packte einen Stempel und schlug ihn auf den Kopf des Insekts, drückte ihn fest, indem er ein paarmal hin- und herwippte.

Fritz Blumenstein sah, daß es der *Erledigt*-Stempel war.

Kein Wort wurde über den seltsamen Vorfall verloren.

Was Wunder, daß die Leute zu den Banken bald mehr Vertrauen bekundeten als zu den renommiertesten Hotels, wo Diskretion auch kein leeres Gerede war.

Von diesem Tag an grauste es Fritz Blumenstein vor Bankleuten. Er begann die Reichen zu begreifen, die sich am Geld der kleinen Leute nicht anstecken wollten.

Seinen Angestellten hingegen ließ er den Glauben an das Trinkgeld als freiwillige Zugabe für besondere Dienste.

Sein Hotelierinstinkt sagte ihm, mit Illusionen sei wahrscheinlich mehr zu verdienen. Wenn die Gäste bereit waren, großzügig aufzurunden, durfte er bei den Löhnen seiner Angestellten ohne Gewissensbisse großzügig abrunden.

Susanne von Beatenberg war unten im Tal gewesen. Sie trug links einen kleinen, eleganten Lederkoffer. Rechts hatte sie ihre Handtasche unter den Arm geklemmt.

«Was meinst du?» fragte er.

Sie schaute ihn an.

Sie war nahezu so groß wie Fritz Blumenstein, und nachdem sie wöchentlich auf höheren Absätzen daherkam, wurde es ihm fast unheimlich, wie sie ihm allmählich über den Kopf wuchs.

«Wozu soll ich was meinen?» fragte sie zurück, stellte den Koffer ab, öffnete die Handtasche, klappte einen Spiegel auf, schaute sich an, zupfte einmal kurz an den Wimpern des linken Auges.

«Wenn du mich fragst, ob sich ein Überfall auf die Bank lohnt, sage ich nein. Aber komm, trag mir den Koffer nach Hause. Ich habe unten einiges erfahren. Du wirst staunen.»

Fritz Blumenstein staunte.

Er hatte sie fragen wollen, ob er ihr den Koffer in den *Adler* tragen dürfe. Es war unglaublich, was aus dem schüchternen Mädchen geworden war.

«Ich kann dich nicht zu einem Glas Wein oder zu einem Kaffee mit einem alten Marc de Bourgogne einladen», sagte sie nach den ersten paar Schritten. «Mit dem nächsten Zug kommt Lord Malcauley samt Clan. Ich meine aber, du solltest erfahren, worauf ich gestoßen bin.»

Fritz Blumenstein fuhr auch gelegentlich hinunter, in die Stadt. Sogar öfter, als unbedingt vonnöten gewesen wäre. Er sagte sich, später, wenn seine Verantwortung größer geworden sein würde, könne er noch lange genug die Viertausender aus nächster Nähe betrachten. Er hatte auch Ohren und Augen, und beide verstand er aufzumachen, aber verglichen mit dem, was Susanne von Beatenberg in letzter Zeit in der Stadt alles hörte, sah und aufschnappte, waren seine Neuigkeiten wie hoffnungslos verspätete Güterzüge.

Falls man Susanne von Beatenbergs Schlagzeilen mit Schnellzügen verglichen hätte.

«Du weißt», sagte sie, und es fiel ihm auf, wie sicher sie

auf ihren hohen Absätzen den holprigen Weg zum *Adler* hinunter ging, «du weißt, daß es dort, wo die Müller-Schulzes, die Lauffs und Bangemanns herkommen, unseren Levys, Silberschmidts und Goldenbergs an den Kragen geht. Versteh mich nicht falsch. Es ist eine grausame, durch nichts zu rechtfertigende Hetze, die früher oder später darauf hinausläuft, alle Goldenbergs, Silberschmidts und Levys zu vernichten.»

Fritz Blumenstein hatte gehört, daß jüdische Geschäfte zerstört und ausgeplündert worden waren, daß es Übergriffe und Gewalttätigkeiten gegeben hatte, aber was Susanne von Beatenberg da sehr bestimmt behauptete, schien ihm zu dick aufgetragen.

«Unser Kirchwirt (es mußte sich um den fetten Wirt des Restaurants gleich neben der Kirche handeln) muß dank seiner Sympathie für die Verfolger der Süßholz' und Reichsteins über genauere Informationen verfügen. Er hat in zwei einschlägigen Zeitungen im Reich Inserate erscheinen lassen, in denen er gefährdete Geschäftsleute, Finanziers und Juweliere auf sein sicheres Bankkonto in der ebenso sicheren Alpenbank aufmerksam macht. Sehr bescheiden übrigens. Ein Angebot. Nichts weiter. Nichts von Zins, aber dafür der versteckte Hinweis, im Ernstfall würden sich Armee und Banken bestimmt in den sicheren, bomben- und feuerfesten Granit der über viertausend Meter hohen Alpen zurückziehen.

«Und du glaubst?» fragte Fritz Blumenstein.

Sie fiel ihm ins Wort.

«Du weißt nicht, was für Ängste die Goldsteins und Rosenbergs auszustehen haben. Und da schicken sie eben erst einmal das Geld und hoffen, mit einem Konto auf der Alpenbank später die Grenze, hinter der sie in Sicherheit sind, ohne Komplikationen überschreiten zu können.»

«Aber der fette Wirt sagt doch jedem, der es hören oder auch nicht hören will...» versuchte Fritz Blumenstein Susanne von Beatenberg zu widersprechen.

«Der Kirchwirt rechnet eben damit, daß früher oder später seine Geldgeber an der Grenze zurückgewiesen oder bereits auf der Flucht zu Nichtpersonen gemacht werden. Ich habe es aus sicherer Quelle! Er nimmt nur Geld von jenen, die im Reich ganz oben auf der Schwarzen Liste stehen.»

Da war das Grausen wieder. Woher wußte sie das alles? Wen hatte sie getroffen, und wie konnte sie so unbeteiligt davon berichten?

Sein Herz müßte sie schlagen hören, sein Herz, das ihm das Blut in den Kopf trieb und dort die unkontrolliertesten Gedanken durcheinanderwirbelte, bis er nicht mehr wußte, wo er war, wer er war und was er von der schönen Frau wollte, die er wie eine herkömmliche Arrivée, eine der noblen und auf hochhackigen Schuhen daherstolzierenden Arrivées bediente und der er wie ein dümmlicher Porteur den Koffer nach Hause trug.

Was kümmerte es ihn, wenn der Wirt des Restaurants gleich neben der Kirche ein verbrecherischer Geschäftemacher war? Sollte er hingehen zu seinen den Ländlern, Walzern, Mazurkas, Märschen und Heimatliedern lauschenden Gästen und Gesinnungsgenossen, auf den Tisch klopfen und ihnen in ihre Unschuldsgesichter, aus denen die Werktagsstumpen wie kleine Sonntagmorgenerektionen ragten, eröffnen, er mache mit der Angst verfolgter Menschen ein einseitiges Geschäft und sei bereit, sofern er zum Gemeinderat gewählt werde, die paar Leute, die seine sonntäglichen Havannas, seine Zoten und seine lüpfige Musik nicht mochten, zu Heimatverächtern und Vaterlandsverrätern zu erklären.

War sein Bild, das er sich von den friedlichen Männern, die nach dem Gottesdienst, weil die Frauen kochen mußten, fast notgedrungen im Gasthaus einkehrten, machte, war denn die Vorstellung von Zigarren als Erektionen, waren diese Bilder nicht auch abartig, und was sollte er von sich selber halten, er, der einen halben Schritt hinter Susanne von Beatenberg hergehend, beim *Adler* angekommen war und die Frau, die er nicht bloß zwecks Fusionierung des *Adler* und des Grandhotels über alles stellte und zu heiraten gedachte, am liebsten in die Arme geschlossen hätte, ihr seine Liebe gestanden und sie gebeten hätte, nicht dauernd an Dinge zu denken, die sich weit weg, jenseits der Grenzen abspielten und hier bei ihnen bloß von einem alternden, fetten Mann als lauer Aufguß aufgetischt wurden. «Was hast du?» fragte sie ihn, als er den Koffer auf die unterste Stufe des, wie sie sich eingestand, imposanten Aufgangs zum Hotel, das sie einst erben würde, stellte.

«Das fragst du?» sagte er.

So sehr er sich auch dagegen sträubte, er errötete, als ob er nach einem trüben Januar in praller Februarsonne eine mehrstündige Gletschertraversierung mit abschließender Tiefschneefahrt hinter sich hätte.

Sie spürte, wie er etwas sagen wollte und wie ein Stotterer falsche Luft in den Hals bekam.

«Siehst du die Nordwand? Du mußt dich schon umdrehen. Siehst du die Eisfelder? Die Runsen und überhängenden Traversen? Die Spinne und den vergletscherten Gipfel?»

Susanne drehte sich um und kam beinahe zu Fall.

Ob sie unbedingt so hohe Absätze zu tragen habe, fragte sich Fritz, als er sie nicht sehr geschickt auffing.

Sie sah den Berg und die Nordwand. Wer zu ihr aufsah, dem lief bei der Vorstellung, ein Mensch könnte auf den wahnwitzigen Gedanken kommen, den Berg über oder durch diese Wand zu besteigen, der Angstschweiß über den Rücken.

Kein gutes Bild, aber die meisten Menschen nehmen nun mal die Angst zuerst im Rücken wahr.

«Ja», sagte Susanne, und von Fritz' Händen ging eine sonderbare Wärme auf sie über.

Die Angst im Rücken. Was war das?

«Sag mir, ich solle heute noch hinauf, und wenn es dir gefällt, tu ich's. Barfuß. Für dich, Susanne.»

«Nicht heute», sagte sie, packte ihn bei den roten Ohren.

Als sie ihn küßte, und wie sie das tat, dafür hätte man ihm zehn Nordwände aufeinanderstellen können, er hätte jede zweite übersprungen.

Dann erschrak er.

«Du sagtest, heute komme Lord Malcauley.»

«Laß ihn kommen!» sagte sie.

War das eine Verlobung!

Niemand freute sich mehr als Lord Malcauley. Mehrere Möbelstücke gingen in Brüche.

Dann kam der Krieg. Viel früher als Susanne von Beatenberg ihn vorausgesagt hatte.

Zum Bärenplatz muß Susanne von Beatenberg. Zum Hauptsitz ihrer Bank.

Für den täglichen Bedarf tut es die Filiale im Dorf. Sie ist nicht mehr, fünfzig Jahre ist das her, in der Schuhmacherwerkstatt untergebracht. Dort werden wieder Schuhe geflickt. Ski- und Wanderschuhe, die einst in

einem andern Gebäude von einem ehemaligen Skirennfahrer hergestellt wurden. Eine ideale Kombina-
tion von Leder und Metall. Nicht daß die Schuhe
mehr getaugt hätten als die neuen Monster aus Kunststoff. Diesmal war der Fortschritt den Füßen wohlbe-
kommen. Es gilt bloß in gewissen Kreisen als fashion-
able, in alten Schuhen umherzugehen und zu zeigen,
daß man schon Wintersport trieb, als sich ihn bloß
einige wenige leisten konnten.

Die Bankfiliale ist inzwischen in einem Neubau untergebracht, und sie ist, obwohl nie auch nur die Andeutung eines Überfalls zu verzeichnen gewesen ist, abge-
sicherter als der Hauptsitz in der Hauptstadt, wohin
man Susanne von Beatenberg bestellt hat.

In das große Gebäude, ein paar Schritte neben dem
Bundeshaus. Man will mit ihr verhandeln.

Sie weiß, es gibt über die Klemme, in der sie mit ihrem
Adler steckt, nicht mehr allzu viel zu reden.

Auf dem Bärenplatz stehen ein paar wenige Marktbu-
den. Blumen werden verkauft. Ein Invalider versucht,
Lotterielose abzusetzen. Zwei junge Leute sammeln
Unterschriften.

Neues stellt Susanne von Beatenberg nicht fest.

Bevor sie auf den Platz hinaustritt, bleibt sie unter den
Arkaden vor dem Schaufenster einer Parfümerie stehen. Aus mehreren Spiegeln schaut ihr eine alte, elegante Dame entgegen. Sie hält einen leichten Spazierstock in der rechten Hand. Der Knauf ist ein Löwen-
kopf und vergoldet. Das Geschenk Lord Malcauleys.
Das Verlobungsgeschenk. Sie lächelt sich zu, wenn sie
daran denkt, daß er den Stock unbedingt zurückhaben
wollte, als er nach dem Krieg hörte, aus ihr und Fritz
Blumenstein sei kein Ehepaar geworden. Sie willigte
nicht ein und drohte dem gebrechlichen Lord, wenn er
handgreiflich werde, werde sie ihn mit seiner eigenen

Waffe schlagen. Das war nicht nötig gewesen. Der Edelmann hatte im Zorn auf das Biedermeiersofa eingeschlagen. Eine Lehne hatte er noch geschafft, dann schwoll sein rechtes Handgelenk so an, daß er ins Spital der Kreisstadt eingeliefert werden mußte. Von dort fuhr er direkt nach England respektive Schottland zurück. Zwei Monate später reiste auch Susanne von Beatenberg auf die Insel. Zu Lord Malcauleys Beerdigung. Es war sein ausdrücklicher Wunsch gewesen. Seine im Gegensatz zu ihm säuerliche Verwandtschaft vermutete in Susanne eine Geliebte des Verstorbenen. Sie ließ sie im Glauben. Als sich herausstellte, daß sie in seiner Lordschaft Testament nicht vorkam, beschloß der eine oder andere Malcauley, in der nächsten Saison wieder im *Adler* abzusteigen.

An ihrem linken Arm hängt eine Handtasche. Trotz ihres abgegriffenen Zustandes stört sie die elegante Erscheinung nicht. Die Tasche scheint mit der Frau verwachsen zu sein. Oder umgekehrt.

Am Kleid ist nichts auszusetzen. Der Schnitt stimmt. Vielleicht dürften die Schuhe etwas höhere Absätze haben.

Über dem weißen Haar liegt ein feines schwarzes Netz.

Niemand würde hinter ihr eine alleinstehende Frau aus einem abgelegenen Bergdorf vermuten.

Dorf.

Es gibt Leute, die diese Bezeichnung nicht mögen.

Kurort müßte es heißen.

Wer möge heutzutage schon seine Ferien in einem Dorf verbringen. Unterhalten wollten sich die Leute, und das könnten sie nur dort, wo zumindest in der Nacht Weltstadtstimmung aufkomme. Auch wenn noch immer Volksmusik und die damit verbundenen Bräuche dazu herhalten müssen, ihr eine besondere Atmosphäre zu geben.

Die letzten Einheimischen geben sich als Tölpel und Dorftrottel, über die die Fremden lachen können.

Im *Palace*, wo der verrückte Club untergebracht ist, tritt jeden Abend ein Entertainer aus Paris auf und mimt den Bergler, der zwar dumm, aber bauernschlau die Fremden auszunehmen weiß. Er geht mit den Gästen, nachdem sie wie in einem Michelin-Restaurant mehrgängig gespeist haben und bester Laune sind, Wetten ein, die er auf den ersten Blick verlieren muß. Er behauptet, durch ein Alphorn schlüpfen zu können, und die Leute wiehern, wenn er es auch tatsächlich versucht. Er steckt den Kopf in die Öffnung und bleibt selbstverständlich stecken, läuft mit dem Kopf im Alphorn wie ein seltsames Rüsseltier durch den Speisesaal. Die Leute befürchten, er werde Leuchter und Geschirr zerschlagen. Er tut es nicht, und dann, wenn er die Wette erneuert und betont, er werde doch noch durch das Alphorn schlüpfen, tragen drei starke Sennen das dickste Alphorn der Welt auf die Bühne. Der Entertainer spielt mittels eines Spezialmundstücks eine swingende Melodie und schlüpft mühelos durch das Rieseninstrument.

Die Leute mögen es je derber desto lieber, und nicht der Wirt bestimmt, was Unterhaltung ist; der Gast ist König, obwohl schon seit langer Zeit nicht einmal mehr der Bastard eines Adeligen im Dorf auf der Sonnenterrasse abgestiegen ist.

Niemand wird bei Susanne von Beatenbergs Äußerem auf die Schwierigkeiten schließen, deretwegen sie um Viertel nach zwei in der Chefetage der Bank Red und Antwort zu stehen hat. Jetzt ist es kurz vor zwei.

In den Straßencafés am Platz findet sie keinen freien Tisch und fragt zwei Herren in Anzug und Krawatte, ob sie sich zu ihnen setzen dürfe.

Die Männer nicken, rücken etwas zur Seite, unterbrechen ihr Gespräch nicht.

Sie zieht den dritten Stuhl unter dem Tisch hervor, fährt mit der Hand über die Sitzfläche. Kalt fühlt sie sich an. Der Stuhl ist aus Kunststoff. Sie setzt sich ungern. Sie hat es nie auf der Blase gehabt, und sie weiß weshalb. Sie hat sich ein Leben lang ausschließlich auf Holz, Leder oder natürliche Stoffe gesetzt.

Susanne von Beatenberg bestellt einen Kaffee. Der Kellner scheint nicht vom Fach zu sein.

Braucht er hier wohl nicht zu sein, sagt sie sich, zieht den kleinen Spiegel aus der Handtasche, hält ihn in der linken Hand vors Gesicht, lächelt, steckt den Spiegel wieder weg.

Die beiden Männer bezahlen. Jeder legt eine Zwanzigernote auf den Tisch. Wahrscheinlich haben sie gegessen. Als sie sich von den Kunststoffstühlen erheben, schieben beide fast gleichzeitig das Hemd korrekt in die Hosen, spreizen die Beine.

Auch ihnen scheint die Unterwäsche auf der Haut zu kleben.

Die Anzüge der Männer sind am Rücken zerknittert, und jetzt gehen sie zurück in ihre Büros, wo sie wahrscheinlich für den Rest des Tages wieder sitzen werden.

Bürostühle, hat sie sich sagen lassen, seien heutzutage der Anatomie der Benützer angepaßt. Bei den horrenden Holz- und Lederpreisen ist sie sicher, daß nur die höheren Angestellten gut sitzen.

Der Kaffee schmeckt bitter.

Susanne von Beatenberg hat von ihren englischen Gästen das Teetrinken gelernt. Trinkt sie einmal Kaffee, sollte er gut sein.

Der Rahm taugt nichts. In Plastikdöschen verpackt und mit Chemikalien haltbar gemacht, denkt sie.

Eine Polizeisirene heult auf, und ein Auto kommt quer über den Platz gefahren. Das einzige Auto in der Fußgängerzone.

Was, wenn ihre Bank überfallen worden wäre? Wenn aus dem Auto schwerbewaffnete Polizeigrenadiere gestürmt kämen? Wenn Gangster Bankdirektor Feuz vor sich herschieben und mit ihm als Geisel in ein Auto mit laufendem Motor steigen würden?

Susanne von Beatenberg sieht kein anderes Auto, und der Polizeiwagen hält vor einem benachbarten, etwas moderner gestalteten Bankgebäude.

Ihre Probleme wären mit einem entführten Bankdirektor kaum kleiner geworden. Im Gegenteil.

Umgebracht hätten sie den Mann wohl kaum, und mit einem Helden zu verhandeln, hätte ihre Position noch weiter geschwächt.

Die Polizisten sind nicht bewaffnet. Während sie durch die Glastür der Bank verschwinden, fährt eine Ambulanz ohne Blaulicht vor.

Fritz Blumenstein hatte behauptet, die Polizei könnte viel erfolgreicher sein, wenn sie sich leise den Tatorten näherte. Er zog dazu Beispiele aus der Tierwelt heran, und sie hielt ihm entgegen, ein Löwe oder eine Wildkatze sei alles andere als ein Polizist.

Aber Fritz Blumenstein blieb dabei: jeder Polizist zeige sich eben genausogerne in der Öffentlichkeit wie ein Politiker. Wer beim Staat arbeite, müsse ab und zu beweisen, daß er sein Geld verdiene. Deshalb die Sirenen und blinkenden Lichter.

Am liebsten kämen sie vor einer Blechmusik dahermarschiert.

Es gab eine Polizeimusik. Auch eine Feuerwehrmusik. Sogar die Beamten der öffentlichen Verkehrsbetriebe konnten das Musizieren nicht lassen.

Vielleicht hatte man den Bankräuber überwältigt.

Oder es hatte Verletzte gegeben, Tote. Die Sicherheitsanlagen waren heutzutage so raffiniert, daß es Tote geben mußte. Kamen die Räuber ans Geld, blieb zumindest ein Kassierer auf der Strecke. Setzte sich die Bank durch, ging ein mit einem Damenstrumpf Vermummter drauf.

Susanne von Beatenberg ist sitzen geblieben. Andere haben sich erhoben, ein paar Neugierige überschreiten bereits die Platzmitte. Die Zurückgebliebenen müssen sich auf die Zehenspitzen stellen.

Sie versucht, einen Kellner heranzuwinken.

Im *Adler* wäre das überflüssig gewesen.

«Wer nicht spürt, wann der Gast einen braucht», hatte sie zu ihren Leuten gesagt, «soll zur Feuerwehr. Dort wird er bestimmt nur gerufen, wenn er wirklich gebraucht wird.»

Der Kellner reagiert selbst auf ihr Winken nicht. Sie legt ein Zweifrankenstück, zwei Zwanziger und einen Zehner neben die Untertasse. Der Kaffee kostet zwei Franken. Daß er ihr nicht geschmeckt hat, kann sie nicht dem Kellner anlasten. Mit dem Trinkgeld, das mit 15 % in den zwei Franken inbegriffen gewesen wäre, will sie den jungen Mann ein bißchen beschämen.

Als sie um die Neugierigen herumgeht, fällt ihr ein, daß sie den Kellner als nicht vom Fach eingestuft hat. Überflüssig, mit einem Trinkgeld an seinen Berufsstolz zu appellieren, würde er doch annehmen, die alte Dame sei in Sachen Geld schusselig wie alle Alten. Zurückgehen und die als Trinkgeld gedachten Münzen wieder einzustecken, kommt ihr nicht ladylike vor. Ein Begriff, den sie bei den Teetrinkern gelernt hat.

Als sie die Stufen zum Hauptportal ihres Bankhauses emporsteigt, wird aus dem Konkurrenzunternehmen

eine Bahre getragen und in die Ambulanz geschoben.
Einen Augenblick lang weiß sie nicht, ob sie sich nun
über «ihr Bankhaus» oder die besetzte Bahre wundern
soll. Es ist nicht ihre Bank, auch wenn sie im Dorf
erklärt hat, es bleibe ihr nichts anderes übrig, als zu
ihrer Bank zu gehen.
Unsere Susanne von Beatenberg, hätten die Bankleute
ohne sprachlichen Ausrutscher sagen können.
Sie entscheidet sich für die Bahre.
Niemand sonst verlässt das Gebäude, in dem gleich-
falls die Besitzverhältnisse durcheinander gebracht
und manipuliert werden.
Mit Sirenengeheul und Blaulicht wird ein Mensch in
die Notfallklinik gefahren, und wer zufällig Zeuge
geworden, stehen geblieben ist, setzt sich wieder in
Bewegung.
Wie das Publikum nach einem verlorenen Fussball-
spiel.
In der Schalterhalle der Bank, die ihr Schwierigkeiten
macht, seit sie der Bank Schwierigkeiten macht, sind
alle Arbeitsplätze besetzt. Kein Gesicht kommt ihr
bekannt vor.
Seit die Banken, wenn man ihren Vertretern in den
Behörden glauben will, eine staatstragende Funktion
übernommen haben, wird peinlich genau auf das Äus-
sere derer geachtet, die angestellt sind, dergestalt den
Staat zu tragen.
Unauffällig, vertrauenerweckend, auswechselbar.
Selbst wenn zwei uniform gekleidete Männer mit ihr
zusammen auf der andern Seite des Platzes zusam-
mengesessen hätten, in der Masse von blau bis grau
gekleideten Angestellten hätte sie sie wahrscheinlich
nicht wiedererkannt.
Keiner scheint auf die Vorkommnisse im Nachbar-
haus neugierig geworden zu sein. Einige reden über

die Schreibmaschinen und Bildschirme hinweg miteinander. Erregt scheint niemand.

Es freut sie nicht einmal, daß der Konkurrent überfallen worden ist, denkt Susanne von Beatenberg und
erinnert sich an die Aufregung, als vor ein paar Jahren
das Hotel eines ungeliebten Eindringlings in ihr Gewerbe brannte. Jeder wollte dabei zusehen. Zwei Wirte entschloßen sich, um drei Uhr in der Früh die
Restaurants zu öffnen. Selten hatten sie so gute Geschäfte gemacht.

Sie empfindet Genugtuung.

«Ich darf mich nicht versündigen», sagt sie halblaut
und lacht.

Versündigen. Als ob sie sich noch versündigen könnte.
Eine alte Frau ist sie geworden. Gelebt hat sie. Wie,
darüber hat sie sich nie Gedanken gemacht. Geld hat
sie für sich nicht viel gebraucht. Schöne Kleider trägt
sie gern, aber das hat mit ihrem Beruf zu tun. Nicht
selten kommt es vor, daß sie gegen Ende des Winters
eine Frühlingsmode präsentiert, die in keinem Frauen-
journal vorgestellt worden ist. Sie kennt in einem der
letzten Häuser des Dorfes eine Frau mit gelähmten
Beinen, die ihre Unbeweglichkeit durch eine ungeheuer fröhliche Phantasie wettmacht. Mit Händen, die
direkt an die Phantasie gekoppelt sein müssen. Und
Augen, mit denen sie noch vor Weihnachten in den
Frühling sehen kann.

Vor Weihnachten hat sich Susanne von Beatenberg
der Phantasie der lahmen Frau auszuliefern, und die
Produkte dieser Hingabe will sie gegen Ende der Saison als Zeichen für bessere Zeiten, wie es der Frühling,
obschon an sich männlich, ja ist, präsentieren.

Wo die lahme Frau die Stoffe herhat, die man als
avantgardistisch bezeichnen müßte, wagt Susanne von

Beatenberg nie zu fragen. Gut hat sie daran getan. Wäre das Geheimnis aufgedeckt, die Frau hätte nicht mehr als Zauberin gegolten.

Vielleicht kamen da zwei Hexen zusammen, vor Weihnachten, wenn es am dunkelsten ist, wenn in den Hotels die Stilmöbel mit weißen Tüchern zugedeckt sind und das Personal sich an fernen Stränden aufhält, wo niemand weiß, daß die Damen und Herren mit den Umgangsformen von Ladies und Gentlemen bloß Kellner, Köche oder Zimmermädchen sind.

Im vorletzten Haus des Dorfes gibt es einen Raum, den außer Susanne von Beatenberg niemand zu sehen bekommt. Die Wände sind weiß getüncht. Die Fensterrahmen, die Tür leuchten blutrot. Ein Tisch, etwas weniger rot, steht in der Mitte des Raumes, dazu zwei Stühle, nochmals um eine Spur blasser. In einer Ecke, es gibt keine dunkle Ecke, der ganze Raum wird von einer schirmlosen Glühbirne schattenlos blendend erhellt, sitzt die Frau auf einem schwarzen Sofa.

Wenn sie, die schöne, gerade und wohlproportionierte Susanne von Beatenberg, den hellen Raum betritt, wird die lahme Frau weder zapplig noch aufgeregt, sie richtet sich auf, wirkt steif, streckt ihre Arme aus und sieht über ihre schmalen Hände hinweg auf ihre Kundin.

«Dann ziehen Sie sich mal aus», sagt sie, als wäre es selbstverständlich, wenn sich eine gerade gewachsene Frau nackt vor einer verwachsenen Frau auszieht.

Susanne von Beatenberg tut es. Die Frau beginnt leise vor sich hin zu summen und bewegt sich dazu. Es wäre einfacher, zu Musik zu tanzen. Ein Grammophon hätte sich auf dem Tisch gut gemacht, aber zu bereits vorhandener Musik wären der Frau bloß Déjà-vu-Ideen gekommen.

In einer Etagere, die zu erwähnen vergessen worden ist, liegen die Stoffe bereit. In einer weißen Etagere.

Die Frau unterbricht ihren Singsang ab und zu und gibt ihr, der Elevin, Befehle wie eine Ballettmeisterin.

Susanne von Beatenberg greift in die Etagere, zieht einen Stoff hervor, schleift ihn quer durch den Raum, tanzt zurück und wickelt sich in ein Gewebe, dessen Herkunft dort liegen muß, wo die geheimsten Wünsche herkommen.

Meistens hört die Séance abrupt auf. Die Frau läßt sich aufs Sofa fallen, singt nicht mehr, legt ihre Hände in den Schoß und scheint sich wie Speiseeis an der Sonne auf dem schwarzen, unschönen Möbel aufzulösen.

Susanne von Beatenberg zieht sich an, öffnet die Tür. Bevor sie geht, nennt die Frau ein Datum und eine Tageszeit.

Grußlos geht Susanne von Beatenberg nach Hause, und zur festgesetzten Zeit findet sie sich wieder bei der lahmen Frau ein. Diesmal nicht im hellen Raum. In der Wohnstube, die sich in nichts von der Stube einer bescheidenen Heimarbeiterin unterscheidet. Eine Tretnähmaschine, später durch eine elektrische mit Zickzackstichautomatik ersetzt, und ein heilloses Durcheinander von Stoffresten, Metermaßen, Stecknadeln, Nadelkissen, vergilbten Fotos und alten Zeitschriften.

Die Kleider, mit denen Susanne von Beatenberg Einfluß auf die haute couture größerer Orte nimmt, sind noch nicht fertig. Zu Faden geschlagen sind sie, und es ist gefährlich, in die mit Nadeln gespickten Phantasieerzeugnisse zu steigen, zumal dies wieder nackt zu geschehen hat.

Susanne von Beatenberg wagt keinen Einwand vorzubringen.

Die Frau macht die phänomenalen Kleider ausschließlich so, daß darunter nichts anderes getragen werden kann. Nicht, daß sie zu eng gewesen wären. Ein seidener Unterrock, Dessous hätten allemal noch Platz gehabt, aber die Kleider, meinte die Schöpferin, gehören nicht dem Körper, der Körper gehört den Kleidern.

Diesen Grundsatz sehen die Damen, die gegen Ende der Wintersaison genug von dicken Pullovern, langen Hosen und wollener Unterwäsche haben. Ganz besonders sehen die die Damen begleitenden Herren den Unterschied, und weil die Männer so große Augen machen, wollen diese Damen so schnell als möglich ebenso körperbetont sitzende Kleider bekommen, wie sie die Besitzerin des *Adler* trägt.

Gerne hätte Susanne von Beatenberg zugehört, wenn die Kleider, die zu ihr und ihrer Persönlichkeit gehörten, in den renommierten Modehäusern der großen Städte beschrieben wurden. Mehr als Annäherungen konnten die Kopien ohnehin nicht sein. Der Singsang der lahmen Frau fehlte, es fehlten der helle Raum, die blutrote Türe, das schwarze Sofa.

Die Frau ist etwas jünger als Susanne von Beatenberg, und so sehr sie an ihr Haus, das mittlerweilen längst nicht mehr eines der letzten im Dorf ist, gebunden ist, mit der Mode hat sie Schritt gehalten.

Vor Weihnachten findet sich Susanne von Beatenberg wie eh und je bei der lahmen Frau ein. Was sich geändert hat, ist die Qualität der Stoffe. Etwas dicker sind die Gewebe geworden, und was nach außen unbeschwert wirkt, ist gefüttert. Mit schwerer Seide. Darunter ist alles beim alten geblieben.

Es mag sein, daß dies Sünde ist.

Wenn Susanne von Beatenberg in die Stadt fährt, um über Geldangelegenheiten zu verhandeln, trägt sie am liebsten ein Deux-pièce. Mit Pullover und Unterrock. Der eine aus feinstem Cashmere, der andere aus Seide.

Sünde hin oder her, Susanne von Beatenberg geht durch die imposante Schalterhalle zur Treppe, die in die Chefetage führen muß.

Die Füße hätten sie schon noch nach oben getragen, aber die Knie wollen nicht mehr so recht.

Nicht, daß Susanne von Beatenberg Schmerzen spürt. Etwas hindert sie, macht ihr Mühe. Es fühlt sich an, als ob die Gelenke statt geölt verharzt wären.

Der Arzt hat dem Leiden nichts als ein ratloses Achselzucken entgegenzusetzen.

«Mit fast achtzig Jahren!» hat er gesagt.

Bei jeder weiteren Konsultation wiederholte sich der Arzt.

«Dazu in einem Ort ohne Autos. Du hättest deinen *Adler* mitten ins Dorf stellen sollen. Jeden Tag diesen Hügel hinaufsteigen, das hält ein so zartes Knie wie deines nicht aus.»

Er streichelt die Knie seiner Patientin, wie er es als Arzt eigentlich nicht tun dürfte, aber da er nicht viel jünger als Susanne von Beatenberg ist, hat seine Zärtlichkeit keine weiteren Folgen, selbst dann nicht, wenn sie ihre Knie zusammenpreßt und die Hand des Arztes einklemmt.

Er stammt aus dem Dorf wie sie, der Arzt. Einer der wenigen, die sich damals ins Gymnasium unten in der Kreisstadt getraut hatten.

Susanne von Beatenberg verzichtet trotz ihrer Knie auf den Lift. Sie will sich außer Atem bringen. Wenn sie sich anstrengt und ihr Herz schneller als üblich zu klopfen beginnt, weicht alle Farbe aus ihrem Gesicht, und jedermann, der sie erblaßen sieht, macht sich Sorgen.

Im Dorf und draußen, in Yorkshire wie in Boston, Massachusetts, heißt es zu unrecht, ihr Erblassen, wo andere erröteten, sei der Grund, weshalb sie sich nicht verheiratet habe.

Wobei jeder annimmt, sie hätte sich gerne verheiratet. Der Wirt des Restaurants gleich neben der Kirche oder einer seiner Gäste haben nach einem sonntäglichen Gottesdienst mit nicht sonderlich gewählten Worten geschildert, daß eine Frau ihre Bereitschaft, welcher Art auch, durch Erröten kundzutun habe. Errötende Frauenwangen, Frauenhälse und was sich sonst noch verfärben mochte, seien für den Mann wie ein halbes Dutzend gut gewürzter Spiegeleier.

Die schöne Susanne von Beatenberg erblasse. Das sei, wenn man etwas im Sinne habe, abschreckend wie Spitalbrei.

Sie hat mit ihrer atemlosen Blässe schon manche unangenehme Sache glücklich hinter sich gebracht.

Nützt es nichts, so schadet es auch nichts, sagt sie sich und steigt die Treppe hinauf, als wäre sie, um nicht zu übertreiben, etwa fünfunddreißig Jahre alt.

Sie würde zunächst einmal vom Überfall nebenan berichten, den blutüberströmten Verbrecher auf der Bahre beschreiben und abwarten, wie der Herr Bankier gedachte, auf ihre Vermögensangelegenheiten zurückzukommen.

Feuz heißt der Direktor der Bank, die die Besitzverhältnisse so hat werden lassen, daß auf der Chefetage respektlos von «unserer von Beatenberg» gesprochen werden kann.

Generaldirektor Feuz.

Die jüngere Frau im Vorzimmer des Herrn Generaldirektors erschrickt ob der Blässe und der Kurzatmigkeit der alten Dame.

Ob sie ihr einen Stuhl anbieten dürfe, fragt die Frau, die auch dann nicht errötet wäre, wenn sie erregt unter einer unerwarteten Zärtlichkeit ihres Chefs zusammengezuckt wäre. Korrekt bis zur hintersten Zahnfüllung, obwohl sie nie so lachen würde, daß man mehr als die Eckzähne zu sehen bekam.

Nicht nötig, sie werde von Herrn Feuz erwartet.

Sie spricht den Namen Feuz so rein wie eine Oberländerin aus, daß die Sekretärin ihren Terminkalender nicht aufzuschlagen braucht. Sie drückt auf den roten Knopf eines Apparates und sagt: «Frau von Beatenberg, Herr Direktor.»

Eine grüne Lampe leuchtet auf.

«Sie können eintreten», sagt die Frau, und Susanne von Beatenberg denkt unwillkürlich, wahrscheinlich trage die ungeheuer beherrscht wirkende Frau ein künstliches Gebiß.

«Spricht er nicht mit Ihnen?» fragt Susanne von Beatenberg.

«O doch», antwortet die Frau und zeigt keine Spur von Erstaunen.

Es kann kein schlecht sitzendes Gebiß sein.

Wahrscheinlicher ist, daß die Frau, bevor Susanne von Beatenberg eintrat, aus der Schublade ihres Schreibtisches genascht hat. Schokolade mit Nuß. Und nun hatte sich ein Nußsplitter oben rechts hinter dem Schneidezahn eingeklemmt. Als die alte Dame vor ihr stand, brachte sie die verrenkte Zunge nicht schnell genug wieder in die richtige Lage, um auch um den Mund herum korrekt zu wirken.

Zu sein.

Sie wirkte ja nicht bloß korrekt.

«Weshalb brauchen sie denn die Apparate mit all den Lämpchen?» fragt Susanne von Beatenberg und schüttelt den Kopf.

Die Frau schaut auf ihren Schreibtisch. Sie kann nur einen Apparat sehen, und auf dem einen Apparat gibt es nur eine Lampe.

Mit einem Menschen, denkt Susanne von Beatenberg, mit einem Mann, der nur noch per Knopfdruck mit andern verkehrt, sollte sie, die vom persönlichen Gespräch lebt, schon fertig werden.

Sie, hätte man sich bei ihr angemeldet, wäre an die Tür gekommen, hätte geöffnet und den Gast mit einer Frage und viel Liebenswürdigkeit überrascht.

Feuz lässt sich die Tür durch einen weiteren Knopfdruck seiner Termindame öffnen. Er telefoniert.

Kein Besucher, was immer er von der Bank oder die Bank von ihm wollte, hat Feuz beim Betreten des hellen, großen und einfach wirkenden Büros anders als telefonierend angetroffen.

Mit der freien Hand lädt der Banquier, der den französischen Ausdruck für sein Metier vorzog, lädt dieser Mann, dem man weltweit Geld anvertraute, ohne je genau zu wissen, was er mit dem Geld anfing und wo er es für immer wieder befürchtete Ernstfälle aufbewahrte, mit einer einladenden Geste deutet er dem Eintretenden an, sich zu setzen.

Ein paarmal sagt er noch «ja» in die Sprechmuschel, dann verfinstert sich sein Gesicht, und mit einem heftigen «Nein» legt er den Hörer unwirsch auf, nimmt eine Haltung ein, die seinen Ärger ausdrücken soll.

«Frechheit!» sagt Feuz zum Telefon.

Er wendet sich seinem Besucher zu, sein Gesicht hellt sich auf, sein Körper entspannt sich.

Er bittet, seinen Ausbruch zu entschuldigen, die Geschäfte würden zusehends härter, und wenn man gelegentlich nicht gleichziehe, zeige die Kurve bald einmal abwärts.

An welche Abwärtskurve er dabei denkt, verrät er nicht. Er rückt auf dem Sessel zurecht. Ein aufmerksamer Besucher kann feststellen, daß er mit seinen Schuhen den Boden nur knapp erreicht, aber welcher Besucher schaut im Büro des Generaldirektors einer Schweizer Großbank einem der mächtigsten Männer schon auf die Füße.

Sogleich geht Feuz auf das an ihn herangetragene oder von ihm selbst vorzubringende Anliegen ein.

Erfolg hat er mit seinem Telefonieren immer.

Auch bei denen, die daran zweifeln, daß er tatsächlich telefoniert hat.

Bei Geldangelegenheiten, ob einer das Geld zur Bank trägt oder es sich von dort holt, heißt es Vorsicht walten lassen. Walten lassen!

Nachweislich drückt man sich in Bankhäusern viel abgedroschener aus als zum Beispiel auf dem Gemüsemarkt, und nichts befriedigt Feuz mehr, als die tappende Vorsicht, mit der seine Besucher, Untergebenen oder Verhandlungspartner ihre Anliegen vorzutragen beginnen.

Feuz erschrickt ob der Blässe und Kurzatmigkeit der Madame Susanne von Beatenberg. Er legt bereits nach dem ersten, noch freundlich gehaltenen «Ja» auf und beeilt sich, der Dame auf dem Weg von der Tür zu den Polstersesseln seinen Arm anzubieten.

Susanne von Beatenberg sieht es sogleich: Wenn Feuzens Schuhe einen rechten Winkel zu den hängenden Beinen bilden, reicht es nicht bis auf den beigebraunen, wollenen Teppich. Als er sich in beflissener Behendigkeit zu ihr begeben will, hüpft er wie ein junger Vogel vom Drehstuhl, stößt mit den Händen ab. Das seiner Anatomie angepaßte Möbel dreht sich mehrmals wie ein Karussell.

«Es geht schon. Herzlichen Dank», sagt Susanne von Beatenberg. Er habe sich für seine Angestellten zu entschuldigen, meint Feuz. Aber dazu, sich die Schuld seiner Leute auf die Schultern zu laden und den Weg nach Canossa anzutreten, sei er schließlich da.

Susanne von Beatenberg lächelt nicht so, wie Feuz es erwartet hat. Vielleicht hat sie nicht begriffen, was er mit Canossa gemeint hat. Oder hat er einen Fauxpas begangen?

Nicht die von Beatenberg, aber ihr bei ihm ebenso verschuldeter Blumenstein war ein verdammter Worttüftler. In seiner Gegenwart wagte er nicht anders als in der nüchternen Sprache des Geldes zu reden.

Es überrasche ihn, entschuldigt Feuz sich weiter, daß auf dem Weg von der Schalterhalle zu ihm niemand sich ihrer angenommen habe. Er könne sich vorstellen, sie denke jetzt, und er verüble es ihr nicht, im Gegenteil, er gebe ihr vollkommen recht, wenn sie denke, es müsse schlecht ums Bankgeschäft stehen, wenn der alles entscheidende Dienst am Kunden derart zu wünschen übriglasse.

Es stehe nicht so schlimm ums Bankgeschäft, hat Feuz den Ton wiedergefunden. Fast vermute er, sie könnte die ihr angebotene Hilfe ausgeschlagen haben.

Susanne von Beatenberg setzt sich in einen Ledersessel, lächelt und winkt ab. Ihre Wangen haben sich bereits wieder etwas gerötet. Sie legt ihren Spazierstock quer über die Armlehne, öffnet die Handtasche, zieht eine Puderdose heraus, klappt sie auf, betrachtet sich im Spiegel und tupft mit dem Wattebausch auf Nase und Wangen.

Feuz sieht ihr zu. Es ist ihm aufgefallen, daß sie zu lange nach der Puderdose gesucht hat. Die Frauen, die er kennt, finden ihre Schminkutensilien mit einem

Griff. Nichts kennt eine Frau doch besser als den Inhalt ihrer Handtasche.

Das Alter macht sich bemerkbar, hätte Feuz befriedigt feststellen können. Es befriedigt ihn aber nicht. Es beunruhigt ihn. Als ob die *Adler*-Besitzerin mit der Tasche spräche, kommt ihm die Sache vor. Das wäre dann schon Verschrobenheit, und Verschrobenheit kann eine vernünftige Gesprächsführung enorm erschweren.

Sie entnimmt einem auf den ersten Blick ausgezeichnet gearbeiteten Silberdöschen ein Bonbon, steckt es sich in den Mund.

«Chinesisch», sagt Susanne von Beatenberg. «Nicht die Pastille, die Dose. Der Deckel mit Vasensplittern aus der Ming-Zeit. Gegen die Heiserkeit. Um mit Ihnen zu verhandeln, braucht es eine klare Stimme. Leider kann ich Ihnen keine anbieten, ich habe nur noch zwei.»

Eine frische Stimme will sie. Typisch, denkt Feuz, aber ihm soll's recht sein.

«Menschen mit einer klaren, frischen Stimme wird nachgesagt, sie verfügten auch über einen ebensolchen Verstand.»

Dieses Luder.

Feuz spricht es nicht laut aus. Auch denken hätte er es eigentlich nicht wollen.

Er sehe, bei ihr treffe es zu, sagt Feuz und meint es ernst.

Susanne von Beatenberg klappt das Döschen zu, steckt es in die Tasche, räuspert sich, setzt sich so hin, daß Feuz merken soll, er könne mit seinen Verhandlungen beginnen.

Feuz denkt nicht daran, mit der Tür ins Haus zu fallen. Die Frau, die ihm gegenübersitzt, gefällt ihm.

Sie ist immer noch eine schöne Frau, gesteht er sich

ein, und sie bemerkt sein anerkennendes Nicken.

«Wieviel haben sie bei Ihrem Nachbarn erbeutet?» fragt sie.

Feuz ist in den letzten Jahren etwas schwerhörig geworden. Seine nächste Umgebung, seine Untergebenen wissen um das altersbedingte Gebrechen und haben sich darauf eingestellt. Der Umgang mit dem Generaldirektor ist lauter geworden, eine Tatsache, die einige hoffen ließ, mit dem lauteren Ton würde Feuzens Autorität allmählich abbröckeln, doch wie es mit Schwerhörigen ist, Feuz wurde auch lauter, womit die Verhältnisse wieder im Lot waren. Für Feuz, zumindest.

Susanne von Beatenberg ahnt nicht, daß Feuz die leiseren Töne nicht alle mitbekommt, also muß er sie liebenswürdig ermahnen, etwas lauter zu reden. Er sagt nicht, er sei schwerhörig. Er hebt entschuldigend die Schultern und zeigt mit der rechten Hand auf sein Ohr.

Sie lächelt. Ihr ergeht es nicht viel besser, und sie weiß, auch sie ist für Normalhörige zu laut.

Feuz ist überrascht.

«Wieviel haben sie erbeutet? Oder hat man sie vorher erwischt? Ist der Mann tot?»

Feuz runzelt die Stirn, lächelt verlegen.

Ob er ihr etwas anbieten dürfe. Einen Cognac vielleicht. Einen Likör. Tee oder Kaffee.

«Ein Kellner wären Sie nie geworden», antwortet sie ihm.

Er verstehe nicht, sagt Feuz.

«Sehen Sie, lieber Feuz», belehrt die Besitzerin des einstigen Nobelhotels *Adler* den Generaldirektor einer Schweizer Großbank, «nach mehr als zwei Getränken auf einmal dürfen Sie nie fragen. Also, wer hat das Geschäft gemacht? Die Bank oder die Gangster?»

Feuz lacht auf. Er begreift. Sein Lachen führt ihn aus einer Verlegenheit in die andere, und er entschuldigt sich gleich wieder.

Zu lachen gebe es bei der leidigen Angelegenheit nichts.

«Täuschen Sie keine schlechtgespielte Pietät vor», spöttelt sie, «niemand ist besser versichert als die Banken.»

Feuz hat sich auf seinem Sessel einem Schrank zugedreht, ihn geöffnet und nach einer Flasche gegriffen.

Das sei schiere Unterstellung, hätte er gerne gesagt, aber was immer über die Institution Bank gesagt, gelogen und gespottet wurde, man, und er ganz besonders, hatte es zu ertragen. Einem Mann, der wegen jeder Anspielung auf irgendwelche Schwächen oder Mängel sogleich aufbraust, leiht man kein Geld, und wer sich welches borgen will, geht lieber zu einem ruhigen, überlegenen Menschen.

Das Geheimnis der Schweizer Banken ist dort zu suchen, wo die Leute einander auf dem Kirchweg begegnen und Geschäfte machen. Nicht in nüchternen Schalterhallen oder dezenten Büros dahinter.

Dann dürfe er ihr wohl einen Cognac anbieten.

Susanne von Beatenberg zögert einen Moment, und Feuz sagt, sie brauche keine Bedenken zu haben. Was Cognac betreffe, kenne er sich aus, wenn er auch zugebe, als Kellner nicht allzu viel zu taugen. Wenn sie ihm darob nicht böse sei, gestehe er sogar, den Beruf des Kellners immer mit dem Prädikat «minderwertig» versehen zu haben.

Er schenkt den Cognac in die großen Schwenker, steht auf, bringt das eine Glas hinüber zu Susanne von Beatenberg, bleibt vor ihr stehen, verneigt sich.

«Sie können's ja!» ruft sie erfreut.

Er stoße auf ihr ganz besonderes Wohl an, sagt der

Bankier, und Susanne von Beatenberg erwidert den Wunsch.

Nachdem Feuz sich wieder hinter seinen doch erstaunlich kleinen Schreibtisch gesetzt hat, erklärt er, nicht jedesmal, wenn Polizei und Ambulanz vor einer Bank einträfen, brauche dies als Folge eines Überfalls zu geschehen. Er meine, das Geld sei eine zu unwichtige Sache, als daß man sich deshalb mit dem Gesetz auf Kriegsfuß begeben sollte.

Feuz erwischt sich dabei, wie er sich von der Frau, der er erklären will, daß sie finanziell nicht mehr den geringsten Spielraum habe, bei einer Dummheit ertappt vorkommt. Aber was ist schon dabei, wenn er den Kriegsfuß aus der Indianerwelt herüberschmuggelt.

Er schaut auf seine Armbanduhr, eines jener Billigmodelle, mit denen die daniederliegende Uhrenindustrie glaubt, mit Hilfe der Banken langsam wieder auf die Beine zu kommen.

Sie sei Augenzeugin eines nicht alltäglichen Vorkommnisses geworden. Der Kollege von nebenan, Generaldirektor der Großbank mit dem etwas moderneren, wenn auch, mit Verlaub, nicht unbedingt schöneren Haus, habe ihn vor ihrem Eintreten angerufen.

Feuz lacht.

Er gehe jede Wette ein, sie könne sich selbst im verrücktesten Traum nicht vorstellen, was drüben vorgefallen sei.

«Ich habe keine verrückten Träume mehr», sagt Susanne von Beatenberg.

Da sitzt diese von Beatenberg ihm gegenüber, die bis über beide Ohren verschuldete Besitzerin eines längst abbruchreifen Hotels und lenkt ihn von jedem Thema ab, das er anschneidet. Aber ungeschoren würde er sie nicht ziehen lassen.

Ungeschoren. Wenn er sich vorstellt, er müßte ihr mit einer Schere in die Haare fahren, widersteht ihm der Cognac.

Sie hüstelt.

Cognac verträgt sie auch nicht mehr, denkt Feuz und trinkt einen kräftigen Schluck.

«Was ist denn nun bei Ihrer Konkurrenz geschehen?» fragt sie.

«Ein Selbstmordversuch», antwortet Feuz.

«Der Direktor?»

Susanne von Beatenberg läßt den alten Cognac im Glas kreisen.

Wo sie hindenke, entrüstet sich Feuz mehr als sie für angebracht hält, doch hilft ihm die Übertreibung, seine überlegene Position zurückzugewinnen. Er habe doch gesagt, der Kollege von nebenan habe ihn, bevor sie durch die Tür gekommen sei, unterrichtet. Und wer ihn unterrichte, der könne wohl kaum ein paar Minuten vorher versucht haben, sich zu erhängen.

«Wer weiß, wer weiß», sagt Susanne von Beatenberg, bemerkt aber, wie sicher der Mann geworden ist, der ihr in Kürze eröffnen wird, der *Adler* sei nicht mehr zu retten, die Bank habe den Abriß beschlossen, und die Pläne für einen neuen *Adler* würden bestimmt auch sie überzeugen.

Sie kneift die Augen zusammen und stellt fest, daß dadurch seine Augen in dem sehr gewöhnlichen Gesicht zu auffallenden Merkmalen werden, und der Besitzer der Fischereiflotte aus dem norddänischen Skagen kommt ihr in den Sinn. Niemand wußte, weshalb er die Saison ausgerechnet im Dorf auf der Sonnenterrasse verbrachte. Skifahren konnte er nicht, schwindlig wurde ihm schon auf der Treppe zum zweiten Stockwerk, und als er mit den Engländern zu trinken begann, mußte er noch in derselben Nacht ins Kreisspital eingeliefert werden. Hypnotisieren könne er, sagte er, als er sich von seiner Alkoholvergiftung erholt hatte und sich für die vorzügliche Fürsorge revanchieren wollte. Keiner der Gäste, auch niemand vom Personal, stellte sich für eine Séance zur Verfügung. Da verlangte er nach einem großen Spiegel, setzte sich, machte die gleichen Augen wie Feuz, starrte sich genau drei Minuten und sechzehn Sekunden lang an – ein Juwelier aus Antwerpen hatte eine der ersten Stoppuhren an einer enormen Kette hängen –, dann war deutlich festzustellen, wie die Oberlippe des norddänischen Fischereiflottenbesitzers sich unter dem Erol-Flynn-Bärtchen in die Breite zog und ersteifte. Der Dorfarzt wußte sich nicht zu helfen. Er verordnete dem sonderbaren Gast einen weiteren Aufenthalt im Kreisspital, wo die Notfallärzte ihn schon kannten und ihn wie auf der Polizeistation in ein Ausnüchterungszimmer legten. Wo er, wie später erzählt wurde, so lange steif blieb, bis ihn die Totenstarre entspannte. «Gescheiter, du machst die Augen wieder auf», sagt sich Susanne von Beatenberg, «ein halbtoter Bankier genügt fürs erste.»

Ein Künstler habe sich umbringen wollen, sagt Feuz, der, kaum hat sie die Augen wieder offen, noch unscheinbarer vor ihr respektive hinter seinem Schreibtisch sitzt, aber nicht etwa, weil die Bank ihm kein Geld habe geben wollen. Künstlern gegenüber, er nennt sie als Einschiebsel «liebe Frau von Beatenberg», seien die Banken seit jeher äußerst großzügig. Kunst- und Kulturförderung, sie verstehe. Der Sinn fürs Schöne gehe ihnen trotz allem Geld nicht ab.
Feuz zeigt mit einer großen Geste auf die Wände seines Büros. An die zwanzig Bilder hängen da, und

von der Decke schwebt ein mächtiger Flügel, eine Art Mobile. Auf dem Tisch neben ihrem Ledersessel steht eine kleine Bronzestatue: ein weiblicher Akt.

Als Susanne von Beatenberg das kaum dreißig Zentimeter große Kunstwerk entdeckt, freut sie sich. Vielleicht ist Feuz doch kein Grobian, wie Fritz Blumenstein es auch denen einzureden versucht, die es gar nicht hören wollen.

Fasziniert schaut sie auf die Frauengestalt.

Am liebsten hätte sie sie berührt.

Feuz sieht ihre Freude. Alles, was in seinem Büro hänge oder stehe, habe er sich ausgesucht, zeitgenössische Kunst. Er kenne jeden der Künstler persönlich, ein paar seien seine Freunde.

Er verrät nicht, daß die Bilder, das Mobile und die Bronzestatue nicht ihm gehören. Die Bank verwaltet eine hauseigene Stiftung, mit deren Zinsen jedes Jahr für eine Viertelmillion Kunst angekauft werden muß. Viel Geld wird für die Kunst an Bankbauten aufgewendet. Vom Prokuristen an aufwärts steht jedem höheren Angestellten künstlerischer Schmuck am Arbeitsplatz zu. Die Ankäufe besorgt eine Kommission kunstfreundlicher Bankangestellter. Einzelwünsche werden berücksichtigt. Das Direktorium kann ohne Rückfrage Anschaffungen tätigen. Es gehört aber zum guten Ton, daß der Ausschuß Kunst auch von ihnen konsultiert wird.

Feuz steht dem Ausschuß vor. Nach den Sitzungen fährt man jeweils in einen Landgasthof und trinkt zu einem Imbiß, bestehend aus Trockenfleisch aus allen vier Landesteilen, einen Wein ohne Etikette.

Künstler, die nicht berücksichtigt werden, behaupten, mit dem Geld, das für den Wein ausgegeben werde, hätte die Bank ein paar kleinere Filialen mit Chagall-Fenstern versehen können.

140

Drüben, bei der Konkurrenz, erklärt Feuz, gebe man für Kunst fast ebensoviel aus. Vielleicht, daß er etwas mehr Gewicht auf Malerei und Kleinplastik lege. Das hänge von der jeweiligen Zusammensetzung des Ausschusses und vom Kunstverständnis des Vorsitzenden ab.

Der Kollege von nebenan halte es mehr mit der Bildhauerei und fröne einem gewissen Hang zum Monumentalen.

Sie solle sich ruhig umsehen, und wenn sie ihm sage, eines der Bilder, das Flügelmobile oder die Kleinplastik tauge nichts, werde er das Werk sogleich und eigenhändig aus dem Raum schaffen.

Sie schüttelt den Kopf und sagt, er mache sich zuviel Mühe, wenn er glaube, aus ihr eine Kunstsachverständige machen zu können.

Feuz hebt den rechten Zeigefinger und meint vorwurfsvoll, sie solle nicht tiefstapeln. Er kenne ihre Sammlung.

«Leider», sagt Susanne von Beatenberg.

Sie tue ihm unrecht, beginnt Feuz für längere Zeit zu schmollen, sie beide redeten doch überhaupt nicht vom Geschäft, und wenn er sich an seinem Arbeitsplatz auch mit Kunst umgebe, verstehe er doch sehr wohl, einen Trennungsstrich zwischen Geschäft und Leidenschaft zu ziehen. Leidenschaft, er nennt sie erneut «liebe Frau von Beatenberg», Leidenschaft bringe nichts. Nicht in Zusammenhang mit Geschäftlichem. Die Amerikaner, die sie auch kenne, würden die einzige Gefühlslage, die für Geschäfte tauge, cool nennen.

«Sie irren», sagt Susanne von Beatenberg nach einem Schlückchen Cognac, «ich verkehre nach wie vor fast ausschließlich mit Engländern.»

Das sei auch nicht schlecht.

Ob er ihr noch einen Cognac einschenken dürfe, fragt er und scheint Gefallen am kleinen Wörtchen «einschenken» zu finden.

Sie lehnt ab, und Feuz stellt die Flasche weg.

«Wenn ich ablehne, heißt das selbstverständlich nicht, Sie müßten sich auch enthalten», belehrt sie ihn und glaubt Feuz durchschaut zu haben.

Seine Haut, gerötet und ein wenig schuppig, läßt auf reichlichen Alkoholgenuß schließen. Da einen Cognac, dort einen Whisky, dann ein Glas Weißwein, vielleicht einen Pernod, zu Mittag einen leichten Roten, im Lauf des Nachmittags Kaffee mit diversen Likörs, bevor während und nach den abendlichen Dîners hemmungslos drauflosgebechert wird. Jedenfalls trinkt Feuz mehr, als er je zugeben wird.

Susanne von Beatenberg hat die Bilder näher betrachtet. Ein Werk ums andere stellt sich als gefälliges Zeug heraus. Alles gekonnt und perfekt gerahmt. Stilleben, intakte Landschaften, Allerweltsporträts. Nicht die geringste Leidenschaft. Man muß bloß näher hinschauen.

Einzig die von der Decke hängenden Flügel reißen die zufriedene Sattheit des Raumes auf. Da gibt es Widersprüche. Wie rißige, alte Haut spannen sich die Segel über das Gerippe der Flügel, die weder einen Vogel noch ein Flugzeug durch die Luft zu tragen fähig wären. Wenn sie die großzügig geschwungenen Drähte, aus denen das Gerippe besteht, betrachtet, fliegt sie weg. In Gedanken zumindest.

Mit der Leidenschaft, die im Geschäftsleben nichts zu suchen haben soll, spielt Feuz auf sie und ihr zugegebenermaßen heruntergewirtschaftetes Hotel an.

Sie, Susanne von Beatenberg, will man zuerst überzeu-

gen. Wenn sie erst einmal auf die Linie der dynami-
schen Männer um Feuz gebracht worden ist, würde
Blumenstein nichts anderes übrigbleiben, als seinen
Stolz fahrenzulassen und der Bank Pleinpouvoir zu
geben.

Blumensteins Leidenschaft.

Blumensteins Porträt hätte man an die Wand hinter
dem Schreibtisch hängen müssen. Aber wahrscheinlich hätte sein von Leidenschaft gezeichnetes Gesicht
die Kunden und Bittsteller zu sehr ermutigt.

Kann ein Gesicht von Leidenschaften gezeichnet sein?
Wenn sie an Lord Malcauley denkt, kommt ihr das
Gesicht ihres Gegenübers wie ein zerknittertes Lein-
tuch vor, auf dem ein älteres Ehepaar, betäubt von
Schlaftabletten, genächtigt hat.

Feuz hat recht. Im Geschäftsleben gilt es, einen kühlen
Kopf zu behalten. Jedermann richtet sich danach,
jedermann weiß es. In diese Klischees passen die
Bilder der renommierten Maler und die Bronzestatue
des in gewissen Kreisen bekannten Bildhauers.

Der Künstler, der sich in den Räumen der Nachbarbank umbringen wollte, beginnt sie zu fesseln.

Sie wisse, sagt Feuz, daß der Bildhauer Merlach sich
seit drei Jahrzehnten mit den Veränderungen in der
Natur beschäftige. Mit zwanzig, als Student an der
Kunstakademie, habe er sich ernsthafter als alle andern gefragt, wohin es führe, wenn die Abgase weiterhin die historischen Sandsteinfassaden zerfräßen. Au-
toabgase, Industrieabgase, Ölfeuerungen, sie verstehe.
Das alte Lied. Damals allerdings, man müsse es Merlach lassen, hätte es schon einen gewissen Spürsinn
gebraucht, das drohende Unheil vorauszuahnen. An
einer vielbeachteten Ausstellung habe er fast ausschließlich *natures mortes* gezeigt: tote, abgestorbene

Natur, Bäume, aus deren Ästen giftige Farbstoffe tropften, zersägte Baumstämme. Statt der Jahrringe habe man Blei- und Eisenstränge zählen können. Verstanden worden sei er nicht. Ein namhafter Kritiker habe ihn einen romantischen Schwärmer auf Rousseaus Spuren genannt. Nun ja.

Aufgegeben habe Merlach nie. Seinen Protest habe er verfeinert, verschlüsselt, sei ein Mystiker geworden. Von Jahr zu Jahr habe man seine Bedeutung stärker erkannt, immer mehr Hüte seien vor ihm gezogen worden. Schließlich sei er als Professor an zwei große ausländische Akademien berufen worden.

Susanne von Beatenberg hört zu. Je mehr Zeit Feuz seinen privaten Leidenschaften widmete, desto cooler würde er ihr seine geschäftlichen Überlegungen präsentieren.

Ein schlechter Erzähler ist Feuz nicht. Vielleicht klingt seine Stimme etwas zu hoch und unpersönlich.

Nicht bloß vielleicht. Er spricht zu hoch, und wenn er sich mit Worten besonders engagiert, erinnert sich Susanne von Beatenberg an Fritz Blumensteins Stimmbruchzeit. Ausgelacht hatte sie ihn damals, und der etwa fünfzehnjährige Fritz schämte sich, versuchte die Stimme unter Kontrolle zu bekommen und krächzte um so mehr. Susanne brauchte ihn schließlich bloß anzusehen, und aufwärts ging's, als ob er Koloratur singen wollte.

Bestimmt hat Feuzens Stimmlage etwas mit seiner ihn nicht zufriedenstellenden Körpergröße zu tun.

Feuz ist klein. Zu klein. Im Militär haben ihm seine ganzen hundertdreiundsechzig Zentimeter eine Offizierskarriere verbaut. Die Enttäuschung stachelte seinen Ehrgeiz an. Zum General hat er es gebracht. Zum Generaldirektor in einem Land, das nur in Kriegszeiten einen General kennt. Und wenn es Leute gibt, die behaupten, in der Schweiz gingen Armee- und Wirtschaftskarriere wie zwei Siebenjährige am ersten Schultag Hand in Hand, ist Feuz zumindest ein Ausnahmefall. Feuz mißtraut den Offizieren und, wenn die Herren Milizoffiziere, so erklärt er gerne, ihre Militärzeit für die berufliche Fort- und Weiterbildung einsetzten, würde die Schweizer Wirtschaft im Weltvergleich besser dastehen.

Merlach, sagt Feuz, sei mehrfach ausgezeichnet und geehrt worden. Die Museen hätten ihn umworben. Dann, als das Waldsterben zu einem Allerweltsthema geworden sei, als alle wie auf einen Schlag die Zeichen schon lange wahrgenommen haben wollten, sei Merlach verstummt, sei in eine tiefe, seine Existenz bedrohende Schaffenskrise geraten, habe sich zurückgezogen, alle Ausstellungen abgesagt, nichts mehr verkauft. Eines Tages habe er den Bürgermeister einer großen Stadt gefragt, ob er auf dem verkehrsreichsten Platz der Innenstadt einen künstlichen Wald aufstellen dürfe. Der Bürgermeister, ein Bewunderer Merlachs, habe grundsätzlich zugesagt und die Kunstkommission sich vor das Unternehmen gespannt. Merlach habe seinen Wald aufgestellt. Tote, entrindete, klingeldürre Tannen und Kiefern. Die Leute wären ergriffen gewesen. Man habe Merlach anerkennend zugenickt, so genickt, wie man nickt, wenn man glaubt, gewußt zu haben, wohin alles einmal führen wird.

Merlachs Wald sei zum Mahnmal geworden. Politische Veranstaltungen hätten zwischen den toten Bäumen und um sie herum stattgefunden.

Merlach, zuerst skeptisch, habe mit der Zeit selber geglaubt, etwas Entscheidendes ausgelöst zu haben.

Ein Künstler und etwas auslösen!

Ob sie, die liebe Frau von Beatenberg, nach dem Besuch eines Museums je das Gefühl gehabt habe, ein anderer Mensch zu sein, irgend etwas ab sofort ganz anders, besser anpacken zu müssen. Sie solle es zugeben, sie habe dieses Gefühl nicht gehabt.

Susanne von Beatenberg sagt nichts, gibt nichts zu. Sie lächelt und denkt an die Bilder, die in ihrem Leben eine Rolle gespielt, die ihrem Wesen eine andere Richtung gegeben haben.

Feuz davon zu erzählen, ihn überzeugen zu wollen, daß das Betrachten eines Kunstwerkes, zumindest für die Zeit des Betrachtens, etwas Beglückendes sein kann, hält sie für unangebracht.

Sie werde nicht bestreiten, daß das meiste schöngeistiges Gerede sei, sagt Feuz. Natürlich, Verliebte und andere Schwärmer glaubten, in den Farben van Goghs oder Pissaros eine Botschaft gefunden zu haben. Aber auch das lebe sich aus. Er kenne die Museen. Verliebte und Rentner kämen noch paarweise. Die große Masse reagiere genau so, wie die Leute auf die großen Probleme wie auf das Waldsterben reagierten; sie redeten und bekundeten guten Willen. Aus, Amen. Um achtzehn Uhr schließe das Museum.

Merlach jedenfalls sei sich bald wie der letzte Narr vorgekommen. Mit einem Chemiker und einem Pyrotechniker sei es ihm gelungen, die Abgase in und über seinem Wald zu entzünden. Ein prachtvolles Feuerwerk. Ob sie es sich vorstellen könne?

Sie kann.

Leider habe es Verletzte gegeben, und Merlach sei zur Verantwortung gezogen worden. Der Bürgermeister habe sein ganzes politisches Gewicht einsetzen müssen, um das Schlimmste von Merlach fernzuhalten. Für Publizität hingegen sei gesorgt gewesen. Merlachs Name sei bekannt geworden wie der eines Showmasters oder Fußballers, und seinem Kollegen von nebenan sei nichts Gescheiteres eingefallen, als die ver-

kohlten Bäume anzukaufen und sie in der Halle seiner
Bank aufzustellen. Sie hätten hineingepaßt, er gebe es
mit einem gewissen Neid zu. Aber, und nun komme
für den Kollegen mit dem schlechtversteckten Hang
zum Monumentalen die Konsequenz, die Tannen und
Kiefern seien nicht mehr das gewesen, was Merlach
mit ihnen habe ausdrücken wollen. Kurz und gut,
heute mittag komme Merlach in die Bank, klettere an
einem seiner Bäume hoch. Niemand habe es ihm
verwehrt. Einen Strick habe er bei sich gehabt. Ein
Lehrling, eine von der Bank großzügig geförderte kommende Leichtathletikgröße, scheine im letzten Moment schneller als Merlach gewesen zu sein. Es sei
nicht ausgeschlossen, sogar recht wahrscheinlich, habe
sein Kollege von nebenan gemeint, daß Merlach
durchkomme.

Susanne von Beatenberg hatte von Merlach gehört.
Vage kann sie sich an die wirre Geschichte mit den
toten Bäumen erinnern. In der Zeitung hatte etwas
darüber gestanden. Vielleicht war auch etwas darüber
im Fernsehen zu sehen gewesen.
Was stand nicht alles zwischen einem Ereignis und
seinem Erscheinen in der Zeitung oder im Fernsehen.
Menschen standen dazwischen, Leute, die ohne Anteilnahme für ein bißchen Geld berichteten, ihre Be-
richte weiterleiteten, damit sie in den Redaktionen
noch einmal überarbeitet wurden. Durch Schreibmaschinen, Fernschreiber und Telefone wurden die Be-
richte entmenschlicht, gedruckt und zwischen Insera-
ten für Möbel, Autos und Schuhe verpackt.
«Und ich begegne Merlach, wie er auf der Bahre aus
dem Leben getragen wird.»
Feuz versteht nicht.
Sie winkt ab.

«Es ist mir gerade durch den Kopf gegangen, daß ich einmal der Grund für das Nichtzustandekommen einer Sportlerkarriere gewesen bin. Da war eine Tante, und die Tante wohnte am See. Das Haus stand in einem Garten, den die Tante nicht mehr allein besorgen konnte. Ich fuhr in einem sehr lieblichen Frühling hinunter an den See. Im Nachbargarten beobachtete ich einen jungen Mann, er war fast noch ein Knabe, aber er hatte sich in den Kopf gesetzt, ein berühmter Leichtathlet zu werden. Wegen des Lehrlings, von dem sie erzählten, lieber Feuz, kommt mir das alles in den Sinn.»

Auf Feuzens Frage, für welche Disziplin der junge Mann sich entschieden habe, besinnt sie sich nicht lange.

«Er wollte schneller laufen und weiter springen als Jesse Owens.»

Feuz staunt.

Jesse Owens, das seien noch Zeiten gewesen. Ihre Zeiten, nicht wahr. Weiß Gott, wie weit sie sprangen und wie schnell sie die schärfsten Kurven nahmen. Jesse Owens. Ob sie auch Bob Beamon oder Carl Lewis kenne.

Sie kennt sie, aber weil Feuz vor lauter Erinnerungslust schon den Tränen nahe ist, schüttelt sie den Kopf. Da sehe sie's. Sie zwei, sie hätten eben doch in einer besseren Zeit gelebt, damals, als sie noch fast so weit wie Jesse Owens gesprungen seien. Und wie's dann weitergegangen sei mit ihr und dem knabenhaften Leichtathleten, denn um Fritz Blumenstein könne es sich bei dem jungen Mann kaum gehandelt haben, fragt Feuz.

Susanne von Beatenberg findet die Frage nicht originell.

«Sollten wir nicht langsam zum geschäftlichen Teil

übergehen?» versucht sie dem Gespräch wieder eine weniger verträumte Richtung zu geben.

Wie sie meine, sagt Feuz, rollt seinen Sessel näher zum Schreibtisch. Er denke bloß, wenn er das noch zu Merlach sagen dürfe, er akzeptiere das Verhalten bei allem Verständnis für das spezifische Eigenleben eines Künstlers nicht. Zu rebellisch. Und sie, sie zwei, sollten ehrlich sein: zu egozentrisch. Merlach habe die Bäume angezündet. Weshalb er sich dann nicht gleich mit ihnen verbrannt habe. Weshalb er sich nicht zu Hause aufgehängt habe, wenn es schon unbedingt habe sein müssen. Oder draußen im Wald, wo sich die meisten Selbstmörder erhängten. An einem gesunden Baum. In aller Stille. Mit Abschiedsbrief. Den wolle er ihm zugestehen. Aber eben. Merlach habe schon damals auf dem Platz in der Innenstadt die Feierabendstunde gewählt, habe Blut gerochen und sei hier an einem Freitagmittag am Monatsende kurz nach Schalteröffnung in eine zentral gelegene Großbank gekommen. Um sich das Leben zu nehmen. Nicht um Geld abzuheben oder, was sie, die Bankleute, auch zu schätzen wüßten, welches einzuzahlen. Ob sie sich denken könne, an wen ihn Merlach und sein im Grunde genommen sinnloser Protest, so spektakulär er auch sein möge, erinnere. Sie solle nicht die Ahnungslose spielen. Ihr Blumenstein sei genau so. Bockig und bis in die Fingernägel von sich eingenommen. Er wisse, wie sie jetzt denke. Das Wort Grandseigneur gehe ihr durch den Kopf. Genau das sei es, was er nicht begreife. Er wisse nämlich mehr, als sie glaube. Er wisse, wie Blumenstein die Felswände hochgegangen sei, als er die Sache von ihr und ihrem französischen Maler zu Ohren bekommen habe.

Sie lächelt.

«So kommen wir nicht zusammen, mein lieber Feuz.

Das Geld hat Sie, wie Blumenstein sagt, ziemlich gewöhnlich gemacht. Fritz Blumenstein mag ein Rebell sein. Rustic rebel, nennen ihn die Lords und Earls und anderen Mitglieder des *DHO*-Clubs. *Downhill only.* Versponnen wie sie sind. Die Malcauleys und Fitzgeralds.»

Feuz zieht eine Schublade, greift hinein, legt eine Akte auf den Tisch.

Der *Adler,* er nennt sie einmal mehr sehr höflich «liebe Frau von Beatenberg», gehöre ihr nicht mehr.

8

Die Einheimischen trugen schwere Schuhe, und ihre Rockärmel waren, als ob es die Mode vorgeschrieben hätte, zu kurz. Der Schnitt der Hosen und die Form der Hüte entsprachen den Schuhen. Die Sprache war noch schwerfälliger. Waren die Sohlen der Arbeitsschuhe mit scharfen, kantigen und großköpfigen Nägeln beschlagen, kam die Sprache auf Holzschuhen dahergepoltert, rissig, an den Rändern ausgesplittert.

Fritz Blumenstein war noch nicht zweiundzwanzig, als sein Vater starb.

Ein Grandhotel blieb zurück.

Das Grandhotel.

Die Mutter?

Die hatte einen noch eleganteren Mann getroffen, als sie von einer Lady aus dem englischen Adel zu einem Ball nach London eingeladen worden war.

Kitsch, hatte Fritz Blumensteins Vater gesagt. Sonst nichts, gab sich weiterhin als überlegener Grandseigneur und starb.

Niemand hätte sich getraut zu fragen, ob vielleicht der Kummer doch ein bißchen nachgeholfen habe.

Fritz Blumenstein war nach einer Kochlehre in Zürich nach Frankreich und England geschickt worden, so wie es sich damals für den Sohn eines Hoteliers gehörte.

Im Militär war Fritz Blumenstein auch gewesen, hatte es bis zum Leutnant gebracht, und als er 1941 das Grandhotel schloß, um sich dem Vaterland zur Verfügung zu stellen, war er Oberleutnant der Gebirgsinfanterie.

Es fiel ihm nicht schwer, ein Patriot zu sein.

Einen Tag im Oktober 1943 müßte man sich vorstellen. Es könnte bis auf 2000 Meter herab geschneit haben. Der Himmel würde jenes Blau aufweisen, das einem heutzutage, bei der kaum noch zu verbessernden Qualität des Fotomaterials, unwirklich erschiene. Der Schauplatz wären die Walliser Alpen. Der Monte Rosa, vielleicht das Matterhorn, das Breithorn, der Dom.

Fritz Blumenstein könnte einen Zug guttrainierter Gebirgsinfanteristen auf einen der noch zur Schweiz gehörenden Grate führen. Alle wären sie in weiße Uniformen gekleidet. Die Gesichter müßten braungebrannt sein. Schneebrillen schützten die Augen. Die Lippen wären mit einer Schutzcreme bedeckt. Niemand dürfte reden. Die Luft wäre zu dünn, das Tempo, das Oberleutnant Blumenstein auf den befellten Skis vorlegte, zu rasch, um noch zu reden. Jeder sähe auf den Rücken des Vordermannes, versuchte unter allen Umständen Schritt zu halten, die Stöcke im vorgegebenen Rhythmus neben die Spur zu setzen.

Fritz Blumenstein hätte keinen Vordermann. Vor ihm wäre der Schnee unberührt.

Einer würde rufen:

«He Fritz! Niemand wartet auf uns. Man könnte meinen, du läufst direkt in den Urlaub!»

Oberleutnant Blumenstein würde das Tempo etwas verlangsamen, sich mehr Zeit nehmen und sich vorzustellen versuchen, wo er wohl stünde, wenn er nicht eingezogen worden wäre.

Es würde ihn beunruhigen, daß er immer die gleichen Gedanken durchspielte. Als ob jemand einen Horrorfilm gedreht hätte und ihn statt auf eine Leinwand in seinen Kopf projizierte.

Er sah sich zu Hause in seinem Hotel, im Grandhotel, auf Gäste warten.

Dastehen würde er, der Patron ohne Angestellte, ein Hotelier ohne Gast. Aus seinem Büro würde er hinüber zur Portiersloge gehen, die Krawatte würde er sich richten, auf die in Reih und Glied hängenden Schlüssel würde er starren. Zur großen Drehtüre würde er schlendern, die Hände auf dem Rücken verschränkt.

Niemand würde draußen stehen.

Noch einen Schritt vortreten würde er und sich umsehen, ob ihn ja niemand beobachte, dann die elegant geschwungene Freitreppe hinabsteigen, auf den Kiesweg treten und um die beiden Bergföhren herum auf das Sträßchen zum Bahnhof kiebitzen.

Niemand.

Zurück müßte er. In der Bar sähe er die Flaschen auf den Regalen stehen, fast alle noch randvoll. Einen Cognac würde er sich verschämt eingießen, würde das Bukett des alten Weinbrandes genießen und langsam Schluck für Schluck trinken.

Mehrmals am Tag würden sich die sinnlosen Gänge wiederholen. Abends wäre er betrunken, hätte keine

Lust mehr, sich etwas zu kochen. Ausgehen würde er, sich zu zweifelhaften Kollegen setzen.

Im Wirtshaus gleich neben der Kirche.

Mit dem fetten Wirt würde er einen billigen Wein auf gute Freundschaft trinken, vielleicht auch bloß einen Schnaps. Bezahlen müßte er dafür wie für ein Spitzenprodukt. Mit der Zeit würde ihm die Musik aus dem Grammophon gefallen. Aus dem Radioapparat würden die Nachrichtensprecher die Erfolge der kriegführenden Armeen melden. Die Weltlage würde er mit den andern Zuhausegebliebenen erörtern. Statt endlich etwas zu essen, würde er weitertrinken, dann ins Kartenspiel einsteigen. Weil er zusehends betrunkener würde, wäre er fähig, alles zu verspielen, das Hotel, das Inventar, das Angestelltenhaus, die Alp, die Alphütten, das Vieh und schließlich auch noch den Senn.

Seine Braut würde ihn verlassen.

Sie zu verspielen würde er sich im schlimmsten Rausch nicht getrauen.

Ins Zuchthaus würde ihn der Weg führen. Kitsch, Kitsch, Kitsch.

Fritz Blumenstein würde versuchen, die gräßlichen Vorstellungen zu verscheuchen, den Film abzustellen, das Zelluloid reißen zu lassen.

Wo er diese Alpträume mitten am hellichten Tag bloß herhabe, müßte sich der Oberleutnant der Gebirgsinfanterie fragen.

Sich angelesen hätte er die kitschigen, abgedroschenen Geschichten nicht. Fritz Blumenstein las zwar viel. Aber sein Favorit war Thomas Mann. Die Buddenbrooks hatte er gleich mehrmals gelesen. Außerdem Melville. Moby Dick. Im Original. Zola und Hugo. Les Misérables.

In die dünnen Heftchen, die überall herumlagen, wo

Offiziere und Soldaten sich aufhielten, schaute Fritz Blumenstein nicht hinein, und die Gebildeteren unter seinen Offizierskameraden, die Studenten und die bereits mit Doktor- oder Ingenieurtiteln versehenen Akademiker hänselten ihn deswegen. In ihren Augen war der durch den vorzeitigen Tod seines Vaters zu früh zum Hotelbesitzer und Hoteldirektor aufgestiegene Koch und Kellner Fritz Blumenstein gar nicht berechtigt, sich abends zurückzuziehen, um große französische und englische Romane zu lesen.

Eine Portiersfigur hätte Fritz Blumenstein für diejenigen Offiziere sein sollen, die nicht aus Vaterlandsliebe oder wegen besonderer Tüchtigkeit, sondern einer Familientradition folgend Offizier geworden waren.

Ein dienstbarer Untergebener, ein Geschichten- und Witzeerzähler, ein Kenner einschlägiger Lokale, ein Führer zu günstigen Weinen und Spirituosen, ein Vermittler für besondere Dienstleistungen ortsansässiger Kellnerinnen, ein Bewanderter auf dem Schwarzmarkt, ein Beziehungshersteller hätte der junge Patron des Grandhotels sein müssen.

Fritz Blumenstein würde sich zu seinen Soldaten umdrehen, sie fragen, ob das Tempo nun richtig sei, und einer würde vielleicht als Antwort einen Jauchzer in die nur vom keuchenden Atem eines zu einem Grenzgrat auf über dreitausendfünfhundert Meter über Meer aufsteigenden Gebirgsinfanteriezuges unterbrochene Stille schmettern.

Jauchzer wurden in der Schweizer Armee des Jahres 1943 ausschließlich geschmettert.

Fritz Blumenstein würde darauf das Tempo wieder ein bißchen steigern. Er hätte vor, früher als geplant einen gewissen Punkt im Gelände, den er auf der Landkarte rot eingekreist hätte, zu erreichen.

Auch darüber würden seine Untergebenen spötteln.
Im Hotelgewerbe verhalte es sich mit dem Sprichwort,
wonach Zeit Geld sei, genau umgekehrt, würden sie
ihn tadeln. Je früher ein Gast alles gesehen habe, desto
eher reise er wieder ab.

Fritz Blumenstein dächte, uniformiert und mit einer,
wenn auch beschränkten Befehlsgewalt versehen, anders. Ihm läge daran, mit seinen Soldaten eine längere
Pause einzuschalten, er würde ihnen, die zum größten
Teil nur mehr gebürtige Oberländer wären und sich in
den Namen der Berggipfel nicht mehr auskennten, das
Panorama erklären. Man würde die Feldflaschen öffnen, und einer würde den mitgebrachten Bauernschnaps in die mit noch warmem Tee gefüllten Becher
verteilen.

Ein ergriffenes Schweigen müßte aufkommen. Fritz
Blumenstein würde denken, da sei nun dieses Gefühl
von Heimat, an das in den vaterländischen Reden
immer appelliert werde.

Doch während er seinen Soldaten noch eine Lektion in
Sachen Heimatgefühl erteilt hätte, würde der, der den
Jauchzer zu den Viertausendern emporgeschmettert
hätte, Fritz Blumenstein fragen, ob es ihm nicht heiß
und kalt über den Rücken laufe, vor allem nachts,
wenn er daran denke, daß seine Verlobte zu Hause mit
einer ganzen Horde Franzosen herumkarisiere.

Fritz Blumenstein dürfte auf diese Anspielung nicht
reagieren, hätte der Witzbold doch schon des öftern
erklärt, Karisieren komme vom französischen caresser,
von streicheln, und man müsse sich einmal vorstellen,
wie die Franzosen Stielaugen nach jedem noch so
krampfadrigen Frauenbein machten.

Und ein anderer würde, wenn man beim hierzulande,
innerhalb der dank strengster Bewachung friedlichen
Grenzen, wichtigsten Thema angelangt wäre, zu be-

richten wissen, wie es einer Kellnerin ergangen sei, die sich etwas zu unbekümmert und trinkgeldgierig mit einer Gruppe von Urlaubern abgegeben hätte.

Im Bahnhofsrestaurant einer Kreisstadt hätten sich die Szenen abgespielt. Alle Züge hätten wegen eines heftigen Gewitters, bei dem die Gleise unterspült worden seien, zwei Stunden Verspätung gehabt, der Strom sei ausgefallen, und die Soldaten seien um das Zusammensein mit ihren Gattinnen, Freundinnen und allerlei anderen Frauen gebracht worden.

Da hätte sich weiß Gott einiges aufgestaut. An Gefühlen, meine er. Kerzenlicht habe geleuchtet, schummrig sei es gewesen. Wie im Puff. Die Kellnerin hätte gelacht, daß es wie ein Naturjodler geklungen habe.

Fritz Blumenstein würde sowohl das Wort Puff wie auch den Naturjodler verabscheut haben.

Gesagt hätte er nichts.

Die Kellnerin habe kaum gewußt, wie die Hände abwehren, gekichert habe sie, sich gedreht und gewendet.

Die Soldaten würden nach den Details fragen, und der Oberleutnant müßte einwenden, er fände es etwas fehl am Platz, in der sauberen Umgebung Obszönitäten in den Schnee zu geifern.

Den Einwand hätte Fritz Blumenstein nicht machen dürfen, denn nun wären sie alle über ihn hergefallen.

Er wolle bloß deshalb nichts mehr hören, weil er sich sonst würde ausmalen können, was die bei weitem nicht so enthaltsamen Franzosen mit seiner Verlobten im vom Staat zur Internierungsherberge umfunktionierten *Adler* anstellen könnten. Anzustellen imstande gewesen wären.

Fritz Blumenstein würde, um nicht als Spielverderber auftreten zu müssen, seine Kartentasche öffnen, sich von den Soldaten absetzen und den Anschein erwecken, er plane den Abstieg.

Zwar hätte er keiner Karte bedurft. Jeder hätte gewußt, daß Fritz Blumenstein sich in den Alpen aus-
kannte wie kein zweiter. Hotelier hin oder her. Fritz
Blumenstein wäre als ein mit der Bergwelt vertrauter
junger, vielleicht ein bißchen zu ernster Mann bekannt
gewesen.
So verliebt, daß er die erotischen Erlebnisse der Bahn-
hofskellnerin nicht ertrüge.

Das Grandhotel wäre dem Staat zu teuer gewesen, um
es in eine vorübergehende Bleibe für zwangsinternierte
Soldaten einer sich im Krieg befindlichen Macht um-
zufunktionieren, und Fritz Blumenstein wäre dem
Staat und seiner an den Grenzen stehenden Armee
wichtiger gewesen als sein Grandhotel, das man sonst
auch in ein Hauptquartier für die gesamte Gebirgsinfanterie hätte umwandeln können.
Das Umfunktionieren irgendwelcher Gebäude, Etablissements oder Institutionen wäre während der Zeit,
als die Schweiz ringsum von potentiellen Feinden um-
geben war, zu einer Dauerbeschäftigung diverser Bun-
desämter geworden.
Das Grandhotel hätte zum Hauptquartier der eidgenössischen Gebirgsinfanterie umfunktioniert werden
können. Es hätte, wäre dieser Fall eingetreten, wahrscheinlich keines Direktors bedurft. Anzunehmen, daß
man mit der dennoch notwendigen Leitung des Hotelbetriebs einen andern als Fritz Blumenstein betraut
hätte, wäre trotzdem rein hypothetisch, denn ohne das
Einverständnis des Besitzers hätte man auch während
der Zeit, als rund um den kleinen Alpenstaat Krieg
und Zerstörung herrschten, keinen Fremden mit der
zivilen Verwaltung des zu einem militärischen Hauptquartier umstrukturierten Grandhotels beauftragt, zumal ein solcher Leiter und Verwalter zu seinem und

auch der Armee Vorteil wohl einen Offiziersgrad hätte tragen sollen.

Fritz Blumenstein hätte also sein Hotel weiterführen können.

Bestimmt hätten hohe Offiziere ab und zu ihre Gattinnen eingeladen, und man hätte zusammen diniert. Fritz Blumenstein hätte, ohne zuerst auf den entsprechenden Befehl zu warten, ein kleines Orchester engagiert oder aus dem Personal, das im Grandhotel traditionsgemäß vielseitig zu sein hatte, zusammengestellt, um nach den kulinarischen Genüssen, die in der Schweiz, während jenseits der Grenzen Krieg herrschte, nie ernsthaft hatten eingeschränkt werden müssen, den Offizieren jene Unterhaltung zu bieten, die sie für gesellschaftliche Anlässe nach dem Krieg nicht ganz aus der Übung geraten ließe.

Es dürften kaum Zweifel angebracht sein, daß damals in Offizierskreisen in einem Vokabular geredet worden wäre, das hier bloß andeutungsweise angewandt werden kann.

Man müßte sich des weiteren mit der Struktur einer Milizarmee auseinandersetzen, immer vorausgesetzt, das Grandhotel wäre zum Hauptquartier umfunktioniert worden.

Die Armeeleitung, soweit sie nicht bei Berufsoffizieren lag, bestand 1939/45 zu einem beträchtlichen Teil aus Wirtschaftsführern. Die Firmenleiter, das Modewort Manager wäre noch nicht im Gebrauch gewesen, die Herren des hohen Kaders, die in der Armee Posten vom Major an aufwärts bekleideten, sie, daran dürfte nicht gezweifelt werden, hätten ab und zu dringende Geschäfte vom Grandhotel aus erledigen müssen. Zuvor, bevor sie in den schweren Zeiten umso folgenschwerere Entscheidungen getroffen hätten, hätten sie sich über den Stand des Geschäftsverlaufes, über die

Chancen eines Gewinns und über die Risiken eines Verlusts orientieren müssen.

Das Telefon hätte nur in den allerdringendsten Fällen für private, das heißt außerdienstliche Gespräche benutzt werden dürfen. Der Armee, das hätte selbstverständlich jeder Offizier ohne Murren akzeptiert, hätte überall und zu jeder Zeit der absolute Vorrang eingeräumt werden müssen.

Eine Prioritätsfrage ersten Ranges.

Die Herren Geschäftsführer, vielleicht sogar die Prokuristen und ganz sicher die Direktoren hätten sich von Mitarbeitern orientieren lassen müssen, die nicht eingezogen gewesen wären. Es wäre nicht zu umgehen gewesen, daß sich die eine oder andere Sekretärin ab und zu ins Grandhotel hätte begeben müssen, ausgerüstet mit einer Aktentasche und einem Köfferchen für die persönlichen Effekten.

Wichtig wäre festzuhalten, daß die ranghöchsten Berufsoffiziere kaum geduldet hätten, daß in einer Zeit, in der sich jeder Wehrmann und Offizier an den Tagesbefehl hätte halten müssen, Privatgeschäfte während der Dienstzeit abgewickelt worden wären. Ausschließlich die Abende, sofern nicht gerade eine Nachtübung geplant gewesen wäre, hätten für außerdienstliche Aktivitäten zur Verfügung gestanden, und da das Grandhotel nur mit der Bahn oder zu Fuß erreichbar war, hätten die Sekretärinnen wohl oder übel im Hotel übernachten müssen, was bei der Größe eines Grandhotels ohne die übliche Gästeschar kaum allzu große Probleme verursacht hätte.

Daß sich die eine oder andere junge und überaus attraktive Frau bloß als Sekretärin oder Angestellte ausgegeben hätte, müßte Vermutung bleiben, eine Vermutung, die unter der Hand weitergebotenen Gerüchten entsprungen sein dürfte.

Fritz Blumenstein hätte trotz seiner Jugend bereits ein geübtes Hoteliersauge gehabt, hätte bei den ankommenden, nächtigenden und wieder ins Unterland abreisenden Damen die Spreu vom Weizen geschieden. Für sich, wohlverstanden, ausschließlich für sich. Kein Wehrmann, kein Unteroffizier, kein Offizier und kein Angestellter des Grandhotels hätte je aus seinem Mund ein Urteil über die die Kommunikation zwischen der in den Alpen versteckten Armee und dem zumindest potentiell dem Feind ausgelieferten Unterland herstellenden respektive aufrechterhaltenden Frauen vernommen.

Fritz Blumenstein hätte es auch zu verhindern verstanden, daß je Stimmungen, wie sie im Bahnhofsrestaurant der Kreisstadt während eines Stromausfalls aufgekommen sein sollen, auf das Grandhotel übergegriffen hätten.

Eines hätte der junge Besitzer bereits bis zur Vollkommenheit beherrscht:

Diskretion.

Diskretion üben, Diskretion verbreiten, den Gästen, allen, ohne auch nur die Spur eines Unterschiedes, die Gewißheit vermitteln, daß nichts über die Diskretion, die Diskretion eines Hotels, selbstverständlich, gehe.

Und nichts hätte dieser vornehme Hang mit dem Vorwurf zu tun gehabt, alle irgendwie im Gastgewerbe Tätigen seien Portiersfiguren, Menschen, die den Bückling zum Berufsethos oder doch zur Berufshaltung gemacht hätten.

Hypothetisch wäre ohnehin alles geblieben, da ein militärisches Hauptquartier in einem durch keine ganzjährig befahrbare Straße erschlossenen Ort in den Bergen nicht in Frage gekommen wäre.

Meldefahrer hätten das Grandhotel zu jeder Tages- und Nachtzeit erreichen müssen. Meldefahrer und

160

geheime Boten hätten nicht wie die Privatsekretärinnen der aus dem zivilen Verkehr gezogenen Milizoffiziere im Hotel nächtigen können. So viel Komfort hätte die Armee nicht zur Verfügung stellen dürfen, denn selbst in den schweren Zeiten der Grenzbesetzung gab es ein Parlament, das der Zivilregierung übergeordnet war, und wenn das Militär begreiflicherweise etwas mehr Kompetenzen beanspruchte als in ruhigeren Zeiten, eine Kontrollfunktion übte das zivile Parlament dennoch aus.

Fritz Blumenstein würde wissen, wie lange seine Soldaten und Unteroffiziere zum Erzählen ihrer Männergeschichten brauchten, er würde am Versiegen der Lachsalven feststellen können, wann er, ohne um seine Autorität fürchten zu müssen, wieder zu seiner Truppe zurückkehren dürfte.

Er würde die Namen der Gipfel nennen, müßte ihre Erst- und Alleinbesteiger kennen, hätte vielleicht sogar zur Gesteinsart und deren Strukturen etwas zu sagen.

Wenn die Ruhepause vorüber wäre, würden sie den Grat entlang weiterziehen und an einer von Oberleutnant Blumenstein ausgesuchten Stelle den Ernstfall proben.

Sie würden versuchen, eine Schneeverwehung, eine mächtige, über den Grat hinausragende Wächte zu sprengen und eine Lawine auszulösen.

Eine Lawine, die den Angreifer unter sich begraben würde.

Sprengsätze, Zündschnüre, Dynamit und Metallrohre würden auf eine über den Schnee gebreitete Zeltbahn gelegt. Alles würde aufs peinlichste überprüft.

Vielleicht würden die unbesorgteren Wehrmänner den Kopf schütteln, die erfahreneren, die, die die Sprengkraft und die Unberechenbarkeit von Lawinen kannten, würden Fritz Blumensteins Vorsichtsmaßnahmen zu schätzen wissen.

Die Rohre würden zusammengeschraubt, das Dynamit verteilt und die Zündschnüre verlegt.

Soldat Feuz, ein auffallend kleinwüchsiger Mann, würde das präparierte Rohr in die Wächte schieben, würde sich so weit auf den überhängenden Schnee hinauswagen, daß Oberleutnant Blumenstein ihn zu mehr Vorsicht ermahnen müßte.

Feuz würde ihn auslachen, und einer seiner Kameraden würde dem Oberleutnant zurufen, er solle sich um Gotteswillen nicht ängstigen, um die Wächte abzudrücken, müßten mindestens vier von der Sorte Feuz auf dem überhängenden Teil herumtanzen.

Feuz hätte wegen der Sticheleien genügend Zeit, unbeachtet am langen Sprengrohr die eine oder andere Änderung anzubringen.

Nach einiger Zeit käme er auf dem Bauch zurückgekrochen.

Was er zu schmunzeln habe, würde er vielleicht gefragt werden, und er würde bedeutungsvoll mit den Augen zwinkern.

Blumenstein würde befehlen, ein paar hundert Meter zurückzurücken und so in Deckung zu gehen, daß der Sprengort und die zu erwartende Lawine eingesehen werden könnten.

Die Zündschnur hätte man von einer Kabelrolle gewickelt, und Feuz, weil er sich schon auf die Wächte hinausgewagt hätte, dürfte sie anzünden.

Das um die Schnur angebrachte Schwarzpulver würde beim Verbrennen eine Rußspur hinterlassen. So, als ob eine schmutzige Ratte sich auf den vegetationslosen Grat verirrt hätte.

Dann die gewaltige Explosion. Hochauf würde der Schnee spritzen, würde einen phantastischen Pilz bilden, ein Rollen und Donnern würde hörbar, und plötzlich explodierten aus dem Pulverschnee farbige Blitze, die sich vor dem Weiß zu bunten Bildern vereinten, zu einem Feuerwerk, wie es vor dem Krieg an Seenachtsfesten zu sehen gewesen war.

Die Gebirgsinfanteristen hätten keine Augen mehr für die Lawine, die sich längst vom Grat losgerissen hätte und nun, immer breiter und mächtiger werdend, talwärts donnerte, die Luft vor sich her preßte und jeden Feind mit Schneestaub erstickt hätte.

«Feuz!» hätte Oberleutnant Blumenstein geschrien. «Feuz, was soll das bedeuten?»

«Da», hätte ein Soldat wie ein Kind beim Seenachtsfest gerufen, «eine chinesische Sonne!»

Dann wäre das Feuerwerk vorbei gewesen, der Schneestaubpilz in sich zusammengesunken. Weit unten wäre die Lawine zum Stehen gekommen, und dem kleinen Soldat Feuz wäre nichts anderes übriggeblieben, als eine Erklärung für sein feu artifice, wie einer, der weit herum gekommen wäre, es genannt hätte, abzugeben.

Fritz Blumenstein hätte sich in einer eigenartigen Situation befunden. Er hätte, als ernsthafter Offizier, der er nachweisbar war, selbstverständlich angenommen, daß die farbigen Blitze nicht mit Sprengsätzen aus Armeebeständen hätten bewerkstelligt werden können, also hätte Soldat Feuz aus einer ernsten Übung ein privates Gaudi veranstaltet gehabt. Ein privat finanziertes Gaudi.

Die Lawine hätte die supponierten Feinde unter sich begraben, und daß die ohnehin seit Wochen etwas gelangweilt wirkenden Soldaten und Unteroffiziere wieder einmal etwas Unerwartetes, Aufregendes erlebt hätten, wäre an sich kein Übel gewesen.

Aber hätte sich Oberleutnant Blumensteins Sprengmeister so ohne weiteres über Befehle hinwegsetzen, eigenhändig aus einer Lawinensprengung ein Seenachtsfest veranstalten dürfen? Ein Seenachtsfest auf über dreieinhalbtausend Meter über Meer? Am hellichten Tag? Vor der Opernkulisse von Matterhorn, Dom, Monte Rosa und Dent du Midi?

Oberleutnant Fritz Blumenstein hätte sich verpflichtet gefühlt, seinem Sprengmeister, den zum Gefreiten zu machen er schon fest entschlossen gewesen war, eine scharfe Rüge zu erteilen, ihn, den kleinen Feuz, vor die Truppe treten zu lassen, ihn nicht etwa anzuschreien, wie das anno 1939/45 wohl Brauch gewesen wäre, ihm aber mit aller Bestimmtheit zu sagen, daß er, der befehlshabende Offizier und Oberleutnant, seine Eigenmächtigkeit ganz und gar nicht billige, daß Krieg herrsche, und zwar ganz in der Nähe, da drüben, ein paar hundert Meter weiter auf der andern Bergseite lauere der Feind, und er, Feuz, erlaube sich, aus einer ernstgemeinten Übung eine Volksbelustigung zu machen. Blumenstein hätte bewußt bloß Feuz und nicht Soldat Feuz gesagt. So, hätte er geglaubt, zeige er, wie unsoldatisch sich sein Sprengmeister benommen habe. Oberleutnant Blumenstein würde in seiner Schelte Feuz auf die Folgen seiner Unüberlegtheit aufmerksam machen. Die italienischen Späher würden sich lustig machen über die Art, wie die kleine Schweiz sich gegen einen Angriff vorbereitete. Mit billigen Feuerwerkskörpern, so hieße es, versuchten die uniformierten Älpler die Grenze unpassierbar zu machen. Der eigene militärische Nachrichtendienst käme der Geschichte auf die Spur, man würde in den Sprengrapporten nach einem Feuerwerk suchen, man würde den Tag und die genaue Zeit feststellen und dann unweigerlich auf den Namen Blumenstein stoßen. Nur er, Oberleutnant Blumenstein, im Zivilberuf Hotelier und

Besitzer des Grandhotels, wäre zu jenem Zeitpunkt mit einer Lawinensprengung beauftragt gewesen.

Ob ihm das klar sei, ihm, Feuz, würde Fritz Blumenstein fragen müssen.

Feuz würde ein zackiges «Jawohl, Herr Oberleutnant!» in die Stille hinausschreien, und die Truppe würde in Gelächter ausbrechen.

Die Unterstützung durch die Kameraden würde Feuz fragen lassen, wo er, der Herr Oberleutnant, denn einen Italiener sehe. Weit und breit kein Mensch, kein Lebewesen, nichts, nicht einmal ein Schneefloh. Es käme selbst dem Duce nicht in den Sinn, hier oben Krieg zu führen. Und die Lawine hätten sie auch auf die falsche Seite abgesprengt, dort unten, wo nun ein gewaltiger Lawinenkegel liege, sei nämlich die Schweiz, von dort käme höchstens eigener Nachschub. Auf der italienischen, der feindlichen Seite, habe es überhaupt nichts zu sprengen gegeben. Nicht zehn Zentimeter Schnee lägen dort auf den Felsen. Eine drôle de guerre sei das, würde Feuz sagen, und ohne auf Oberleutnant Blumensteins «Ruhn!» zu warten, würde der kleine Feuerwerker rechtsumkehrt machen und zu seiner immer noch lachenden Truppe zurückkehren.

Wenn es diesen verdammten Krieg nicht gäbe, hätte er, Blumenstein, sein Hotel weiterführen können, würde Feuz, im Zivilleben erst ein kleiner Bankbeamter mit großen Ambitionen, noch sagen. Er zum Beispiel sehe schon längst nicht mehr ein, weshalb sie hier oben den Schnee zerstampften.

Basta.

Fritz Blumenstein würde sich genau in dem Moment aus der heiklen Lage zu retten gewußt haben. Zu besonnen wäre er gewesen, um unwirsch auf die Kritik an der von ihm befehligten Übung zu reagieren.

Zunächst, hätte Fritz Blumenstein gesagt, lerne er hier mit aufsässigen Untergebenen umgehen. Nach dem Krieg werde er nämlich sein Hotel glanzvoller und größer denn je wiedereröffnen, und unter den vielen Angestellten würden sich bestimmt auch ein paar kleine Feuze befinden.

Feuz würde den Hieb nicht unbedingt mit Grandezza einstecken.

Später würde sich zeigen, daß Fritz Blumenstein fälschlicherweise angenommen hatte, Feuz hätte mit privaten Mitteln ein Feuerwerk zur Belustigung seiner Kameraden veranstaltet.

Bei einer Nachtübung würde festgestellt werden, daß eine ganze Kiste Leuchtraketen fehlte.

Feuz hätte sich des Kriegsmaterialdiebstahls schuldig gemacht, und Fritz Blumenstein hätte ihn wohl oder übel in Arrest setzen müssen.

Gegen dieses an sich korrekte Vorgehen hätten sich die Soldaten im Zug Blumenstein zur Wehr gesetzt. Sie hätten Blumenstein beschworen, sich mit Feuz zu arrangieren, ihn wegen einer anderen, harmloseren Dummheit einzusperren. Kriegsmaterialdiebstahl wäre anno 1939/45 fast wie Landesverrat bestraft worden, und zum Landesverräter hätte Feuz nun doch keiner machen wollen.

Bloß, wie hätte Oberleutnant Blumenstein im Verlauf jener Nachtübung die farbigen Signale geben sollen?

Die Kiste wäre leer und eine andere nicht aufzutreiben gewesen.

Wenn Feuz fähig sei, rasch die nötigen Raketen zu basteln, hätte Fritz Blumenstein gesagt, wolle er mit sich reden lassen.

Feuz wäre fähig gewesen, er hätte mit blinder Munition und ein paar nicht leicht zu beschaffenden Chemi-

kalien, die er sich unter weiß Gott was für Beschwö-
rungen in einer Apotheke ergaunert hätte, ein paar
behelfsmäßige Raketen zustandegebracht. Zwar hätten die Übungsleiter über die mangelnde Leuchtkraft
von Blumensteins Signalraketen geflucht, aber es war
auch schon früher vorgekommen, daß ähnliches Material wegen zu langer Lagerung feucht und nahezu
unbrauchbar geworden war.
Fritz Blumenstein hätte es so einzurichten verstanden,
daß er an der Übungsbesprechung einem Rüffel zuvorgekommen wäre.
Wider Erwarten hätte auch er sich beschwert, von
zehn Stück Leuchtraketen seien gerade noch zwei
brauchbar gewesen. Es würde ihn nicht wundern,
hätte er gesagt, wenn es mit der scharfen Munition, die
bekanntlich unter ähnlichen Bedingungen gelagert
werde und mangels bereitwilliger Feinde nicht auf ihre
Qualität überprüft werden könne, im entscheidenden
Moment auch nicht klappen würde.
Ein Oberst würde ihn, den aufgebrachten Oberleutnant der Gebirgsinfanterie, zu beruhigen wissen.
Fritz Blumenstein hätte lange um seine Autorität gefürchtet, hätte geglaubt, er könnte durch sein Einlen-
ken erpreßbar geworden sein, Feuz könnte seine ver-
meintliche Schwäche ausnützen.
Wer hätte schon vorauszusagen gewagt, was dem kleinen Feuerwerker noch alles einfallen könnte.
Nichts von alledem wäre eingetroffen.
Zur Feier der Kapitulation der deutschen Wehrmacht
wäre Feuz, dessen Geschicklichkeit im Umgang mit
Sprengstoff mittlerweile von sich reden gemacht hätte,
beauftragt worden, mit einem immensen Restposten
trocken gelagerter Leuchtraketen und anderem explo-
sivem Material ein gewaltiges Feuerwerk zu inszenie-
ren.

Daß er kurz vor der Entlassung aus dem Aktivdienst noch zum Gefreiten befördert worden wäre, hätte mit dem überzeugenden Gelingen des Friedensfeuerwerkes begründet werden können.

9

Sie müßten etwas zur Rettung Susanne von Beatenbergs und Fritz Blumensteins unternehmen, meinten Leu, Siebenthal und Fuchs.

Fritz Blumenstein versucht, die Karten wie Doc Holliday zu mischen.

Etwas müsse geschehen.

Schlagzeilen müsse es absetzen.

«Du», sagt Siebenthal zu Leu, «du kannst nichts unternehmen. Denk an deine Söhne. An ihr Gelächter.»

«Wir würden lachen», sagt Fritz Blumenstein. «Stellt euch die langen Gesichter der Herren Söhne vor, wenn bekannt würde, ein paar alte Kameraden...»

«Alte Kameraden», unterbricht Siebenthal den Hotelier, beginnt auf die Tischplatte zu trommeln, wiegt den Kopf, verfällt vom Trommeln in ein rhythmisches Klopfen, und als er den Takt gefunden zu haben glaubt, summt er.

Die andern horchen auf.

«Lauter», sagt Leu.

Er hat den Marsch erkannt.

Siebenthals Stimme trägt nicht mehr, aber angefeuert von den andern, fällt er in ein kräftigeres ta tata ta ta ta taaa tatata ta tata taa ta taaa.

«Bravo!» ruft Fuchs, und alle fallen in die *Alten Kameraden* von Sousa ein, erfinden neue Triller und Soli.

Sie singen mehr als fünf Minuten und geraten außer Atem, bekommen rote Köpfe.

Leu sieht ihren leuchtenden Augen an, daß seinen Gästen bald nicht mehr nach Portwein zumute sein wird. Er dreht sich wie ein Wachtsoldat auf den Absätzen, marschiert in sein Revier und kommt mit vier schäumenden großen Bierkrügen zurück.

Mit dem Schwung des berauschenden Marschrhythmus stellt er die Krüge auf den Tisch.

Siebenthal will aufhören zu singen, Blumenstein leckt sich die Lippen. Seine Stimme schwankt. Leu schüttelt energisch den Kopf, beginnt beidarmig und mächtig ausladend zu dirigieren. Als alle wieder in Takt und Melodie zurückgefunden haben, marschiert der Wirt erneut nach hinten, um für den grandiosen Schlußtakt mit vier großzügig bemessenen, doppelten Kräuterschnäpsen aufzufahren.

Leu ist der jüngste. Er hat auch nicht alle Strophen mitgesungen. Deshalb ist es an ihm, das Wort, das große, zu ergreifen. Gespannt schauen die drei glücklich dasitzenden alten Männer auf den vierten Mann, der ihren durch den Gesang mächtig gewordenen Durst zu löschen gewillt ist.

«Männer», sagt er, als ob er Soldaten vor sich hätte, und nochmals, nach einer haargenau bemessenen Pause, «Männer. Es ist immer besser, wenn wir einen Marsch singen, statt die *Alten Straßen noch* zu plärren.»

Er hebt seinen Bierkrug.

Die andern stehen auf.

Gerade stehen sie da. Aufrecht. Wie in der Achtungsstellung, die man vor einiger Zeit für ein paar Jahre abgeschafft und dann mit bewundernswertem Reuemut wieder eingeführt hat, stehen sie da, schauen einander an.

«Es soll gelten», sagt Leu.

«Und ob es gilt!» ruft Fuchs in die Runde.

Sie nicken einander zu und trinken behutsam. Das Bier rinnt wohltuend durch Mund und Gaumen in den Magen, spült den letzten Rest Portwein weg.

Im Grunde genommen paßt das Bier, obschon sie sich teure Getränke nach Belieben, Lust und Laune leisten können, viel besser zu ihnen. Sie fühlen sich dem Volk zugehörig, als Bestandteil eines Dorfes, in dem einer und eine der ihren schwer angeschlagen ums Überleben kämpfen. Da nützt kein Portwein, hier hilft schon gar kein Champagner. Was hier nottut, ist das alle vereinende Bier und nach ein paar Schlucken, sozusagen als coup de milieu, ein doppelter Kräuterschnaps, ein Getränk aus heimischen Brennereien.

«Danke», sagt Blumenstein zu Leu.

«Nichts zu danken», antwortet dieser, fordert seine Gäste auf, das Bier auszutrinken, damit er eine weitere, entscheidende Runde auffahren könne.

Man staunt.

Man fühlt, es ist Großes im Anzug.

Leu spricht es aus.

«Ich kann mich nicht gegen den Um- und Neubau meines Hauses wehren. Ihr wißt es, und ich weiß es noch besser. Keiner von euch könnte sich, wäre er in meiner Situation, wehren.»

Siebenthal und Fuchs nicken. Blumenstein stimmt etwas später zu.

«Aber ich versichere euch», und Leu legt seine rechte Hand aufs Herz, als würde die amerikanische Nationalhymne gespielt, und er, Leu, wäre der Präsident aller Amerikaner, «wenn's darum geht, den Kollegen Beatenberg und Blumenstein zu helfen, könnt ihr mit mir rechnen.»

Blumensteins Augen leuchten auf, als hätte er den dritten und vierten Doppelkräuter bereits getrunken.

«Ich habe in meinem Leben vieles zusammengebracht», sagt Siebenthal, «vieles, das nicht hätte zusammenkommen dürfen. Es sollte nicht allzu schwer-
fallen, einmal etwas zusammenzubringen, das schon
immer zusammenkommen wollte.»

Er klopft Blumenstein auf die Schulter.

Es sei besser, wenn er jetzt den Tatort für eine Zeitlang
verlasse.

Fritz Blumenstein steht auf und verläßt das Lokal.

Sein Abgang wirkt sehr selbstverständlich.

Er meine, sagt Siebenthal, er, der die Verhältnisse
kenne, rate zu äußerster Vorsicht, wenn man darange-
he, das Problem Blumenstein und von Beatenberg an
die Hand zu nehmen.

«Sobald sie es merken, ist die Hölle los.»

«Ja», sagt Fuchs, «und wenn einer glauben sollte, er
könne mit Geld etwas ausrichten, kann er sich gleich
für eben diese Hölle anmelden.»

«Recht hast du», stimmt ihm Siebenthal zu, «nur zu
recht. Aber weil wir, wenn wir uns finanziell zusam-
mentäten, Fritz und seiner zukünftigen Susanne spie-
lend aus der monetären Patsche helfen könnten, wäre
es umso reizvoller, auch wenn es uns unser guter
Geschmack verbietet, mit Geld zu operieren.»

Leu bringt die dritte Runde Bier und Kräuterschnaps.
Den Krug und das Gläschen für Fritz Blumenstein hat
er ohne Kommentar leer hinter dem Tresen zurückge-
lassen.

Keiner scheint sich über Fritz Blumensteins so selbst-
verständlichen Abgang Gedanken zu machen. Wichtig
ist, daß der, über den geredet werden soll, nicht mehr
da ist.

Fuchs bringt einen Toast auf die verbleibenden alten
Kameraden aus. Gleichzeitig ruft er dazu auf, jede
halbwegs brauchbare Gehirnzelle zu aktivieren, um

einen Plan zu entwerfen, der an Pfiffigkeit unübertreff-
bar ist.

«Und was wolltest du noch sagen?» wendet sich Leu
an Siebenthal.

«Ich meine, selbst wenn wir mit unserem Vermögen,
das wir auf mehr oder weniger ehrliche Art zusam-
mengetragen haben, einiges ausrichten könnten, es
aber, um die Herrschaften von Beatenberg und Blumenstein nicht vor die harten Köpfe zu stoßen, nicht
wagen dürfen, müßten wir dennoch ein bißchen in die
Taschen greifen. Wer weiß, was unser noch auszuhek-
kender Plan beinhalten wird. Wir sollten, falls notwen-
dig, nicht durch Kleinigkeiten aufgehalten werden.
Deshalb», er zieht die Brieftasche aus seiner Jacke,
öffnet sie und legt zwei Tausendernoten auf den Tisch.
«Fürs erste», meint er, «soll das mein Beitrag zur
Sicherung eines jeden noch so gewagten Planes sein.»
Leu und Fuchs zeigen sich weder überrascht noch
überrumpelt.

Fuchs trägt sein Geld in einem handlichen Portemon-
naie in der Gesäßtasche seiner Hose. Er öffnet den
Geldsäckel durch einen Druck auf den abgenutzten
Verschlußknopf, schaut nach den Münzen, neigt den
Kopf etwas zur Seite, klappt den ledernen Beutel ein
weiteres Mal auf, sieht hinein, überschlägt mit einem
Blick die vorhandenen Noten, greift in die Scheine,
blättert ein bißchen wie zum Spiel, lächelt, als wäre er
bei einem dummen Streich erwischt worden, zieht
ebenfalls zwei Tausender heraus und sagt, wie um sich
zu entschuldigen: «Wer hätte so etwas für möglich gehalten! Da geraten wir einander wegen einer lumpigen
Pic Neun beinahe in die letzten Haare, und nun...»
Er hält mit spitzen Fingern die Tausendernoten über
den Tisch und läßt sie auf den grünen Spielteppich
flattern.

Es ist bekannt, daß die alten Herren stets viel Geld bei sich tragen. Einmal hat sie der Dorfpolizist darauf angesprochen und sie gewarnt. Heutzutage warteten zwielichtige Elemente geradezu auf Leute wie sie.

Nicht mehr die jüngsten, und die Taschen voller Geld! Blumenstein hatte dem Landjäger seine Pistole gezeigt, die so herrlich in des Grandhoteliers Hand paßte, daß jedermann annehmen mußte, die Waffe sei nach Maß geschmiedet.

Fuchs hatte einen blitzschnellen Faustschlag in des Polizisten Magengrube gelandet.

Siebenthal war unbewaffnet, und er hätte wohl auch nicht so schnell und unerwartet wie Fuchs reagieren können. Aber er fror mit jedem Jahr über fünfundsiebzig mehr und kleidete sich dementsprechend. Selbst im Hochsommer wäre jeder Räuber, bevor er durch die Kleidungsstücke an sein Geld herangekommen wäre, vom halben Dorf überwältigt worden.

Und Leu?

Leu trägt nie Geld bei sich. Er hat überall Kredit und wenn nicht, lädt er die Leute zu sich ein, wo er stets eine respektable Summe Bargeld vorrätig hat.

Er geht denn auch zur Wand, an der eine bereits etwas vergilbte Fotografie General Guisans hinter Glas hängt. Er greift hinter den Rahmen und zieht, ohne daß er auch nur einen Blick dorthin getan hätte, ebenfalls zwei Tausenderscheine hervor, kommt damit zum Tisch zurück, legt das Geld auf den Spielteppich.

«Man kann nie wissen», sagt er. «Besser ist gescheiter. Oder umgekehrt. Geld hat schon immer beflügelt. Und wenn wir mehr brauchen, General Guisan ist in Sachen Tausendernoten zuverlässig.»

«Und jetzt der Plan», sagt Siebenthal leise.

«Genau», pflichtet ihm Fuchs bei.

Es wird still in der *Bahnhof*-Stube. Man schlückelt

Bier, Leu bringt eine volle Flasche Kräuterschnaps, schraubt sie auf und bittet seine Gäste, sich ungeniert selbst zu bedienen.

10

Auf dem Tisch liegen sechstausend Franken. Siebenthal zählt in Gedanken das Geld nach. Die andern hätten es ihm vielleicht übelgenommen, wenn er es mit den Fingern getan hätte.

Sechstausend Franken. So viel hatte ihn eine Reise gekostet, von der ihm nichts als der Regen, Müdigkeit, Unwohlsein und nur eine einzige, wunderschöne Begebenheit in Erinnerung geblieben ist.

Nach Skandinavien war er gefahren. So luxuriös wie möglich. Er wollte kein Risiko eingehen wie Blumenstein und sich irgendwo verirren und stundenlang durch dichten Nebelregen stapfen, vielleicht mit einem Verletzten auf dem Rücken.

Mit dem Flugzeug war er bis Bergen geflogen. Dann segelte er mit einem sehr komfortablen Linienschiff ums Nordkap herum bis Kirkenes, und weil es ihn ärgerte, daß es zwischen Kap und Kirkenes nur regnete, fuhr er die gleiche Route zurück bis Tromsö.

Entsetzlich das Essen und die Gesellschaft. Lauter alte Leute.

Von Tromsö fuhr er mit einem Reisebus hinauf nach Kilpisjärvi. Dort sah er im einzigen Hotel, das in seinen Augen etwas schief in der regenverhangenen Wildnis stand, ein Bild der Malerin Saara Anttila: Frühling in Lappland.

Nichts als Weite und Licht.

Weiter südlich, in Enontekiö, einem früheren Lappen-
zentrum, wollte er ein paar Tage bleiben, um vielleicht
einen Bruchteil des Frühlingslichts zu finden.

Der Ort war von Reisegesellschaften überlaufen. Er
konnte den Fraß, den man ihm im neusten Hotel
vorsetzte, nicht einmal ansehen.

In der *Bahnhof*-Stube ist es immer noch still.

Jeder versucht sich auszudenken, wie man mit einem
Startkapital von sechstausend Franken Fritz Blumenstein und Susanne von Beatenberg helfen könnte.

«Ich will euch eine Geschichte erzählen», sagt Siebenthal, «eine Geschichte, die uns vielleicht weiterhilft.»

«Sofern du dabei an unser Alter denkst, bitte schön»,
fordert Fuchs ihn zum Anfangen auf, und es scheint,
als lähmten ihm der Portwein, das Bier und der Kräuterschnaps ein bißchen die Zunge. Nicht zu vergessen
der Apéritif, bestehend aus einem Dreier Weißen,
süffigem Neuchâteler, und dann zum Mittagessen der
Halbe Burgunder.

«Siebenthal erzählt viel zügiger, als er Karten mischt»,
meint Fuchs. Leu lacht.

«Was gibt es da zu lachen?» fragt Siebenthal.

Leu lacht lauter.

Wenn Siebenthal erzählen wolle, womit ihn die deutsche Erbin eines Seifenkonzerns habe überzeugen wollen, es lohne sich nicht nur für die Gemeinde, auch er,
der Notar, solle seinen Nutzen haben, wenn auch in
etwas anderer Art, wenn er ihr behilflich sei, das
Grundstück zwecks Erstellung einer Jugendstil-Villa
direkt oberhalb Blumensteins Grandhotel zu erwer-
ben, könne er ein berechtigtes Lachen nicht unter-
drücken.

Siebenthal zittert, als er sich einen weiteren Kräuterschnaps einschenkt. Ein paar Tropfen gehen daneben.

«Wäre sie nicht Jüdin gewesen und 1937 beim Brand

ihres Hauses in Berlin offensichtlich ermordet worden, wäre...»

«Es war bereits 38, und wenn sie sich nicht gewehrt hätte, als man ihr Vermögen konfiszierte», sagt Fuchs.

«Hätte ich», unterbricht Siebenthal ihn ernst, «bis zum Eintreten ihrer Wechseljahre jeden Monat, sofern sie hier gewesen wäre, dreimal, und das vertraglich geregelt, ihr Tisch- und Bettgenosse sein können. Sechsundzwanzig war sie und hatte einen Körper, ich weiß nicht, ob der französische Maler, falls es zum Bau der Villa gekommen wäre, die Susanne vom *Adler* noch gemalt hätte.»

Leu lacht weiter und flüstert Fuchs etwas ins Ohr. Dieser weiß nicht, ob er mitlachen oder Leu eine runterhauen soll.

Er entscheidet sich in Anbetracht der sechs auf dem Tisch liegenden Tausendernoten fürs Lachen, und Leu sagt es laut:

«Stell dir vor, Siebenthal, wie du heute zittern würdest, nachdem du, was du stets selber konstatiert hast, selbst von deiner eigenen Frau überfordert wurdest.»

«Ich schwöre euch», sagt Siebenthal, erhebt sich, steht auch nicht mehr allzu sicher auf den Beinen, streckt seine rechte Hand und drei Schwurfinger in die Höhe, «ich hätte die Kauf- und Baubewilligung mit allen mir zur Verfügung stehenden Mitteln, legal oder illegal, durchgesetzt, und meine Martha hätte ihre Einwilligung gegeben.»

«Weil sie ihren Oberkellner hatte», kichert Leu.

Siebenthal sagt nichts mehr.

«Die gute alte Zeit», schwärmt Fuchs.

Die beiden andern nicken, sagen lange nichts mehr, denken zurück in die Zeiten und Jahre.

Auf dem Tisch liegen immer noch sechstausend Franken.

Man kann, wenn man einmal über siebzig ist, wohl kaum mehr allzu große Hoffnungen auf irgendwelche Abenteuer haben. Andrerseits hat man jetzt all das Geld und die viele Zeit, die einem früher fehlten. Wenn man mit dieser Zeit und dem reichlichen Geld denen eins auswischen könnte, die tagtäglich vom frühen Morgen bis in die nächsten frühen Morgenstunden eine moderne, junge, attraktive, aktive und doch so verflucht standardisierte, gleichgeschaltete Welt propagieren.

Leu hat ein Hotel, aber er hat auch zwei Söhne, die in jeder dieser Hotel- und Managerzeitschriften, in jedem Fernsehprogramm als Aushängeschild dienen könnten.

Er war ohne Macht.

Siebenthal war Notar und Fürsprecher gewesen. Er hatte seine Liegenschaften und Grundstücke verkauft. Alles hatte er aus der Hand gegeben, womit er andere noch eine Zeitlang hätte beherrschen können.

Frauen, junge Frauen und was er mit ihnen anzustellen wüßte, konnte er sich besser vorstellen als mancher junge Mann. Als Notar traute man ihm nicht mehr über den Weg.

Susanne von Beatenberg und Fritz Blumenstein.

Beide waren selbständig, waren unabhängig, hatten keine Familie, die dreinreden und baldmöglichst erben wollte.

Mit Blumenstein und von Beatenberg, mit dem noch nicht standardisierten Grandhotel und dem einzigartig filigranenen *Adler* müßte etwas anzufangen sein.

In ihren Hotels könnte ein Jungbrunnen entstehen. Ältere Menschen müßten ihre Träume, ihre Gelüste, selbst die verwerflichsten Wünsche noch einmal, und wär's das letzte Mal, ausleben können.

Man sehe sich Susanne von Beatenberg an. Beinah wie

eine Junge bewegt sie sich. Unheimlich sicher, wenn auch auf nicht mehr so hohen Absätzen. Sie ist nicht in die Breite gegangen wie die meisten Frauen über fünfzig. Sie hat eine Haut, daß es einen juckt, sie noch einmal zärtlich zu berühren. Ihr Lachen entspringt einer lebenslustigen Sinnlichkeit, und ihre Hände sind jene Werkzeuge geblieben, mit denen sie schon vor dem letzten großen Krieg Hochspannung in jeden männlichen Körper legte.

Die einen behaupten, eine Frau könne nur dann die Jahre wie Susanne von Beatenberg überstehen, wenn ihr jederzeit ein potenter Liebhaber zur Verfügung stehe. Die andern, die sich mit noch so enthemmter Phantasie nicht vorstellen können, wo die *Adler*-Susanne einen solchen Mann hernehmen sollte, meinen, es müsse am *Adler* liegen.

Ob alle drei an die Möglichkeit denken, anderen den von Beatenbergschen Jungbrunnen zugänglich zu machen, bleibt ungeklärt. Still genug dazu ist es in der *Bahnhof*-Stube an jenem Bergfrühlingsnachmittag.

«Ihr wißt von meiner mißglückten Reise zum Nordkap», beginnt Siebenthal, und keiner macht den Anschein, ihm nicht zuhören zu wollen.

«In Enontekiö, einst ein Ort, wo sich die Lappen vor und nach dem Kirchgang trafen, war ich. *Jussan Tupa* hieß das Lokal, aus dem die Tangomelodien kamen. Ich stand da, versuchte den Namen zu buchstabieren und herauszubekommen, was er wohl bedeuten mochte. Einige Birken wuchsen um das niedrige Haus, und die Bäume waren kaum höher als das Haus. Ein paar Kilometer nördlicher gab es nur noch Zwergbirken, mehr Busch als Baum. Im Ort stand die eine oder andere Kiefer. Man sah ihnen an, daß sie es schwer hatten, schwerer noch als die Menschen, die recht erfolgreich verschacherten, was ihnen einst harte Arbeit unter schwierigsten Verhältnissen abverlangt hatte. Wo sie ihre Rentiere hatten weiden lassen, wo sie allein waren und ein Volk sein durften, standen jetzt alle paar Kilometer Blockhütten, in denen gut ausgerüstete Rucksackwanderer alles vorfanden, was es zum Ausruhen und Nächtigen brauchte. Nichts hat mich mehr zum Brechen gereizt, als jene Frauen und Männer, die sich den Strand- und Badetouristen haushoch überlegen vorkamen, bloß weil sie pro Tag ein paar Kilometer auf ausgestrampelten Pfaden durch die einstige Wildnis marschierten. Gaskocher im Rucksack, dosenweise Mückenspray in die Landschaft verpestend, Apotheken mitschleppend, um die sie jeder Landarzt beneidet hätte. Wenn sich nicht ab und zu, wie man mir beteuerte, einige tatsächlich verirrten und nie mehr gefunden würden, man müßte Lappland abschaffen. Eine Telefonkabine aus Metall und Glas stand zwischen dem Lokal und dem Postgebäude, wo die Autobusse hielten und ein paar besoffene Männer aufs gleiche warteten, wie die fremden Arbeiter auf unseren Bahnhöfen. Vielleicht waren es diese ins Leere starrenden Männer und die eine Frau, deren Strümpfe auf die Schuhe heruntergerutscht waren, die dem stillen Ort etwas Großstädtisches gaben.»

«Du und Großstadt», sagt Fuchs, der jedes Jahr mindestens sechs Wochen in einer Großstadt gelebt hat: in New York, London, Paris, Amsterdam, Lissabon und Madrid.

«Ich weiß», antwortet ihm Siebenthal, «daß du nie in Barcelona warst. Ich dagegen schon. Die Ramblas um drei Uhr in der Früh. Wenn du dort um die Allerweltskioske herumstehst, verstehst du auf einmal Dantes *Divina Commedia* und brauchst nie mehr nach New York, London, Paris, Amsterdam, Lissabon und Madrid zu fahren.»

Fuchs staunt.

«Woher hast du denn das?» fragt er, aber Leu bittet den Notar, in Lappland zu bleiben, weil die Begebenheit, wie er anfangs erklärt habe, sie vielleicht auf einen Einfall bringe, wie man den Blumensteinschen und den von Beatenbergschen Besitz retten könnte.

«Wenn du in Enontekiö, im nördlichsten Lappland, bei der Telefonkabine zwischen dem *Jussan Tupa* und der Post stehst», fährt Siebenthal zu Fuchs gewandt fort, «und wenn du die von billigem Wodka und unzähligen Flaschen schwachem Bier betäubten Lappen ins Leere eines andern Lebens dösen siehst, brauchst du nicht mehr nach Barcelona zu fahren.»

«Niemand von uns, inklusive Fritz Blumenstein und Susanne von Beatenberg, will verreisen», sagt Leu. «Wir wollen sechstausend Franken in einen Plan umsetzen, der uns noch einmal groß macht und ein allerletztes Mal zurückbringt, was uns jene, die nun das Ruder halten, genommen haben. Und nun erzähl schon weiter.

«Gingst du in das Tango-Lokal oder nicht?»

«Es hat mich Überwindung gekostet. Ein tristeres Lokal könnt ihr euch nicht vorstellen. Vielleicht zehn blaßgrün gestrichene Holztischchen auf wackligen, rot lackierten Beinen. Dazu Gartenstühle aus Kunststoff. Die Sitzflächen ein Bastgeflecht. Die Lehnen mit deutlichen Spuren ausgedrückter Zigaretten. Eine Theke in gleichem Grün wie die Tische. In einer bunten Vase ein paar Plastikblumen. Rosen und Tulpen. Ein zahnloser Lappe in einer erstaunlich guterhaltenen Tracht nimmt die Bestellungen auf, serviert und kassiert. Alle Tische sind besetzt. Die Gäste schauen kaum auf, als ich eintrete.»

Fuchs kichert.

«Warum sollten sie auch?» sagt er und läßt sein künstliches Gebiß so weit verrutschen, daß auch er zahnlos erscheint.

«Die meisten haben ein Bier vor sich. Einige ergeben sich den in Bierflaschen abgefüllten Longdrinks. Ein paar essen. Es gibt Fisch. Das Gericht sieht appetitlich aus. Und es riecht auch so. Ich schaue mich nach einem Platz um. Zu den Einheimischen wage ich mich nicht zu setzen. Rechts hinten sehe ich einen kleinen, runden Tisch, der etwas stabiler aussieht als die grünen weiter vorne. Ich schiebe mich an den Tischen vorbei, trete auf eine kreisrunde Parkettfläche und sitze auch schon auf meinem verlängerten Kreuz, die Füße in der Luft, die schmerzenden Hände hinter mir aufgestützt. Das Parkett fühlt sich seifig an. Ich sehe mich um, warte auf das Gelächter. Niemand lacht. Keiner macht auch nur den Versuch, mir behilflich zu sein. Kein Mensch nimmt von mir Notiz. Das Aufstehen ist mühsam. Wo immer ich mich aufstütze oder mit den Schuhen Halt suche, rutsche ich auf dem spiegelglatten, mit einer schmierigen Seifenschicht versehenen Boden aus. Es bleibt mir nichts anderes übrig, als zu rutschen. Ich hatte beim Sturz etwa die Mitte des Rondells erreicht. Also vorwärts, hinüber auf die andere Seite, wo ich auf dem abgetretenen, schmuddeligen Teppich wieder festen Boden unter die Füsse bekomme. Gekleidet war ich, wie ich es halt immer für richtig halte: ein dunkler Anzug, keine Krawatte, dafür ein heller Pullover mit weichem Rollkragen. Der eingeseifte Boden hinterließ erstaunlich leicht wegzureibende Spuren. Der Belag war nicht schmierig, wie ich vermutet hatte, körnig war er. Ich komme wieder hoch, klopfe mich ab. Das Gesäß schmerzt. Auch das linke Handgelenk und der rechte Ellbogen. Ich setze mich an den freien, runden Tisch.

Vielleicht ist er reserviert, denke ich, sehe aber keine
der mir bekannten Tischkarten, dafür den Wurlitzer,
aus dem Tangos erklingen. Links hinten, in einer mit
Wandteppichen, die die Abendstimmungen über den
Hügeln Lapplands darstellen sollen, ausgestatteten
Ecke, sitzen zwei Leute an einem ebenfalls runden,
stabilen Tisch. Sie lachen. Lachen über mein Mißge-
schick. Ich erröte. Die Frau bemerkt es, schubst ihren
Mann, zeigt ohne jede Hemmung auf mich, sagt etwas, das ich nicht verstehe.»

«Ein Kompliment war es bestimmt nicht», sagt Leu.

«Ja», antwortet Siebenthal. «Aber was sollte ich machen? Nicht beachten, denke ich. Ich rufe, indem ich
mit den Fingern schnalze und deutliche Handzeichen
gebe, den zahnlosen Lappen an meinen Tisch und
bestelle, das heißt, ich will bestellen, doch der Wirt
kommt mir zuvor. Would you like to see the menue,
Sir? fragt mich der Kerl und verbeugt sich wie der
Butler seiner Lordschaft, und dann fragt er mich im
besten Oxford Englisch, was ich, der Herr wünsche.
Ein Bier, sage ich, einen Schnaps, fahre ich fort. Und
von dem Fisch. Salmon? fragt der Wirt. Ja, sage ich, es
riecht gut aus Ihrer Küche. Der Mann dreht sich von
mir ab, glubscht etwas ins Lokal hinaus und klopft mir
dabei, ohne zu sehen, wohin er trifft, auf Kopf und
Schulter. Noch nimmt niemand von mir Notiz. You
won't be disappointed, Sir, sagt er und macht eine
Verbeugung, wie er sie nur auf der Dienerschule gelernt haben kann.»

Fuchs sagt nichts, aber sein Mißfallen ist spürbar.

«Jetzt sehe ich mir die zwei Leute, die schamlos auf
mich gezeigt haben, ebenso rückhaltlos genau an.
Geradewegs und unheimlich neugierig.»

Er schluckt leer und meldet, nun hätte er Lust auf
einen Kaffee mit Schnaps in einem hohen Stielglas.

«Sonst noch jemand?» fragt Leu.

Er hätte nicht zu fragen brauchen. Der Nachmittag ist schon so weit fortgeschritten, daß jeder dringend ein belebendes Getränk braucht.

Leu macht sich an die Arbeit.

«Sprich laut», sagt er zu Siebenthal. «Ich will nichts verpassen.»

Siebenthal wartet, bis Leu den mit viel Birnentrester-schnaps verdünnten Kaffee bringt.

Die Männer nehmen das Glas so in die Hand, daß Zeige- und Mittelfinger den Fuß umfassen und an der Erweiterung des Fusses zum Glas Halt finden. Den Daumen legen sie auf den Glasrand, so daß der Löffel, der im Glas stehenbleiben muß, gegen den Daumen-knöchel stößt.

Sie prosten sich zu. Jeder stößt mit jedem an, und Fuchs fragt: «Wie oft haben wir jetzt angestoßen?» «n hoch zwei minus n, und das Resultat dividiert durch zwei!» triumphiert Leu. «n, das sind wir, also drei. Dann drei mal drei, was bekanntlich neun ergibt. Davon wird n, also wiederum drei abgezogen. Macht sechs. Die sechs teilen wir durch zwei und erhalten genau drei. Dreimal stießen je zwei Gläser gegeneinander.»

Leu erklärt seine Formel nicht zum erstenmal. Ge-wichtiger setzt er sich in Szene, wenn in einer großen Gesellschaft angestoßen wird. Dennoch staunen Sie-benthal und Fuchs. Außer Leu vergessen alle immer gleich wieder, wie das nun mit der Anzahl Gläser und dem Erklingenlassen eben dieser Gläser ist.

Siebenthal gerät wieder ins Erzählen.

«Es sind Lappen, die beiden, die auf der andern Seite der runden und eingeseiften Parkettfläche an einem stabilen Tisch sitzen. Ein Mann und eine Frau. Er in einem nachtschwarzen, äußerst eleganten Anzug, der ihm allerdings zu eng geworden ist und unter den Armen Falten wirft. Das Hemd weiß. Höchstwahrscheinlich mit gestärkter Brust. Und einer Krawatte! Ich kann mich mit dem besten Willen nicht mehr an Farbe und Design erinnern, aber ich weiß, daß sie paßte, wie ich noch nie eine Krawatte habe passen sehen. Das schwarze Haar, an den Schläfen leicht ergraut, mit Brillantine gebändigt. Die Hände groß, mit dicken, braunen Fingern, die Nägel tief eingebettet. Nachdem er durch meine Neugierde doch etwas unsicher geworden ist und nervös die Beine übereinander geschlagen hat, sehe ich auch seine Schuhe: feinstes, geschmeidigstes Leder und ebensolche Sohlen. Italienisches Modell. Ohne Zweifel.»

«Und die Frau?» fragt Fuchs.

«Ja ja», antwortet Siebenthal. «Wie ich zur Betrachtung der Frau übergehe, kommt der Wirt mit dem Bier, dem Schnaps, einem handgewobenen Unterset, mit Fischmesser, Gabel, Teller und Serviette. To your health, Sir, sagt er, als er alles perfekt zurechtgelegt und auch eingeschenkt hat. Ich hebe das Bierglas und besehe mir über den schäumenden Rand die Weibsperson...»

«Oho!» sagt Fuchs.

«... die Weibsperson, die neben dem eindrucksvollen Mann sitzt. Auch sie nicht schlank. Vielleicht ganz gut gewachsen, aber ein bißchen zu stark korsettiert und eingeschnürt. Senkt sie den Kopf, quillt ein immenses Doppelkinn aus dem Kragen. Das heißt nicht, daß die Frau nicht hübsch gewesen wäre. Ganz in Weiß ist sie gekleidet.»

Fuchs will den Schlager *Ganz in Weiß mit einem Blumenstrauß* singen. Keiner hilft ihm dabei, und sein Alleingang verrät ihn: Er kann nicht singen.

«Ein weißes Kleid, das sehr vorteilhaft betont, was

darunter an Reizvollem vorhanden ist. Seide. Die unter Umständen etwas zu breiten Füße stecken in mindestens ebenso exquisiten Modellschuhen, wie es die ihres Mannes sind. Die Füße für meinen Geschmack zwar zwei Nummern zu groß. Bestimmt neununddreißig, wenn nicht gar vierzig. Die Haare schwarz, wahrscheinlich gefärbt, glatt und geschnitten wie die von Mireille Mathieu. Und auf dem Kopf ein weißer, breitrandiger Hut aus einem weitmaschig geflochtenen Material. In einer dieser Maschen steckt eine Orchidee. Das Kleid im übrigen ärmellos, was wegen der muskulösen Ober- und Unterarme nicht uninteressant ist. An beiden Handgelenken hängen schwere, goldene Reife. Geschminkt ist sie nicht, aber ihr wißt ja, wie Lappen aussehen.

«Ein Hochzeitspaar?» fragt Fuchs.

«Nein», sagt Siebenthal.

Wie alt die beiden gewesen seien, will Leu wissen. Siebenthal lächelt, und die andern wissen, jetzt kommt eine Pointe.

«Sechzig», sagt er, «siebzig.»

«Was nun?» fragt Fuchs.

«Schätz du mal einen Lappen richtig ein. Die Lappen», sagt Siebenthal bedeutungsvoll, «sind wie die Schwarzen oder wie Russen aus dem Kaukasus. Du weißt nie, woran du bist, bis du eine...»

Fuchs schlägt mit der Faust auf den Tisch und erinnert so an eine Abmachung, die, wenn sie Karten spielen, seit einiger Zeit einzuhalten ist. Es gilt, selbst in angetrunkenem oder gar betrunkenem Zustand, keine Zweideutigkeiten oder schmutzigen Witze zu erzählen.

«Ich habe noch nicht gesagt», wehrt sich Siebenthal, «wie ich bei einer Russin aus dem Kaukasus das Alter feststellen würde.»

«Du brauchst es uns nicht zu erzählen», versucht ihn Leu abzulenken.

«Wir wissen, was du sagen wolltest», sagt Fuchs. «Du würdest es machen wie dein Vater, der als Viehhändler den Kühen an die Euter griff und sich trotzdem zu mehr als achtzig Prozent täuschte.»

Gelächter.

Zweck der Abmachung gegen das Witzeerzählen ist, daß einer sich opfert, Einspruch erhebt, damit derjenige, der mit den Zweideutigkeiten beginnt, sich gebührend verteidigen kann, und auch die Zuhörer, zwecks Beurteilung des Vergehens gegen die Abmachung, auf ihre Rechnung kommen.

Siebenthal gesteht, den entscheidenden Griff nicht gewagt zu haben. Deshalb wolle er sich vorsichtig und ohne Gewähr auf ein Alter etwas über sechzig Jahre festlegen.

Kaum habe er die weißgekleidete Frau ausgiebig gemustert, habe der Wirt den Fisch, eine kapitale, im Ounassee gefangene Lachsforelle, aufgetischt. Lassen Sie sich den Fisch munden, Sir, habe der anscheinend weitgereiste Besitzer des *Jussan Tupa* wieder so verdammt wohlerzogen gesagt.

Nichts habe er, erzählt Siebenthal weiter, nichts habe er mehr sagen können, denn nach dem Fraß, den er auf dem Schiff vorgesetzt bekommen habe, sei ihm das Wasser derart im Mund zusammengeflossen, daß er die Lippen fest habe aufeinander pressen müssen. Deshalb habe er auch nicht nach Weißwein gefragt, der unbedingt zu so einer prächtigen Lachsforelle gehört hätte.

«Nichts habe ich sagen können», schwärmt Siebenthal, und seine Zuhörer lecken sich die Lippen, «ich legte das Messer zwischen Mittel- und Zeigefinger,

preßte den abgewinkelten Zeigefinger gegen den ausgestreckten Daumen, streckte den Arm aus und versuchte, zu dem allerorten bekannten Gütezeichen leicht zu schnalzen. Genau in dem Moment entdeckte ich den versilberten Champagnerkübel. Er stand auf dem Tisch der beiden festlich gekleideten Lappen, und eine Flasche mit dem unverwechselbaren Etikett der Marke *Veuve Clicquot* ragte daraus hervor. Jawohl. Da befinde ich mich nördlich des Polarkreises, nahe der Baumgrenze, die Nadelbäume kämpfen ums Überleben, die Birken verkrüppeln, ich esse einen der bestzubereiteten Fische meines Lebens. Und trinke Bier mit Schnaps, während einen Tisch weiter *Veuve Clicquot* genossen wird. Hätte ich jetzt den Wirt gerufen und einen Weißwein bestellt, den er bestimmt gehabt hätte, ich hätte mich entsetzlich blamiert. Erst jetzt merkt er, hätte man sich hoch oben in Lappland gesagt, was zu einer Lachsforelle à la *Jussan Tupa* gehört. So aber denkt man, ich sei ein simpler Tourist, ich könne mir zwar einen Fisch leisten, jedoch keinen Wein. Ich esse, und der Fisch will mir vor lauter Selbstverachtung kaum noch schmecken. Der Wurlitzer ist verstummt. Der dunkel gekleidete Mann steht auf, verneigt sich leicht vor seiner Gefährtin, scheint sich für etwas zu entschuldigen, tritt zum Musikautomaten, wirft eine Münze ein, wartet, bis die Platte einrastet. Ein Tango. Er tritt zurück an den Tisch, verneigt sich. Die Frau nickt so glückselig, daß ich es nie mehr vergessen werde.
Pause.
Siebenthal hat mit einem Mal den Faden verloren, kann sich nicht mehr an die Tangomelodie erinnern.
Leu zögert, die Kaffeegläser nachzufüllen.
«Als die Frau nickt», sagt Siebenthal, «gleitet der Mann wie ein Schatten hinter ihren Stuhl. Die Frau

erhebt sich, steht da wie eine Wagner-Sängerin, schwankt leicht. Der Mann zieht den Stuhl nach hinten, wartet, die schweren Hände auf die Stuhllehne gelegt, und schiebt, als die Frau um den Tisch herumkommt, den Stuhl wieder korrekt an den Tisch. Sie macht den ersten Schritt in Richtung Tanzfläche. Auf dem Parkett, das sie relativ sicher erreichen, bleibt sie wieder stehen, er verneigt sich, sie geht zu einem Knicks nahezu graziös in die Knie, er legt seinen rechten Arm un ihre Hüften, sucht mit schwerer Hand Halt. Sie legt ihre linke Hand auf seine Schulter, die rechte, ja, und dann legt sie ihre rechte Hand in seine linke Hand. So warten sie, bis ein geeigneter Takt des Tangos den Beginn des Tanzes erlaubt. Kaum aber haben sie einen Fuß gehoben, geschieht auch schon das Malheur: Die Gewichtsverlagerung der Tänzer gelingt nicht optimal, sie gelingt überhaupt nicht, die Frau auf ihren hohen Absätzen knickt um, der Mann erschrickt, als seine Partnerin plötzlich ein paar Zentimeter kleiner wird, und rutscht so weit nach vorn, daß er mit seinem Schuh an den ihren stößt. Sie schreit auf. Nicht sehr laut, und ehe ich den Vorgang weiter verfolgen kann, liegen die beiden Tänzer auf dem Parkett. Da ein schwarzer Ärmel, hier ein Zipfel ihres weißen Kleides, dort die Masse seines Rückens. Ich will aufspringen und ihnen zu Hilfe eilen, als sich die Hand des Wirts auf meine Schulter legt. Keine Ursache zur Aufregung, Sir, meint er ruhig, die Herrschaften kommen von allein wieder auf die Beine. So einfach geht das aber doch nicht. Alle Anstrengungen, auf dem Boden den nötigen Halt zu finden, erweisen sich als erfolglos, also bleibt den lächelnd Verschlungenen nichts anderes übrig, als gemeinsam an den Rand des Parketts zu kriechen, dort zuerst die im Wege stehenden Stühle mit Händen und Füßen wegzuschieben und sich mit einem erlösten Seufzer aus der Umschlingung des andern zu lösen und den Versuch zu unternehmen, sich aufzurichten. Ich bin, obwohl mindestens ebenso hart gestürzt, viel eleganter wieder hochgekommen.»

«Du hattest ja auch nicht mit einer gefallenen Frau zu kämpfen», sagt Fuchs.

«Jedenfalls», fährt Siebenthal, ohne auf Fuchs einzugehen, fort, «streicht sie sich ihr Kleid über den Knien zurecht, er wischt die Seife von seinem Anzug. Auf ihrem Kleid hat sie keine Spuren hinterlassen. Außer Atem sind sie geraten. Ihre Köpfe sind gerötet. Er führt sie am Arm zurück an den Tisch, zieht den Stuhl für sie zurück, sie stellt sich zwischen Stuhl und Tisch, er schiebt den Stuhl zu ihr heran, sie setzt sich vielleicht eine Spur zu schwerfällig. Er geht zu seinem Stuhl, umfaßt mit beiden Händen die Lehne, und als sie erneut so bezaubernd gelächelt hat, ist dies das Zeichen für ihn, sich auch zu setzen. Monsieur, ruft er laut: Une autre Veuve Clicquot! Sie lacht, lacht laut und sagt in ihr Lachen hinein immer wieder onomatopoetisch: une bonne veuve, une belle veuve, la Veuve Clicquot. Der Wirt kommt an den Tisch. Ganz Grandseigneur. Ein weißes Tuch über dem linken Arm. Leu, ich sage dir, keiner deiner Zwillinge wird je so selbstverständlich dastehen können.»

«Komm mir nicht mit meinen Zwillingen», sagt Leu, und sein Zorn ist, wenn auch ein wenig gespielt und von Kaffee, Schnaps und anfänglicher Wut gegen die Rentner, Privatiers und Handwerker angeheizt, ehrlich gemeint.

«Bei ihnen, meinen Herren Söhnen, werdet ihr nichts mehr zu lachen haben.»

«Das wissen wir nur zu gut», seufzt Fuchs.

Leu würde nach Fuchs' Seufzer am liebsten weinen. Er gehört ohnehin zu jenen Männern, denen die Tränen leicht in die Augen steigen.

«Einmal», fühlt er sich verpflichtet zu erzählen, «einmal habe ich den beiden zugehört und mich geschämt, daß ich in ihre Ausbildung so viel Geld gesteckt habe. Sie ahnten nicht, daß ich auf der Kellertreppe stand, als sie unten zusammen eine Flasche Wein tranken und sich über die Entwicklung des Gastgewerbes so verdammt einig waren, wie sie sich überhaupt immerzu so entsetzlich einig sind. Wir müssen das Haus so verändern, sagten sie, daß Vaters liebste Gäste, ohne genau zu wissen weshalb, sich nicht mehr zu Hause fühlen. Genau das, sagte der eine, und ich merkte in seiner Stimme, daß er nur des andern Meinung damit herausfordern wollte. Unsicher war er, und das tröstete mich. Aber der andere holte mich postwendend in die weiß Gott brutale Wirklichkeit zurück.»

«Du solltest», meint Fuchs, der mit zunehmendem Alter nach einer größeren Menge Alkohol immer fromm wird, «nicht zu oft ‹weiß Gott› sagen. Der Herr achtet auf die Gewohnheiten jener, die er in absehbarer Zeit zu sich zu beordern beabsichtigt.»

Fuchs' Sprüche sind allen bekannt, und spricht man ihn vormittags, wenn er einen starken Kaffee getrunken hat, darauf an, was er am Abend zuvor an frommen Kalendersprüchen von sich gegeben hat, gerät er in eine blasphemische Phase.

Was er jetzt zu Leu sagt, überschreitet für den *Bahnhof*-Wirt die Grenze des guten Geschmacks.

«Du bist ein bodenloser Gottesanbeter, ein Mistkäfer, eine Maulwurfsgrille», sagt er zu Fuchs und hätte sich sogleich den kleinen Finger abbeißen mögen, denn nun würde Fuchs ihn belehren, daß der Begriff bodenlos in dem von ihm soeben gebrauchten Zusammenhang völlig deplaziert sei.

Fuchs hat nichts einzuwenden.

Entweder er hat seinen Fehler eingesehen, oder er hat auf härtere Schimpfwörter gewartet.

«Weißt du», lenkt Leu ab, «was mein anderer Sohn geantwortet hat?»

«Ist mir egal», schmollt Fuchs.

«Das kann dir aber nicht egal sein!» trumpft Leu auf.

«Vielleicht sollten wir noch ein bißchen warten, hat er gesagt. Ich hörte, wie sie beim Trinken schmatzten. Sie mußten eine besonders gute Flasche geöffnet haben. Einen Weißwein. Bekanntlich», wendet sich Leu etwas provokativ an Siebenthal, «ist das Schmatzen nur beim Kosten von Weißwein erlaubt.»

«Ja ja», sagt Siebenthal, «sowas lernen sie heutzutage, aber unsereinen lassen sie verrecken.»

«Wie kommst du denn darauf?» fragt Leu erschrocken.

«Ist doch wahr», meint Siebenthal, und Tränen rinnen ihm über seine Wangen.

Leu ist völlig aus der Fassung geraten.

«Man könnte meinen», sagt er, «Siebenthal hätte auch auf der Kellertreppe gestanden.»

«Warum?» fragt Fuchs.

«Weil mein Sohn gesagt hat: ‹Wenn wir noch zwei, drei Jahre warten und den Alten so weitermachen lassen, sterben die Herren Siebenthal, Fuchs und Co. von selber aus, und niemand kann uns vorwerfen, wir hätten die Symbole einer gemütlicheren Zeit durch ein neues Haus, das keinen Platz hat für Greise, verjagt›.»

«Mich», findet Fuchs die Sprache wieder, «mich haben sie zumindest als letzten dranglauben lassen, aber der Gott des Alten Testaments, der Gott des Aug um Auge, Zahn um Zahn, wird ihnen die Zähne brechen...»

Dann weiß er nicht mehr weiter.

«Wie meinten sie das wohl», fragt Siebenthal, «als sie

sagten, die Herren würden von selber aussterben, wenn sie dich so weitermachen ließen. Glykolgebräu oder Kunstwein hast du uns doch hoffentlich noch nie serviert? Und deinen Tod, Leu, haben sie gar nicht erwähnt. Oder schämst du dich bloß, daß deine Söhne auch von dir erwarten, du solltest dich, bevor du ihnen mit einem langwierigen, natürlichen Tod zur Last fällst, umbringen?»

«Sie warten ja nicht», sagt Leu, und Siebenthal sieht die Zeit gekommen, dem Gespräch eine andere Richtung zu geben. Als Notar hatte er schnell gelernt, sich jegliche Anteilnahme an sogenannten Schicksalen zu verbieten. Er war nicht schlecht gefahren damit, auch wenn es vielleicht geheißen hatte, er sei herzlos. Den meisten Erben hatte es gepaßt, daß er bei der Testamentseröffnung keine Kommentare abgab. Nur jene, die zu kurz gekommen waren oder zu kurz gekommen zu sein glaubten, beschwerten sich ab und zu, der Notar gehe nach dem Tod eines Menschen zur Tagesordnung über, als wäre bloß ein leerstehendes Haus abgebrannt. Dabei war er über vierzig Jahre lang, sogar noch nach seinem Rückzug ins Privatleben, für die Buchhaltung der freiwilligen Feuerwehr verantwortlich gewesen.

«*La Veuve Clicquot*, meine Herren», sagt Siebenthal, und beabsichtigt oder nicht, Leu meint, einen gewissen Unterton herauszuhören, glaubt auch, die Gelegenheit sei gekommen, sich mit einer Geste für das Verhalten seiner Söhne zu entschuldigen. «Moment», sagt der Wirt. «Moment, lieber Freund Siebenthal, ich habe da ein Wort gehört, das ich doch schon mal in der kühlsten Ecke meines Kellers gelesen habe.»

Er erhebt sich, steigt in den Keller hinunter, kommt mit einer Flasche zurück, die seine Gäste in ein lautes

Ah und Oh und Hallo und Teufel nochmal ausbrechen
läßt.

Eine Magnum *Veuve Clicquot!*
Eine unheimlich alte, dicke und doch exzellent propor-
tionierte *Veuve Clicquot.*

«Meine Söhne werden mich vielleicht umbringen»,
sagt Leu, «aber immerhin werde ich vorher an den
Brüsten dieser einzigartigen Witwe gehangen haben.»
Schweigend befühlen die Männer das Glas, streichen
über die Flasche.

Ehrfurcht befällt sie.

«Laß ihn um Gotteswillen nicht knallen», mahnt Siebenthal, als Leu bedächtig das Drahtgeflecht um Korken und Flaschenhals zu lösen beginnt.

Leu schüttelt den Kopf, sagt nichts, konzentriert sich
auf die Flasche beziehungsweise auf den Korken, als
gelte es, eine Bombe zu entschärfen.

Es gelingt. Wie aus einer Flasche aus 1001 Nacht steigt
ein kaum sichtbarer Rauch aus dem massiven Hals,
Schaum klettert über den verstärkten Rand des Fla-
schenhalses.

«Gebt die Gläser her», fordert Leu seine Gäste auf.
Jeder sieht es in seinem Glas aufschäumen. Der
Schaum verschwindet, die Gläser füllen sich zu gut
zwei Dritteln, und in langsam zur Oberfläche steigen-
den Bläschen weicht der Geist der *Veuve Clicquot* aus
den Gläsern und beginnt, die Männer zu verzaubern.

«Auf Leu und seinen *Bahnhof!*» sagt Fuchs, als sie die
Gläser heben.

«Auf Leu!» will Siebenthal dem Spender zuprosten.
Leu winkt entschieden ab.

Fuchs und Siebenthal schauen sich erschrocken an.
Hat er es sich anders überlegt? Ist in Leu der alte Groll
gegen blutsaugerische Handwerker und nichtsnutzige
Privatiers, die ihm den Keller plündern, aufgestiegen?

Fuchs überlegt, ob er ein Stoßgebet zum Himmel schicken soll, aber dann hält er es für anständiger, seine Hilfe anderswo als im Himmel zu suchen.

«Erzähl schnell weiter», flüstert er Siebenthal ins Ohr, «du weißt schon, die Geschichte von den Lappen.»

Siebenthal kommt nicht dazu, denn da sagt Leu laut und deutlich:

«Auf Fritz Blumenstein.»

Die Gesichter hellen sich auf.

Genau das ist es, was sie schon lange beabsichtigt haben: Blumenstein beizustehen in seinem Kampf gegen den Zeitgeist, was immer das heißen mag, wenn es nicht schlicht standardisierter Massentourismus bedeutet.

«Auf Blumenstein!»

Leu schenkt nach. Wie es sich gehört, stoßen sie auch beim zweitenmal noch einmal an, und Fuchs will einen Toast auf Leu anbringen.

Wieder hebt der Wirt seine freie Hand.

«Auf unsere Susanne von Beatenberg!» ruft er so laut, als handle es sich um ein Kommando.

Fuchs und Siebenthal richten sich kerzengerade auf.

«Jawohl, auf unsere Susanne von Beatenberg!»

Leu beginnt mit den Schuhspitzen den Takt zu schlagen. Die andern horchen auf.

«Ich hab's», sagt Siebenthal, «Blumenstein und von Beatenberg.»

«Das klopf ich doch schon die ganze Zeit», sagt Leu und beginnt die *Alten Kameraden* von Sousa zu singen. Zuerst auf das übliche Ta tata ta ta ta taaa. Dann versucht es erst einmal Fuchs:

«Blumenstein und von Beatenberg.»

Es geht. Leu dirigiert. Ein phantastisches Trio.

Bald werden die beiden Namen für die immer schwerer gewordenen Zungen zu schwierig.

194

Leu resigniert und läßt seine Sänger ins Ta tata ta ta ta taaa zurückfallen, versucht immerhin noch ein Rä tätä tä tä täää und etwas später ein Tu tutu tu tu tuuu.

Siebenthal singt ein Solo auf *une veuve de clicquot,* und als der Gesang in einem riesigen Gelächter zusammenbricht, verlangt Fuchs das Wort.

Er will partout, daß sich die drei Männer schwören, jedesmal, wenn einer von ihnen sterbe, müßten die übriggebliebenen am offenen Grab wie gerade jetzt die *Alten Kameraden* singen. So laut und so falsch, daß jeder Pfarrer, jeder noch so standhafte Geistliche unweigerlich die Soutane in die Hand nehme und wie ein Hürdenläufer über die umstehenden Grabsteine davonspringe.

Fuchs setzt sich nicht vollends durch. Sie könnten nicht wissen, sagt Leu, ob Fuchs am nächsten Tag nicht wieder den Reumütigen spiele und sie mit flammenden Reden und Psalmen in den Schoß der Kirche zurückführen wolle.

Fuchs gibt sich verstimmt und versichert, er sage ab sofort kein einziges Wort mehr.

«Vielleicht», meint Siebenthal, «sollte ich meine lappländische Geschichte zu Ende erzählen.»

Keiner hat etwas dagegen einzuwenden.

Die Witwe aus Clicquot oder Clicquots Witwe birgt noch ein drittes, viertes und fünftes Glas.

Eins ums andere genießen sie ohne weitere Toasts.

Dazu wollen sie die Geschichte hören.

Siebenthals Geschichte.

«Ich will es kurz machen», sagt Siebenthal.

«Der Wirt fragt also, eine weitere Flasche *Veuve Clicquot* wünschen die Herrschaften.»

«Deutsch?» fragt Leu.

Fuchs lacht.

«Zweifelst du an meiner Wahrheitsliebe?» fragt Siebenthal gereizt.

«Nein», beschwichtigt ihn Leu. «Ich war nur neugierig, in welcher Sprache dein weitgereister Wirt mit seinen einheimischen Gästen geredet hat.»

«Danke», sagt Siebenthal. «Selbstverständlich hat der Wirt die beiden in ihrer Muttersprache angesprochen, und die beiden, von denen ich immer noch nicht wußte, was sie zu feiern hatten, wer sie überhaupt waren, was sie in die *Jussan Tupa* geführt hatte und wie das Verhältnis zwischen ihm als Mann und ihr als Frau war, antworteten ebenso in der Sprache, die sich vom ohnehin komplizierten Finnisch durch noch mehr urlautliche Wendungen abhebt, Saamisch, nämlich.»

«Und das verstehst du?» fragt Fuchs.

Siebenthal erklärt, er habe zugegebenermaßen nicht verstanden, was die drei Menschen nördlich des Polarkreises miteinander geredet hätten, aber da er selbst mit seinen acht Jahrzehnten nicht auf den Kopf gefallen sei, habe er sich denken können, was der Wirt gefragt und die Gäste geantwortet hätten, zumal die meisten Menschen, gleich welcher Rasse, sich außer mit Worten auch mit Mimik und Gesten zu verständigen pflegten.

«Danke», sagt Fuchs, und Siebenthal weiß nicht, ob der alte Skilehrer sich hinter der tiefgebräunten Stirn vielleicht etwas Zynisches dabei gedacht hat.

«Nein nein, fahr weiter», sagt Fuchs, dem es gefällt, daß er Siebenthal mit einem einzigen Wort verunsichern kann.

«Wir sind mit Ihrem Parkett nicht zufrieden, sagt die in Weiß gekleidete Lappenfrau», erzählt Siebenthal weiter. «Es ist zu stumpf, Jussi, sagt der Mann. Wenn man zum Tangoschritt ausholen will, beschwert sich die Frau, klebt man fest, und der Partner stürzt sich wie ein Vielfraß auf dich.»

«Was ist ein Vielfraß?» will Leu wissen.

«Ein Tier», antwortet Siebenthal. «Es begegnet dir in Lappland auf Schritt und Tritt. Eine Mischung aus Bär und Wolf. Das Paar also verlangt ein glatteres Parkett. Zuvor aber muß der Wirt, der Jussi zu heißen scheint, also muß Jussan eine Genitivform sein...»

«Nicht schulmeisterlich werden», mahnt Leu, der des alten Notars Neigung zum Lehrerhaften kennt.

«Auch als Notar mußte ich mich in Orthographie und Grammatik auskennen», verteidigt sich Siebenthal. «Ein kleiner Fehler meinerseits, wenn's um eine Handänderung ging, und schon war's passiert.»

«Was kann ich den Herren noch anbieten?» fragt Leu.

«Vielleicht Hobelkäse mit etwas Brot? Spiegeleier?»

Fuchs ist für Spiegeleier zu haben.

«Im Pfännchen, wenn du nicht mit Butter sparst», sagt er.

Siebenthal mag Hobelkäse.

«Ich nehme mir dann einen Hering», sagt Leu und meint, daß ein kühler Weißwein aus St. Saphorin der Veuve Clicquot kaum schaden könnte.

Leu hat für die tote Saison seine Anrichte so möbliert, daß er Kleinigkeiten wie Spiegeleier zubereiten kann, ohne dafür in die Küche verschwinden und auf die Gespräche im Schankraum des *Bahnhof* verzichten zu müssen.

Er schlägt die Eier ins Spiegeleierpfännchen, gibt tüchtig Butter dazu, setzt das Pfännchen auf den Rechaud, beginnt den Käse zu hobeln.

Es ist dunkler und gemütlicher geworden in der nur von drei Männern bevölkerten *Bahnhof*-Stube.

Der Wirt, beginnt Siebenthal, habe eine neue Flasche gebracht, und nachdem die zwei Tänzer den Champagner gebührend gekostet hätten, habe Jussi das Parkett mit einer weiteren Schicht körniger Seife bestreut.

Fuchs bekommt seine Spiegeleier. Er tunkt ein Stück Weißbrot in das Eigelb und stellt befriedigt fest: Beide Eier schwimmen auf einer goldgelben Butterschicht.

«Wenn du wieder von vorne beginnst», sagt er mit vollem Mund zu Siebenthal, «wird es langweilig.»

«Was meinst du mit von vorne?» fragt Siebenthal zurück, während Leu den Käse auf den Tisch stellt.

«Ich meine», sagt Fuchs, und nimmt einen Span Hobelkäse vom Brett, tunkt ihn ebenfalls in sein Pfännchen, «wenn du jetzt nochmals erzählst, der Lappe sei aufgestanden, habe sich vor der Frau verneigt, die sich erhoben und einen Knicks gemacht habe, und der Tango habe von vorne angefangen...»

«Hat er auch», sagt Siebenthal, «und jedesmal, wenn die beiden an ihren Tisch und am nächsten Morgen zu ihren Rentierherden zurückkehrten, fühlten sie sich ein bißchen jünger.»

Leu und Fuchs horchen auf.

Wenn Susanne von Beatenberg jeweils von ihren von Jahr zu Jahr schwierigeren Verhandlungen mit ihren Kreditgebern ins Dorf auf der Sonnenterrasse zurückkehrte, schien auch sie wie aus einem geglückten Urlaub zu kommen. Und Fritz Blumenstein sang noch Tage nach den Besuchen der Opernhäuser von Mailand, Paris oder Hamburg, als wäre er der Heldentenor aus einer italienischen Oper.

«Der Mann hatte seine Herde hinter dem Pyhäkero, dem heiligen Hügel, die Frau kam aus Vuontisjärvi, der letzten Taufstätte lappländischer Hexen. Beide waren sie verheiratet, beide hatten sie nicht nur die größten Herden, auch Kinder hatte sie mindestens ebenso viele geboren, wie er gezeugt.»

«Sind sie fremd gegangen?» fragt Fuchs.

Leu schüttelt den Kopf. Diese Indiskretion paßt nicht zu Siebenthals Geschichte.

«In der Einöde Lapplands mußt du dir ab und zu eine Gegenwelt bauen», meint Siebenthal.

«Eine Scheinwelt», pflichtet ihm Leu bei.

«Meine Frau», sagt Fuchs, «hätte so einem Jungbrunnen nie zugestimmt. Eifersüchtig, wie sie war. Sie hätte der andern das Haus über dem Kopf angezündet.»

«Meine», sagt Leu, «hätte vielleicht mitgemacht.»

Siebenthal lacht. «Das ehrt dich», sagt er zu Leu. «Aber was hättest du getan, wenn deine Frau dir eines Tages den Vorschlag gemacht hätte, mit einem andern Mann Champagner zu trinken?»

«Wenn sie nur getanzt und getrunken hätten», antwortete Leu. «Sie war eine gute Tänzerin. Gestürzt wäre sie wohl kaum.»

Siebenthal ist am wenigsten lang verwitwet. Seine Frau hat ihn beherrscht. Im gemischten Chor hat sie gesungen und ihn gezwungen, ihr zuzuhören, wenn sie die Lieder für die abendlichen Proben übte.

«Meine hatte eine Stimme», sagt er, «sie hat sich stets geweigert, Rindfleisch zu essen.»

«Warum das?» fragt Fuchs.

«Was weiß ich», antwortet Siebenthal bitter.

«Du versündigst dich an deiner Frau», sagt Fuchs.

Siebenthal zittert. Er wünscht, er könnte sich versündigen. Jede Sünde wäre ihm recht.

«Versteht ihr denn nicht», fragt er unvermittelt, «Lappland, das ist ungeheuer weit weg, weiter weg als New York oder Barcelona. Und dennoch verstehen es die Menschen, ihren Herden zu entfliehen, sich ins Gras zu legen, von unten in den verblühten Löwenzahn zu blasen und den entschwindenden Samen nachzuträumen, als wären es nicht Fallschirme, sondern aufsteigende Luftballons.»

«Gibt es in Lappland so hohes Gras?» fragt Fuchs.

Leu läßt Siebenthal nicht antworten. Er betrachtet die sechstausend Franken auf dem Tisch, und ein Licht geht ihm auf.

«Wir haben unsere Herden längst verloren», sagt er, also können wir uns nicht mehr von ihnen entfernen.»

«Genau», sagt Siebenthal.

«Laß mich zu Ende denken», bittet Leu. «Lappland, sagst du, Einöde, Einsamkeit, selbst wenn die Herden ein riesiges Kapital darstellen.»

«Genau», sagt Siebenthal wieder.

Einer der Handwerker hat auf dem Schanktisch ein zusammenklappbares Metermaß liegengelassen. Leu holt es sich, fragt Fuchs, wie alt er unter den bestmöglichen Umständen werden wolle.

«Neunzig», sagt er.

«Übertreib nicht», ermahnt ihn Siebenthal, und Fuchs geht um fünf Jahre herunter. Leu klappt das Metermaß auf, legt es auf den Tisch und drückt einen Finger auf die Zahl fünfundachtzig.

Fuchs ist weit über siebzig.

«So viel bleibt dir noch», sagt Leu. Die Spannweite zwischen Daumen und Zeigefinger reicht vollauf.

«Tiefstes Lappland», sagt Siebenthal.

Leu und Fuchs nicken.

11

«Das Grandhotel werden wir umtaufen», sagt Siebenthal und richtet sich auf. «Und den *Adler* auch.»

Leus Augen beginnen zu leuchten.

«Ta tata ta ta ta taaa!» sagt er halbwegs singend.

«Genau!» ruft Siebenthal.

«Und der *Adler?*» fragt Leu.

Fuchs hat noch nicht begriffen.

«Wovon, zum Teufel, redet ihr?» fragt er.

«Hier», sagt Siebenthal und schiebt die immer noch auf dem Tisch liegenden sechstausend Franken etwas zur Seite, «das Startkapital. Das Grandhotel hat ausgedient. Die Banken sagen es, die meisten Fremden sagen es. Viele Gäste bemerken es, wenn sie die Badezimmer sehen und überhaupt das Inventar. Deshalb sage ich: Das Grandhotel ist tot, es lebe das Hotel zu den *Alten Kameraden!*»

Fuchs fällt der Unterkiefer auf die Brust.

«Herrgott», sagt er. «Herrgott Herrgott! Siebenthal, du bist ein Genie!»

«Den Herrgott», mahnt Siebenthal, «würde ich nie mehr als einmal zitieren. Wir werden, selbst wenn Blumenstein einwilligen sollte, seiner Hilfe bedürfen.»

«Ach was», sagt Fuchs, «den lassen wir lieber beiseite, wenn wir die *Alten Kameraden* in ein ähnliches Etablissement wie, wie, Siebenthal, hieß dein Wirt in, ach ja, du weißt schon...»

«Jussi», sagt Siebenthal. «Aber ich sehe, man ist nicht abgeneigt.»

«Was heißt nicht abgeneigt?» fragt Fuchs. «Die *Alten Kameraden* werden zu dem, was ich mir unter einem Hotel immer vorgestellt habe!»

Leu nickt. Er denkt an seine Söhne, dann nickt er etwas kräftiger und lächelt.

«Ja», sagt Siebenthal, «mit uns wird's zu schaffen sein, und Blumenstein wird lieber zustimmen als bankrott machen. Aber die liebe Susanne von Beatenberg. Wenn wir sie nicht einbeziehen, könnte sie, wie wir sie kennen, versuchen, uns zu übertrumpfen. Sie hat, wie wir alle wissen, ihre Erfahrungen gesammelt.»

«Ihre Bilder brauchen wir», sagt Fuchs.

«Bilder?» fragt Leu.

«Für ein Etablissement à la...», will Fuchs zu einem größeren Exkurs ausholen, aber Siebenthal unterbricht ihn.

«Wir werden kein Bordell eröffnen.»

«Nein!» sagt Leu entschieden.

«Aber umtaufen müssen wir den *Adler*. Wer steigt schon im *Adler* ab? Das klingt nach Bratwurst und Trachtenchor.» Siebenthal, dem nach den *Alten Kameraden* die Phantasie abhanden gekommen ist, sieht Leu hilfesuchend an. «Wie nennen wir nun Susanne von Beatenbergs *Adler?*»

Sie denken unheimlich angestrengt nach.

Die *Bahnhof*-Stube wird mit sechs Augen nach möglichen Anhaltspunkten abgesucht. Fenster gibt es. Vorhänge, die dringend gewaschen werden müßten. Leu hofft, keiner bemerke die Gelbtönung. Niemand sieht sie.

Leu mustert seinen modernen, chromglänzenden Ausschank. Keine einzige Spirituosenflasche kann mehr an den Tisch gebracht werden. Es sei denn, es handle sich um ein ausgesprochen teures Getränk. Die gängigen Schnäpse sind alle in Flaschen, die nach unten gekippt in einem langen Regal hängen. Wo normalerweise der Korken steckt oder ein Schraubverschluß angebracht ist, befindet sich eine Automatik. Man fährt mit dem Glas an die Automatik, drückt auf einen mit Kunststoff überzogenen Hebel, und es fließt genau so viel Schnaps ins Glas, wie die Automatik, die der Wirt einstellen kann, es will. Alles programmiert.

Den Birnentrester für den Kaffee hat Leu in einem Schrank hinter einem Abfalleimer für Aluminiumdeckel versteckt.

In Susanne von Beatenbergs *Adler* dürfte kein einziger Automat stehen. Anstelle eines Wurlitzers müßte ein kleines Orchester spielen. Wie Zigeuner müßten die Musikanten aussehen. Jede Flasche müßte zusammen mit den leeren Gläsern auf einem versilberten Tablett zu den Gästen an die Tische getragen werden. Selbst Mineralwasser und Limonade.

Zum Handbetrieb, denkt Leu und lacht.

«Hast du einen Namen gefunden?» fragt Fuchs und ist bereit, den geringsten Einfall erleichtert aufzugreifen.

Leu schüttelt den Kopf.

«Dann lach bitte nicht, als wolltest du uns erlösen», sagt Siebenthal.

Er werde doch wohl noch lachen dürfen, hier, in seinem Lokal.

«Wie du meinst», sagt Siebenthal, «aber in meiner Geschichte war der Gast König, nicht der Wirt.»

«Königin!» ruft Fuchs, der lange auf die mit goldenem Eichenlaub bekränzte Mütze des während des Zweiten Weltkrieges vom eidgenössischen Milizparlament eingesetzten Generals gestarrt hat.

Die andern wollen nicht in Begeisterung ausbrechen.

Er selber auch nicht. Ihn stören die Hotels und Restaurants, die *Zu den drei Königen* heißen. Melchior, Balthasar und, den dritten Namen vergißt er immer wieder, waren biblische Gestalten, und dort, wo man trinken, essen und womöglich auch tanzen kann, geht es in der Regel nicht allzu biblisch zu. *Die Weisen aus dem Morgenland*, denkt er. Nicht schlecht, auch wenn es immer noch ein wenig zu fromm klingt. Oder *Morgenland*. Das erinnert ihn an die Märchen aus 1001 Nacht. Da gab es doch diese Geschichte mit den vierzig Räubern. *Ali Baba*, sagt er laut.

Weder Leu noch Siebenthal verstehen, was Fuchs so donnernd wie den letzten Trumpf eines schon verloren geglaubten Spiels auf den Tisch der *Bahnhof*-Stube knallt.

Er ist nicht gewillt, eine weitere Erklärung abzugeben.
Also *Ali Baba.*
Aber das nimmt sich neben den *Alten Kameraden,* den
bieder-bürgerlichen, doch gar zu frech aus.
«Atelier», sagt Leu, als ob es das einfachste der Welt
wäre, einen wirklich passenden Namen für Susanne
von Beatenbergs *Adler* zu finden.
Atelier.
Siebenthal und Fuchs sagen das Wort laut vor sich
her, lassen es nachklingen, suchen im Raum und in
sich selber ein Echo.
Gut klingt das Wort. Ausgezeichnet, und Leu, so gern
er es auch getan hätte, braucht nicht zu erzählen und
zu erklären, wie er auf den Namen kam, Fuchs und
Siebenthal wissen ebenso viel von Susanne von
Beatenberg und ihrem Maler, dem sie, statt sich in
Treue gegenüber dem Grenzbesetzungsoberleutnant
Fritz Blumenstein zu üben, im *Adler* Modell gestanden
oder eben, wie es besonders Leu besser gefällt, Modell
gelegen hat.
Keiner weiß mehr, als daß es den Maler Roussin gab.
Eine Ausnahmeerscheinung, offenbar, unter den
zwangsinternierten Franzosen.
Im einen oder andern Haus hängen Zeichnungen und
Aquarelle von ihm. Er verkaufte seine Werke während
des Krieges für sehr wenig Geld. Die Farben ließ er
sich unten in der Kleinstadt, manchmal sogar in der
Hauptstadt kaufen. Einen größeren Papiervorrat
konnte die Besitzerin der Papeterie vorweisen. Ihr
Mann, der Papeterist, stand auch an der Grenze.
Einige Zeichnungen hatte Roussin auch verschenkt.
Einfach so. Die meisten Beschenkten waren wegen der
politischen Lage Frauen gewesen.
Später hatte Susanne von Beatenberg, einige be-
haupteten, sie hätte es bloß getan, um Blumenstein zu

ärgern, geschickt und gezielt durchsickern lassen, die Werke des längst wieder in seiner Heimat arbeitenden Claude Roussin würden von einer erfolgreichen Ausstellung zur andern mindestens das Doppelte an Wert zulegen.

Man kannte auch die Porträts, die er in erstaunlich großer Zahl von Susanne von Beatenberg gemacht hatte.

Die andern Bilder, die Aktgemälde, von denen niemand genau wußte, ob es sie tatsächlich gab, blieben Susanne von Beatenbergs Geheimnis.

Jeder, nicht bloß Leu, Fuchs und Siebenthal, hatte sich im Lauf der Zeit vorgestellt, wie es damals, als Susanne weit und breit die schönste Frau gewesen war, im Privatsalon des *Adler* bei den Aktsitzungen zugegangen sein mußte.

Mit einer Frau, die, wie die Fama berichtet, einmal sogar Vizekönigin von Indien hätte werden können, wenn sie es nur gewollt hätte.

Leu hat mit seinem *Atelier* einen Volltreffer getan.

«Gelandet», präzisiert Siebenthal.

Fuchs ist nicht einverstanden. Er vergleicht den Volltreffer mit einem Schuß, der genau ins Zentrum der Scheibe getroffen hat.

Schießen kann keiner der alten Herren mehr. Aus verschiedenen Gründen.

Sie, die Gründe, aufzuzählen, würde entschieden zu weit führen.

Bei Siebenthal ist es klar. Ihm einen Karabiner in die Hand zu drücken, wäre für eine weitere Umgebung lebensgefährlich.

Auch beim Kegeln kann einer einen Volltreffer erzielen. Dazu haben die drei nicht mehr genug Standfestigkeit.

Fuchs würde, behauptet Leu, mit der Kugel zu den

Kegeln fliegen, und der Volltreffer, der daraus resultieren würde, dürfte nicht gezählt werden.

Das *Atelier* ist ein Volltreffer, der zählt.

Das *Atelier der Alten Kameraden.*

«Man stelle sich die Chose vor», beginnt Fuchs zu schwärmen, und die andern wissen, wenn Fuchs Chose sagt, müssen sie sich auf einiges gefaßt machen.

Fuchs beherrscht, wie sich das für einen Skilehrer und Bergführer gehört, mehrere Sprachen. In unterschiedlichem Maß.

Am häufigsten hat er es mit Engländern zu tun gehabt.

Aber es gab auch eine italienische Stammkundschaft.

Daß die Holländer unbedingt skifahren wollten, war eher ärgerlich.

«Du bist das Inbild des Skilehrers geblieben», witzelt Siebenthal, der als Notar gut reden hat. Die Leute, die zu ihm auf die Kanzlei kamen, wollten alle etwas von ihm, und so mußten sie sich eben den Gepflogenheiten der Kanzlei unterziehen. Siebenthal hatte nie anders als im Dialekt des Oberlands geredet.

Fuchs dagegen hat es mit Leuten zu tun gehabt, die sich ebenso gut einen anderen Skilehrer und Bergführer hätten suchen können. Kaum hatte er die Nationalität festgestellt, wie er das tat, wäre eine andere Geschichte, wurde er zum Belgier, zum Engländer, Amerikaner, Holländer.

«Du hast dich, wenn es sein mußte», behauptet Siebenthal, «sogar in eine Deutsche verwandelt.»

Fuchs fühlt sich durch diese Unterstellung keineswegs beleidigt.

Am liebsten gab er sich aber französisch. Was er von der französischen Sprache und ihren Feinheiten zu erzählen weiß, damit könnte man, meint Leu, ganze Konversationslexika füllen.

Ob Fuchs die Sprache einmal wirklich beherrscht hat,

hätte einzig Susanne von Beatenberg beurteilen können.

Mit den Jahren allerdings hatte sich das Französische mit dem Englischen vermischt. Nicht nur bei Fuchs. Bei allen. Beim einen dominierte das Englische, beim andern das Französische. Wollte sich einer italienisch ausdrücken, konnte es vorkommen, daß selbst der willigste Wintersportler und der geduldigste Bergwanderer sich in einem viel fremderen Land als der Schweiz vorkommen mußte.

Als Fuchs dies einmal beiläufig erwähnt hatte, war es am Tisch sehr still geworden.

«Weißt du», hatte Siebenthal gesagt, «vielleicht leben wir tatsächlich in einem Land, das uns zusehends fremder wird.»

«Zusehends?» hatte Fuchs gefragt. «Eigentlich sieht man es gar nicht so sehr. Man fühlt es, spürt es.»

Doch Siebenthal bestand darauf: Man nehme die entsetzlichen Veränderungen, die Verhäßlichung, in erster Linie mit den Augen wahr.

«Das sagst ausgerechnet du», meinte Fuchs, und er hätte heulen können.

Siebenthal wunderte sich.

«Warum ich?» fragte er. «Warum ich nicht?»

Fuchs mochte keinen Streit anfangen.

Doch für ihn stand es fest. Es war vor allem Siebenthal, der an den entsetzlichen Veränderungen im Dorf, im Tal und überall, wo Fuchs etwas von seiner Heimat verloren zu haben glaubte, schuld war.

Siebenthal merkte, worauf Fuchs hinauswollte, aber es störte ihn nicht. Er konnte sich gut an die Zeit vor den großen Veränderungen erinnern, und vielleicht hatte Fuchs recht.

Seine Mutter war Kellnerin gewesen, eine, die schon früh die Vorteile der Saisonarbeit entdeckt hatte. In einem Hotel unten im Tal hatte sie gearbeitet. Sie war mit ihm schwanger, als sie die Stelle antrat, und kaum war er zur Welt gekommen, war die Saison vorüber.

Die Kellnerin ließ ihn zurück, er kam zu einem Bauern, dessen Frau schon so viele Kinder geboren hatte, daß es auf ein fremdes auch nicht mehr ankam.

Schlecht hatte er es nicht gehabt, niemand hatte ihn besonders ausgenützt. Die Kinder des Bauern mußten genauso hart arbeiten.

Widerlich waren die Wohnverhältnisse gewesen. In der außerhalb des Dorfes stehenden Hütte gab es als Wichtigstes den Stall. Dann waren da noch eine große, rußgeschwärzte Küche und eine Stube. In der Küche wurde gegessen und gelebt. In der Stube geschlafen. Alle schliefen in der Stube, aber er, Siebenthal, schien der einzige zu sein, der sich daran störte, wie der Bauer über seine Frau herfiel. Fast jeden Morgen hörte und sah er, wie die Frau etwas dagegen hatte, wenn der Bauer sich auf sie warf, ein paarmal wie ein Stier zustieß, dann einige Sekunden schwer atmend und grunzend auf der Bäuerin liegen blieb, sich in sein Bett hinüberstemmte, aufstand, in die dreckigen Hosen stieg, ohne Strümpfe in die Holzschuhe schlüpfte, hinausging und sich bei den Kühen zu schaffen machte.

Einmal, als der Bauer sich von ihr wegdrückte und ihr dabei bestimmt wehgetan hatte, fragte die Frau, ob das alles sei.

Der Bauer, sonst ein recht gutmütiger Mensch, schlug der Frau ins Gesicht. Sie blutete aus dem Mund.

Als die andern Kinder erwachten und das mit Blut verschmierte Kissen sahen, sagte die Bäuerin, sie hätte Nasenbluten gehabt.

Siebenthal mußte als Kind die Gabe gehabt haben, vieles unbemerkt zu beobachten, das andern nicht auffiel.

Auch in der Schule begriff er schneller. Was er gelernt und beobachtet hatte, hob ihn bald so weit von den andern ab, daß er auch dem blindesten und taubsten Lehrer auffallen mußte.

Er fiel auf.

Der Bauer wehrte sich, daß ausgerechnet der Bastard in eine bessere Schule sollte.

Als unerwartet die Mutter vorsprach, verstand sie sich auf Anhieb mit der Bäuerin. Die beiden Frauen verschworen sich mit dem Lehrer gegen den Bauer. Die Mutter verpflichtete sich, einen Teil der Kosten für die höhere Schule zu übernehmen. Den Rest besorgte der Lehrer bei den Behörden.

Die Mutter verschwand für eine weitere Saison.

Im Jahr, als Siebenthal das staatliche Examen bestand, starb seine Mutter. Als er in dem Ort eintraf, wo sie beerdigt werden sollte, war er so spät dran, daß man den Sarg nicht mehr öffnen wollte.

Mit den Jahren schien er den Dreck in der Hütte am Rande des Dorfes verdrängt zu haben.

Geblieben war ein Alptraum:

Ein Brett über der Jauchegrube. Links und rechts Schweineställe. Wenig Licht. Im Winter auch Ratten. Und im Brett ein viel zu großes Loch. Nicht daß er hineingefallen wäre, obschon er jahrelang entsetzliche Angst ausgestanden hatte, mit den Händen, mit denen er sich an der abgegriffenen, speckigen Vorderkante festhielt, abzurutschen, das Gleichgewicht zu verlieren und hineinzustürzen.

Schlimmer war die Furcht vor einem Bild, das ihn verfolgte, seit er von einem Hausierer eine Mundharmonika geschenkt bekommen hatte. Auf dem Instrument war ein Bergsee eingraviert. Aus dem See ragte eine Riesenhand, die eine Mundharmonika umschloß.

Weil er die Technik des Mundharmonikaspielens nicht beherrschen lernte, sagte ihm der Hausierer beim nächsten Besuch, alle, die nicht fähig seien, auf einer Mundharmonika *Ich bin ein Schweizer Knabe und hab die Heimat lieb* zu spielen, würden eines Nachts von der Hand auf der Mundharmonika gepackt.

Wohin ihn die Hand ziehen würde, brauchte ihm der Hausierer nicht zu sagen.

Siebenthal verabscheute Bauernhäuser, überhaupt alte Häuser. Nicht die Aussicht, einmal einen angenehmeren Beruf als den seines Pflegevaters ausüben zu können, erleichterte ihn. Aber ein Klosett mit Wasserspülung benutzen zu können, das war es, was ihn sicherer und bald einmal sehr selbstsicher machte.

Als eine Hütte um die andere abgerissen wurde, als anstelle der von der Sonne schwarzgebrannten Holzhäuser Hotels und Chalets aus Backstein und Beton entstanden und, um die Heimatschützer zu besänftigen, mit Holz verkleidet wurden, stimmte er mit gutem Gewissen jedem Abbruch einer Hütte zu, in der es noch kein fließendes Wasser gab.

Stolz war er an den neuen Häusern vorübergegangen, die dank seinem Verhandlungsgeschick hatten gebaut werden können, und jedesmal, wenn Baumaschinen eine alte Hütte niederrissen, versuchte er dabei zu sein, wenn die Jauchegrube aufgefüllt und eingeebnet wurde.

Er stand in einigem Abstand zur Baustelle und fühlte, wie es ihm wohlig über den Rücken schauderte, wenn der Bagger wie ein Sieger dort stand, wo vorher der Grund seiner Angstträume verborgen lag.

Später, als es im Dorf und auch auf den umliegenden Alpen nur noch wenige Häuser gab, in denen man seine Kindheit authentisch hätte verfilmen können, begann er sich in den Musikgeschäften der Kreis- und zuletzt der Hauptstadt nach einer Mundharmonika zu erkundigen, auf der eine Hand eingraviert war, die aus einem Bergsee ragte und eine Mundharmonika umschloß.

Es dauerte lange, bis er fand, was er suchte. Erstaunlich schnell ging es aber, bis er eine einfache Melodie spielen konnte. Als er das kleine Instrument schon recht ordentlich beherrschte, begannen ihn die neueren Häuser zu stören. Er wunderte sich, wie man Dächer entwerfen konnte, die nur noch vor Niederschlägen schützten, architektonisch aber nicht zum Haus gehörten. Er sah die Fenster, die wohl genügend Licht in die Zimmer einließen, aber keine Augen mehr waren, und die mit steinernen Fliesen ausgelegten Toiletten widerten ihn an.

«Wie in einem Schlachthaus oder einem Operationssaal», sagte er zu Fuchs.

Was er damit meine, fragte dieser.

«Nichts», antwortete Siebenthal, aber der Gedanke, er könnte einem jungen Menschen nicht einmal mehr zeigen, wovor er sich als Kind so unheimlich gefürchtet hatte, bedrückte ihn.

12

«Weißt du», fragt ihn Fuchs, «daß ich als Kind beim Beten nur zuhören, aber weder mitsingen noch mitreden durfte?»

Siebenthal starrt den von der Sonne ausgedörrten Skilehrer und Bergführer an.

«Du hast nicht gebetet? Als Kind nicht gebetet?»

«Nein», sagt Fuchs. «Es war mir verboten.»

Was soll er, Siebenthal, zu so etwas sagen. Er, der nie viel gebetet hat, sich aber in wohltuenden Träumen verlor, wenn er sich vorstellte, wie zu jeder Tages- und Nachtzeit Millionen von Gebeten von den Menschen aufstiegen, und niemand wußte genau, wohin sie gingen, bevor sie ihr Ziel erreichten.

Sie sitzen da, und keiner ahnt, was der andere denkt.

Fuchs sieht Siebenthal mit seinen langen, zittrigen Fingern auf die Tischplatte trommeln, und er erinnert sich an seine erste Begegnung mit der Geistlichkeit.

Lange und fast fleischlose Finger hatte der Pfarrer, der immer wieder versuchte, ihn und die andern Konfirmanden auf Wege zu leiten, die wegführten von dem, was ihn und die andern jungen Burschen und Mädchen so brennend interessierte. Der Pfarrer klopfte mit der Faust auf den Rand der Kanzel, und auf einmal schoß ein langer, dürrer Zeigefinger aus der Faust, zeigte auf jemanden, und das war der Beginn einer ungeheuren Rede gegen alles Fleischliche.

«Du, Fuchs, zähle mir die sündhaften Partien eines sündigen menschlichen Körpers auf!» forderte der Mann hinter dem dürren, wie ein Hühnerbein aussehenden Finger ihn auf.

Er war sich keiner sündigen Partien bewußt. In den Pilzen war er am Tag zuvor gewesen, und der Freund, der ihn begleitet hatte, ein etwas älterer Handelsschüler, hatte die Pilze den ihm passend erscheinenden Stellen des weiblichen Körpers zugeteilt. Die Eierschwämme dem Haar, den Hallimasch den Achselhöhlen, die Fliegenpilze der Brust, eine Morchel dem Nabel. Wahrscheinlich waren das die Partien, die geradewegs zur Hölle führten. Also fragte er den Pfarrer, ob er mit einem Gleichnis antworten dürfe. Der Pfarrherr mißtraute der Sache, ließ ihn aber gewähren.

«Fangen wir oben an», begann er, und der geistliche Herr erschrak. Wo es ein Oben gab, gab es auch ein Unten. Für ein Redeverbot war es zu spät.

«Im Haar also. Im Haar stecken Eierschwämme, Kantarellen.»

Niemand verstand ihn, niemand lachte, keiner errötete.

«Unter den Armen, in den Achselhöhlen, den stets ein bißchen feuchten, wuchert Hallimasch.»

Einige begannen zu schnüffeln.

«Die Brüste sind verbotene Fliegenpilze.»

«Er sagt ein Gedicht auf, Herr Pfarrer», meldete sich ein Mitkonfirmand, als der geistliche Herr ihn, Fuchs, unterbrechen wollte.

«Im Nabel eine Morchel, und etwas weiter unten wachsen...»

Der Pfarrer schlug mit der Faust auf die Kanzel, der Finger schoß auf die Konfirmanden nieder, und aus dem Mund des Geistlichen röhrte es: «Totentrompeten!»

Auch Leu hing Erinnerungen nach. Je älter er wurde, desto mehr behielt er seine Kindheitserlebnisse für sich. Vielleicht ging es ihm ähnlich wie Siebenthal, der den Verlust seiner Identität viel zu spät bemerkt hatte. Jedenfalls wollte er an den schönsten Zeiten seines Lebens nicht jedermann teilhaben lassen.

«Das verbraucht», sagte er.

Da war einmal ein Fahrender gewesen.

«Wenn du am Morgen, wenn die Sonne aufgeht, und am Abend, wenn sie wieder untergeht, laut in die Sonne hineinsingst *All Morgen ist ganz frisch und neu,* wird sich etwas ändern. Verändern.»

«Weshalb?» hatte er den Fahrenden gefragt.

«Weil du sonst den Aufgang und den Untergang der Sonne hören würdest», hatte der Fahrende geantwortet. Mehr hatte er nicht gesagt. Auch nicht, was sich ändern würde.

Zuerst hatte er festgestellt, daß die Sonne weder lautlos unter- noch lautlos aufging.

Dann hatte er gesungen.

«Weiß Gott», denkt Leu, «vieles hat sich verändert.»

Er hat sich eine Zigarre angezündet, hat lange mit einem brennenden Zündholz das Brandende mit Feuer bedacht.

«Eine gute Zigarre muß man bedächtig mit Feuer bedenken», sagt er sich und denkt nicht daran, ob der Begriff überhaupt verstanden werden könnte.

Wer ihn nicht verstünde, könnte ihm zusehen.

Viel Freude bleibt ihm im Bergfrühling nicht. Er ist froh, daß jenseits der Straße, in der einzigen, ganzjährig belegten Wohnung eines scheußlichen Appartementhauses ein junges Ehepaar wohnt und ihm zumindest mit hell erleuchteten, wenn auch durch dichte Vorhänge abgeschirmte Fenster etwas Abwechslung bietet.

Kinder, kleine Kinder, hat das Paar, und die Frau erinnert ihn an jene Bäuerin im Emmental.

Er selber war schon zehn Jahre verwitwet, als er das Stechen auf der Brust nicht mehr ertrug. Der Arzt sah ihn lange an und erklärte ihm, seine Schmerzen hätten nicht das geringste mit dem Tod seiner Frau zu tun. Es handle sich um ein ganz und gar körperliches Leiden. Leu hatte schon befürchtet, man müßte ihn früher oder später in eine Nervenklinik einliefern, und dann stellte sich heraus, daß er in ein gewöhnliches Spital gehörte, wo man seine Atemwege auskurierte, bevor man ihn einen Sommer lang ins Emmental schickte, wo asthmatische Städter auf der Suche nach besserer Luft schon früher Heilung gesucht hatten. Die hätte er zu Hause auch gehabt, die gute Luft, aber das Dorf lag zu hoch, und zudem hätte er sich kaum ganz von der Arbeit in seinem Hotel und Restaurant zurückziehen können.

Also das Emmental. In einem behäbigen Landgasthof mit breit ausladendem Dach.

Ein Luftkurort mit weitem Blick über die hügelige Landschaft bis hin zum Jura. Stand Leu auf einem der Hänge, drehte er sich langsam um, alles geschah im Emmental bedächtig langsam, sah er die Kette der Viertausender, vom Wetterhorn bis zum Mont Blanc. Den Jura konnte er begreifen, das langgezogene Band, das hinter dem Mittelland aus dem Neuenburger- und Bielersee aufstieg und oft so blau schimmerte, daß man dachte, die Bläue der Seen spiegle sich in den von Weinbergen bestandenen Südhängen. Und dahinter, so als ob er es mit etwas Phantasie sehen könnte, Frankreich. Drehte er sich um zu den Alpen, geriet er ins Staunen. Da war er mitten zwischen diesen weißen, im Abendlicht tatsächlich rotschimmernden Bergen aufgewachsen, war Ehemann, Witwer und schließlich krank geworden und kam nun aus einem sich wohlig im ganzen Körper ausbreitenden Staunen nicht heraus, wenn er die ihm so vertrauten Gipfel aus einer Entfernung betrachtete, die, wenn er sich die wirkliche Distanz ausrechnete, gar keine eigentliche Entfernung war.

Auf dem Heimweg zu seinem Gasthof, wo man ihm quasi nach einem Rezept seines Arztes mit der etwas derben Emmentaler Kost wieder Fleisch auf die Knochen brachte, ging er an einem der schönsten Bauernhöfe vorbei.

Neben dem Bauernhaus, in dem auch die Ställe und das Ökonomiegebäude untergebracht waren, stand ein weiteres Haus, ein Wohnhaus, das Stöckli, wohin sich die Eltern zurückzogen, wenn die Jungen den Hof übernahmen.

Hier verhielt sich die Sache anders. Der Bauer war noch kräftig, zu kräftig, um schon ans Übergeben des Hofes zu denken. Der Sohn, der den Betrieb einmal übernehmen würde, hatte vor kurzem geheiratet. Er bewohnte mit seiner Frau das Haus neben dem Haus. Davor, gegen die Landstraße hin, befand sich ein äußerst gepflegter Garten, und die junge Frau, die in Sachen Gepflegtheit dem Garten nicht nachstand, verbrachte viel Zeit, der Schwiegermutter zu zeigen, daß ihr Sohn keine schlechte Wahl getroffen hatte. Sie stand fast immer im Garten, schaute sich die Gemüse- und Blumenbeete an, hackte, rechte, jätete, setzte und säte.

Leu sah ihr zuerst aus einiger Entfernung zu, später wagte er sich von Tag zu Tag etwas näher heran, bis er schließlich am Gartenzaun stand und, er war ja nicht vergebens Gastwirt, ein Gespräch suchte.

Vom Gärtnern verstand er nichts. Bei ihm im Bergdorf wuchs nicht mehr besonders viel.

Das wunderbare Wetter gab fürs erste genug Gesprächsstoff und ihm Zeit genug, den für eine Bäuerin sehr feinen Körperbau der Frau zu bemerken. Sie kleidete sich so, daß die schmale Taille, die nicht zu breiten Hüften, die ebenmäßig geformte Brust, die im richtigen Maß muskulösen Arme, der lange Hals und die verführerischen Beine selbst ihm, einem rekonvaleszierenden Witwer, ins Auge stechen mußten.

Die Männer hatten auf den Feldern und Äckern zu tun, und die Schwiegermutter versorgte ihren Garten, der hinter dem großen Haus etwas zu schattig angelegt war, von Holunderbüschen und Brombeerhecken so abgeschirmt, daß man hätte meinen können, es gebe darin etwas zu verstecken.

216

Leu fand bald heraus, daß die junge Frau erst seit ein paar Wochen die Ehefrau des jungen Bauern war. Sie hatten eine kurze Hochzeitsreise gemacht, waren übers Wochenende nach Venedig gefahren. Im Spätherbst wollten die zwei einiges nachholen, wollten nachsehen, ob das Hotel, in dem sie ihre zweite Hochzeitsnacht verbracht hatten, noch stehe. Dann wollten sie weiter nach Süden reisen.

Die zweite Hochzeitsnacht sei eigentlich die erste gewesen, denn im Emmental müsse der Hochzeiter schon am reichhaltigen Brautmahl beweisen, daß er ein ganzer Mann sei, indem er mit jedem der durstigen Gäste mithalte.

«Hat er es bewiesen?» fragte Leu die junge Frau.

Die lachte.

«Den Männern schon», sagte sie wie beiläufig.

Sie trug ein rotes, etwas verwaschenes Kleid. Barfuß war sie. Sie schimpfte über das Unkraut, bückte sich mal zu ihm her, mal von ihm weg und zupfte aus der mastigen Erde, was nach ihrem ordentlichen Geschmack nicht dorthin gehörte.

Leu erwischte sich dabei, wie er den jungen Bauern, dem er schon begegnet war und den er als viel zu grobschlächtig für diese bezaubernd schöne Frau fand, zu hassen begann. Erklären konnte er sich das Gefühl nicht, und darüber zu sprechen wagte er nicht.

Immer häufiger machte Leu einen Umweg, der ihn an dem wohlgepflegten Garten vorbeiführte. Zwar mied er den direkten Kontakt, blieb so stehen, daß er den Garten nur mehr durch das Blattwerk schützender Bäume einsehen konnte.

Kartoffeln wuchsen in der äußeren Hälfte des Gartens.

«Was will sie bloß mit so viel Kartoffeln?» fragte sich Leu.

Im Emmental wuchsen auf jedem dritten Acker Kar-

toffeln. Er war sicher, daß der alte Bauer mit Kartoffeln eine Menge Geld machte. Weshalb mußte dann
die junge Bäuerin fast die Hälfte ihres Gartens, ihres
an sich schon zu großen Gartens, an Kartoffeln vergeuden?

Schön waren sie anzusehen, jetzt, im Vorsommer, die
Furchen, aus denen die im Frühjahr gesetzten Kartoffeln ihr Kraut trieben.

Zu tun gaben Kartoffeln, waren sie einmal gesetzt und
zugefurcht, nichts mehr. Erstaunlich darum, daß die
junge Frau barfuß und gespreizt in zwei Furchen stand
und mehr Zeit damit verbrachte, die sprießenden Kartoffeln zu betrachten, als aus den andern Beeten das
Unkraut zu zupfen.

Ob sie sie vielleicht zählte, um sicher zu gehen, daß
keine Knolle Unfrucht gewesen war?

Später kniete sie bei den Erdbeeren nieder, nahm die
unreifen Früchte zwischen die Finger, steichelte sie.
Einmal schien sie eine Schnecke entdeckt zu haben.
Als sie sich wieder erhob, hatte sie etwas in ihrem
schönen Mund, kaute, würgte wie ein Kind, das man
gezwungen hat, etwas ihm zutiefst Verabscheuungs-
würdiges zu essen.

Einen Feldstecher hätte sich Leu gewünscht.

Die seit ein paar Wochen verheiratete Frau rannte
zurück zu den Kartoffeln, stellte ihre nackten Füße in
zwei parallellaufende Furchen, krümmte ihren Rük-
ken, richtete sich wieder auf, griff mit beiden Händen
zum Mund, schien etwas, das ihr über die Lippen
kriechen wollte, gewaltsam in den Mund zurückzu-
schieben, würgte erneut, bis es sie gewaltsam aufrich-
tete, als hätte sie einen elektrischen Schlag erhalten,
dann knickte die Frau zusammen und erbrach sich.

Leu war im Emmental zur Kur.

Und nun das.

Eine junge, schöne Frau. Ein Garten, in dem im Herbst geerntet werden sollte.

Eine Schnecke mußte es gewesen sein, eine jener widerlichen braunroten Schnecken, die, trat man auf sie, ohne das porzellanene Knacken der Weinbergschnecken, mit dem schmatzenden Laut eines abrupt abgebrochenen Kußes verendeten.

Es schüttelte Leu. Fast hätte er sich auch übergeben.

Als junger Mann hatte er die Hände voller Warzen gehabt, die er mit allerlei in Drogerien, Apotheken und beim Quacksalber beschafften Tinkturen behandelt und, weil er sie nicht wegbrachte, schwarz und unansehnlich gepinselt hatte. Bald traute er sich nicht mehr, irgendwem die Hand zu geben, und ans Tanzen wagte er schon gar nicht mehr zu denken. Wer ihm geraten hatte, es in einer Vollmondnacht mit den rotbraunen Schnecken zu versuchen, daran erinnerte er sich nicht mehr. Aber er wußte noch, daß er die Schnecken, die er einzeln über die Warzen kriechen ließ, mit dem Daumen der andern Hand zwingen mußte, dabei ihren kaum mehr wegzuwaschenden Schleim abzusondern. Noch lange danach hatte er befürchtet, die Schnecken würden sich irgendeinmal rächen, ihm den bestimmt schmerzenden Daumendruck heimzahlen.

Die Warzen verschwanden. Nicht gerade über Nacht und auch langsamer als der Schneckenschleim. Aber sie verschwanden, und als er sich zum erstenmal ahnungslos zu in Butter und Kräutern geschmorten Weinbergschnecken einladen ließ, erschrak er am darauffolgenden Morgen, als er den nicht mehr sehr appetitlichen Nachgeschmack selbst nach längerem Zähneputzen immer noch im Mund behielt.

Leu schüttelt den Kopf.

«Hast du etwa an unsere Schnecken gedacht?»

Leu erschrickt. Hat Fuchs seine Gedanken erraten? Niemandem hatte er doch von diesem Erlebnis im Emmental berichtet. Es reichte, daß er sich seitdem vor Jungvermählten fürchtete. Ein Glück, daß es nur selten Paare gab, die auf ihrer Hochzeitsreise im *Bahnhof* abstiegen.

«Schnecken?» fragt Leu, und Fuchs hält es nicht mehr für nötig, etwas zu erklären.

Auch er ist seinen eigenen Gedanken nachgehangen.

Der Plan, das Grandhotel mit dem *Adler* zusammenzulegen, den soignierten, granitenen Luxus mit dem verspielten Filigran einer angegrauten Heiterkeit zusammenzuspannen, beflügelt zwar seine Phantasie, aber wie das alles zu handhaben und praktisch zu bewerkstelligen sein soll, übersteigt sein Vorstellungsvermögen.

Er versucht sich vorzustellen, wie sich Leute in seinem Alter in den beiden Hotels einquartieren, die einen, die eher von Erinnerungen zehren, in den *Alten Kameraden,* die andern, die in Gedanken durchaus noch Nordwände bestiegen, im *Atelier.*

Aber dann?

Und weshalb überhaupt?

Um Fritz Blumenstein und die von Beatenberg zu sanieren?

Was konnte ihnen schon geschehen?

Ein Konkurs?

Beide bezogen längst die staatliche Altersrente. Beide waren sie im Dorf heimatberechtigt, hatten somit ein verbrieftes Anrecht auf einen Platz im Altersheim unten im Tal.

Nach einem Konkurs würden sich die beiden Herrschaften sowieso im Dorf nicht mehr wohlfühlen. Sie hätten das Gefühl, die Leute würden mit den Fingern auf sie zeigen.

Fuchs versucht sich auszumalen, wie er auf eine Einlieferung ins Altersheim reagieren würde. Er sieht das Geld auf dem Tisch und beginnt sogleich wieder an ihren Plan zu denken, der schließlich auch ihm die eine oder andere Lustbarkeit bescheren sollte.

Und da sieht er, wie es Leu schüttelt und ist froh, die mühsamen Überlegungen über das *Atelier* der *Alten Kameraden* für einen Augenblick zu verdrängen und sich statt dessen an die Schnecken zu erinnern, die ihm Leu für das gelbe Rennrad zu bezahlen hatte.

Leu hatte nie aktiv Sport getrieben, obwohl er wahrscheinlich das Zeug zu einem Skirennfahrer gehabt hätte. Aber er, Fuchs, hatte ein gelbes Rennrad besessen, auf dem er sich in den Sommermonaten, ohne aus dem Sattel zu steigen, über die Alpenpässe quälte, um sich Waden- und Oberschenkelmuskeln für den Winter anzutrainieren.

Nach seinem berühmt gewordenen Sturz offerierte ihm eine Mineralwasser aus dem Boden zapfende Firma zusammen mit einer Unfallversicherung ein rotes Rennrad, wenn er sich verpflichtete, auf seinen Paßfahrten ein Hemd mit entsprechenden Aufschriften zu tragen. Das Wort Trikot gebrauchte man damals noch nicht.

Leu wollte ihm für das alte gelbe Rad zweihundert Franken bezahlen. Eine sehr beträchtliche Summe. Während sie noch über den Kauf verhandelten, tranken sie zu viel. Das heißt, Fuchs, der als Sportler nicht so an Alkohol gewöhnt war wie der Wirte- und Hotelierssohn, kam sehr schnell in Stimmung und schlug Leu vor, sie könnten sich im Tal in ein Spezialitätenlokal setzen und so viele Schnecken auf Leus Kosten essen, wie sie beide zu essen fähig wären.

Fuchs weiß, daß es Leu immer noch schüttelt, wenn er an die verschlungenen Schnecken denkt, und ihn überkommt Heiterkeit.

13

Fuchs ist an die Großen, die sich mit Butler und Kammerzofen, mit einer Nurse für die kleinen und einer Erzieherin für die größeren Kinder, mit Körben, Koffern, Plaids und Taschen mit unzähligen Unter- und Nebentaschen in die Berge verirrten, nicht oder doch nur selten herangekommen.

«Ist mir auch egal», sagt er sich. Er hat sich ohnehin stets geweigert, die feinen Herrschaften zu begreifen, die eine Großstadt wie London verließen, um sich in die trostlose Langeweile eines Schweizer Bergdorfes zu begeben.

Doch, ja, er gibt gerne zu, daß das Ereignis ein ganz anderes war, als zum Beispiel der Clan der Malcauleys anrückte. Heute schiebt jede Zugskombination einen offenen, mit Spezialgestellen versehenen Wagen vor sich her. Skis, die kniehohen Skischuhe, eventuell Schlittschuhe, immer mehr auch raffiniert konstruierte Schlitten und das Gepäck von mehr als hundert Gästen finden darin Platz.

Wenn Lord Malcauley kam, wurden zwei Zweitklasswagen fürs Gepäck, ein Erstklasswagen für die Bediensteten und ein Salonwagen für Seine Lordschaft zusammengehängt.

Heute herrscht an den von allen gefürchteten Ankunftssamstagen auf dem Bahnhof ein heilloses, widerliches, jeden ruhesuchenden Gast abschreckendes Durcheinander. Die Fremden kommen zwar je länger je lieber in einen autofreien Kurort, doch können sie nicht mit der Tatsache umgehen, mit zu viel Gepäck vor einem Bahnhof zu stehen und um die wenigen, von den Behörden rigoros limitierten Transportmobile zu kämpfen.

Seit kurzem stehen samstags die zwei Dorfpolizisten mehr oder weniger auffällig auf Leus Terrasse, von wo sie das Getue vor dem Bahnhof übersehen und gegebenenfalls rasch eingreifen können. Noch wirkt die Präsenz der Gendarmerie. Seit aber die Hotellerie genau wie die Banken, die Versicherungen, die Uhren- und Maschinenindustrie, die Käseunion und die großen Chemiebetriebe mit Wachstumsprozenten kalkuliert, könnten die zwei Polizisten in absehbarer Zeit mehr als ihnen und ihren Vorgesetzten lieb wäre zu tun bekommen.

Von wegen der Ellbogenfreiheit schon bei der Ankunft. Als noch die Malcauleys kamen, begann die Arrivée bereits unten im Tal, wo das Gepäck in die Wagen der Zahnradbahn verladen wurde und die Herrschaften in Stadtschuhen eine erste Rutschpartie wagten. Susanne von Beatenberg schickte jeweils Pierre Lüscher, ihren Küchenchef, ins Tal hinunter, ausgerüstet mit Champagnerkübeln, mehreren Kartons hochstieliger Kelche, silbernen Tabletts und zwei livrierten Saalkellnern.

Lord Malcauley revanchierte sich bei Susanne von Beatenberg, indem er im großen Salon des *Adler* eine Teezeremonie nach schottischer Art zelebrierte. Im Kilt.

Die Damen setzten sich den Wänden entlang im Kreis, trugen Hüte mit Schleiern und feste Schuhe. Frau von Allmen, der Lord Malcauley das Zubereiten des Teewassers zutraute, begann es insgeheim immer an den Beinen zu jucken, wenn sie die schafwollenen Strümpfe der mit viel schwerem Schmuck behangenen Damen der feinsten und besten Gesellschaft sah. Ein Juniorbutler schenkte ihnen den Tee ein. Er machte dazu den gleichen spitzen Mund wie die Damen, die starr an ihm vorbei auf Susanne von Beatenberg schauten.

Susanne von Beatenberg unterhielt sich mit den Herren, sofern sie nicht ausschließlich von Lord Malcauley in Beschlag genommen wurde.

Nach dem ersten Schlückchen begannen die Damen über die indezenten Kleider der Frau von Beatenberg zu tuscheln. Einige hüstelten bloß, hoben indigniert die Augenbrauen, bis Lord Malcauley sie mit einem Blick zur Ordnung rief.

Die andern Herren standen, drückten Zeigefinger und Daumen der linken Hand an den Tassenhenkel, den kleinen Finger diskret abgewinkelt, wie sie es in Eaton gelernt hatten, und fuhren sich nach jedem Schluck mit dem Mundtuch über den Bart.

Onduliert durfte nur der Bart des Familienoberhauptes sein.

Nach einer Weile verlangte Lord Malcauley nach Whiskey. Die Damen atmeten auf, einige erhoben sich und begannen den Stoff und das enganliegende Kleid Susanne von Beatenbergs aus der Nähe zu begutachten.

Man umarmte sich, man begann sich nach Abwesenden zu erkundigen, man stellte fest, der Champagner sei von einem deliziösen Jahrgang gewesen, und vor allem, man trank den Whiskey aus großen Gläsern, die einen mit Eiswürfeln oder Sodawasser, die andern pur. Lord Malcauley war ein Purtrinker, aber er übte sich in Toleranz, wenn es ihm auch schwerfiel.

Susanne von Beatenberg wußte um die versteckt vorgebrachten Wünsche nach etwas zum Tee, ließ den Damen von Pierre Lüscher zubereitetes Knuspergebäck und sehr, sehr diskret, schwedischen Sumpfbeerenlikör servieren.

Lord Malcauley besann sich des maître de plaisirs, ließ nach ihm und seinem Orchester rufen.

Der Gerufene stand mit seiner Crew hinter den halbgezogenen Vorhängen zum Ballsaal bereit.

Ein Tusch, ein lautes Hallo. Ein Piccolokellner erschien mit einem Dudelsack, die ganze Gesellschaft applaudierte, Lord Malcauley brachte mit einem eleganten Hüpfer seine Füße in die richtige Stellung, ergriff das Instrument, prüfte es, wie er auch ein zu erhandelndes Pferd geprüft hätte, blies den Sack auf und begann als Solist zusammen mit dem kleinen Orchester zu spielen, wie es seither nie mehr einer fertiggebracht hat.

Das schottische highland tat sich auf, der Salon füllte sich mit den wunderschönsten monotonen Melodien. Susanne von Beatenberg riß die Vorhänge zum Ballsaal ganz zurück. Nicht daß man in den großen Raum gewechselt hätte. Es ging einzig darum, dem Spiel Lord Malcauleys mehr Resonanzmöglichkeiten zu verschaffen. Die Männer stellten ihre Gläser auf den nächsten Sims und begannen zu tanzen. Die Damen klatschten nicht, wie das bei den Nationaltänzen mancher Völker der Fall ist, sie nickten bloß und setzten dem Likör der Susanne von Beatenberg kräftig zu. Diese unbändige Trinklust stachelte die Männer zu zusehends gewagteren Schritten an.

Im Dorf auf der Sonnenterrasse lacht man seit jeher über die stets wiederkehrende Frage, ob die Schotten unter dem Kilt wohl noch etwas trugen oder nicht.

«Lord Malcauley», sagt Fuchs in die kleine Runde seiner Freunde. «Er lebt nicht mehr, ich weiß, aber seine Familie, nach dem Krieg ist doch immer wieder der eine oder andere fast ebenso verrückte Nachfahre zu uns gekommen.»

«Du meinst», fragt Leu, «die Malcauleys könnten ein Interesse an unserem *Atelier der alten Kameraden* haben?»

«Es könnte doch sein», antwortet Fuchs, «ich weiß jedenfalls, daß der Enkel des Alten in London eine Galerie betreibt. Nicht gerade Sotheby, aber doch sehr renommiert. Ihr versteht, nicht weltberühmt, aber doch sehr im Sinn von Fritz Blumensteins ‹was jeder kennt, kennt eben jeder›. Der Alte wollte das Bild am Ende des Ganges doch immer schon haben.»

«Und hat es nie bekommen», sagt Siebenthal. «Du bist verrückt, wenn du glaubst, Susanne würde sich noch so kurz vor ihrem Tod von dem Bild trennen.»

«Pietätlos», sagt Leu, und Siebenthal entschuldigt sich. Er habe es nicht so gemeint. Selbstverständlich gönne er Susanne von Beatenberg noch viele Jahre, aber diese Jahre, so meine er, sollte sie noch unter dem Bild am Ende des Ganges verbringen können.

Fuchs' Heiterkeit ist unverkennbar. Seine Augen leuchten fast wie damals, als er Lord Malcauley über den Gletscher auf den Mönchsgipfel führte und ihm der Engländer respektive Schotte sagte, er könne ihm das deutsche Du nicht antragen, da es sich seiner Meinung nach um eine Unform handle. Er meine aber, solange sie sich über dreitausend Meter befänden, sollten sie sich beim Vornamen nennen. Anthony heisse er. Fuchs traute seinen Vornamen nicht zu sagen. Er wußte, daß der schottische Edelmann es als Beleidigung aufgefaßt hätte.

«Ich meine ja auch nicht, der Malcauley der dritten Generation solle das Bild kaufen, aber er soll herkommen, das Bild begutachten und ein Angebot machen. In aller Öffentlichkeit. Und Susanne wird ohne unser Dazutun entrüstet nein sagen. Malcauley wird erhöhen, immer wieder erhöhen, und schließlich enttäuscht, weil er eines der wertvollsten Gemälde der entschwundenen Epoche vollendeter Gastfreundschaft nicht für einen ungenannt bleiben wollenden Käufer und Liebhaber hat erstehen können, abreisen. Aber das macht nichts. Denn inzwischen wird es Feuz zu Ohren bekommen haben. Und wenn Siebenthal, der sich in Bankkreisen ein bißchen auskennt, noch das

Seine dazu beiträgt, wird Feuz unserer Susanne jeden gewünschten Kredit zur Sanierung ihres *Adler* gewähren.»

Siebenthal, der hinter Fuchs' braungebrannter Stirn nicht so viel Schlitzohrigkeit erwartet hat, schüttelt den Kopf und beginnt zu zittern, als ihm bewußt wird, daß nun in der Tat etwas zu geschehen hat, daß sie nicht auseinandergehen können, ohne etwas gegen den Abriß oder die Schließung der Hotels der Susanne von Beatenberg und des Fritz Blumenstein unternommen zu haben.

Also kein Alkohol mehr, und weil er nicht weiß, ob die andern sich überhaupt des Ernsts der Lage bewußt sind, sagt er laut:

«Meine Herren, ich meine, wir sollten jetzt wieder in jeder Beziehung nüchtern werden.»

Leu versteht ihn nicht.

«Fühlst du dich denn betrunken?» fragt er.

Siebenthal verneint.

«Ich weiß noch nicht, was genau ich von Fuchs' Idee halten soll, aber es ist eine Idee, und es soll, falls wir eine unserer Ideen zur Finanzierung unserer Freunde ausführen, nicht heißen, sie sei einer Wein- oder Schnapslaune entsprungen.»

Fuchs klopft Siebenthal auf die Schulter.

«Du sprichst mir aus dem Herzen», sagt er zum alten Notar.

«Nicht kitschig werden!» mahnt Leu. «Aber du hast recht, Siebenthal. Also brauchen wir jetzt wohl einen starken Kaffee.»

«Vielleicht», meint Siebenthal und zwinkert Fuchs zu, «sollten wir zur Erinnerung an Malcauley Tee trinken.»

Leu ist dagegen. Tee ist für ihn ein Leben lang ein

Gesöff für Leidende, für Nieren- und Blasenkranke gewesen.

«Punkt eins», sagt Siebenthal, «wie bringen wir den jüngsten Malcauley hierher. Seit Jahren ist kein Mitglied des Clans mehr hier gewesen.»

Fuchs strahlt übers ganze Gesicht. Er weiß, wenn er sich erregt, errötet er, und wenn er errötet, bekommt das seiner Haut nicht. Fleckig wird sie dann, noch unansehnlicher.

Doch das ist ihm jetzt egal.

«Mit unseren sechstausend Franken lassen wir ihn erster Klasse einfliegen, holen ihn mit einem gemieteten Rolls Royce am Flughafen ab und bringen ihn bei Leu im teuersten Appartement und beim besten Whiskey unter.»

Leu ist beleidigt. Am liebsten hätte er noch einen Tausender auf den Tisch gelegt, aber vielleicht hätten ihm das seine Freunde als Affront ausgelegt.

«Wenn er kommt, logiert er gratis, und wenn er mir meinen Whiskeyvorrat wegtrinkt.»

Es ist Leu, als müsse er seinen Freunden etwas Entscheidendes mitteilen. Aber es fällt ihm nicht ein. Hat er schon so viel getrunken, daß ihn sein Gedächtnis im Stich läßt?

Doppelte Espressi läßt er aus seiner verchromten Kaffeemaschine in die Tassen laufen. Vorsichtig, als ob alles von der Zubereitung des belebenden Getränks abhinge, drückt er den Kolbenhebel nach oben und preßt den letzten Tropfen aus dem fein gemahlenen Kaffee.

Und da ist es!

Als er die Tassen auf den Tisch stellt, hat Leu fast das Bedürfnis, Fuchs übers Haar zu streichen. Er stellt etwas verwirrt fest, daß er an Freundschaft denkt, wie er Fuchs so hoffnungsfroh dasitzen sieht.

«Die Malcauleys, leider muß ich das sagen, sind schon lange nicht mehr so vermögend wie sie es früher waren. Da war die Erbschaftssteuer zu zahlen, und außerdem hat es der alte Herr ein wenig zu bunt getrieben. Hier bei uns mochte es noch angehen. Bei Susanne ließ er bloß einige Zehntausende liegen, aber leider gefiel es ihm auch an der Côte d'Azur und in Monte Carlo.»

Fuchs läßt sich nicht entmutigen. Das möge für den alten Malcauley zutreffen, aber der Besitz des Clans habe sich über ganz England, Schottland und Wales erstreckt. Zudem habe Lord Malcauley auch noch den einen oder andern schöngelegenen Sitz an der Côte besessen. Vielleicht sei davon einiges draufgegangen, das wolle er nicht abstreiten, aber der Grundstock des riesigen Vermögens sei noch vorhanden, dafür lege er beide Hände ins Feuer.

Leu fühlt sich durch Fuchs' Anteilnahme am Schicksal eines schottischen Adelsgeschlechts gerührt, und er überlegt, ob er mit seinen absolut zuverlässigen Informationen aus dem DHO-Club herausrücken soll oder nicht.

«Bei deinen hochfliegenden und weiß Gott nicht dummen Plänen», beginnt er, «muß ich dir dennoch klaren Wein einschenken.»

«Nein, keinen Wein mehr!» wehrt Fuchs ab. Für ihn ist die Sache bereits gelaufen. Er will auch gar keinen feudalen Bau mehr aus dem *Adler* machen, er sieht sich bloß als Helfer in der Not, etwa so, wie wenn er im Rahmen einer Rettungsaktion einen verirrten Bergsteiger aus einer Gletscherspalte ziehen würde. Lord Malcauley war nie in eine Gletscherspalte gestürzt. Wie auch. Meistens wurde er von Fritz Blumenstein geführt, und der hatte bekanntlich das absolute Berggespür.

«Die Malcauleys können mit Müh und Not noch ihre Schlösser halten. Zu unserer Zeit wäre es eine Ehre gewesen, einmal im Leben zu einem Rundgang durchs Stammschloß eingeladen zu werden. Heute steht sogar das Schlafzimmer seiner Lordschaft dem zahlenden Publikum offen, und das jetzige Oberhaupt des Clans führt die Touristen selber. Im Kilt. Und so wie unser Lord Malcauley anläßlich der überbordenden Teepartys den Dudelsack spielte, so bläst heute ein Malcauley ein paar Töne, und ich kann mir, zwar nur mit Grausen, vorstellen, wie die Besucher, darunter wohl auch der eine oder andere Festländer, zu tanzen beginnen.»

«Meinetwegen», sagt Fuchs, «Armut soll schließlich keine Schande sein. Wir brauchen für Feuz auch nicht einen Schloßbesitzer, wir brauchen einen international renommierten Galeristen, einen Mann von Welt, dem keiner auch nur den kleinsten Schwindel zutraut. Es geht, meine Freunde, nicht bloß um das Bild am Ende des Ganges, es geht auch um die Bilder des Franzosen, um die *Liegenden* des bekannten englischen Bildhauers, es geht um den schier unerschöpflichen Schatz an Kunstwerken unserer Susanne von Beatenberg.»

Siebenthal kennt die Bilder, kennt die sonderbar verzogenen Skulpturen, er kennt einige der in den Schubladen der Salons aufbewahrten Bilder, Grafiken und Stiche. Er kennt aber auch den Besitzerstolz der *Adler*-Susanne. Er kann sich trotzdem für Fuchs' Idee begeistern. So wie er den Coup versteht, müßte Susanne von Beatenberg die Bilder, das Bild am Ende des Ganges ganz besonders, gar nicht herausrücken. Bloß anbeißen müßte Feuz. Eine Lust müßte es sein, ihn an der Angel zappeln zu sehen.

Leu läßt sich nicht davon abbringen, mit den Malcauleys seien der *Adler* und das Grandhotel nicht zu retten.

«Ihr habt gewiß schon mal die Whiskeyreklame mit den drei rothaarigen, rotgesichtigen Herren im Kilt vor schottischer Hochmoorlandschaft gesehen. Die drei müßt ihr einmal etwas näher ansehen.»

Er geht hinter den Tresen, kramt in alten Zeitschriften und bringt die besagte Reklamefotografie an den Tisch.

«Da», triumphiert er, «schaut sie euch an!»

Siebenthal und Fuchs starren ungläubig auf die Zeitschrift. Kein Zweifel kann bestehen, es müssen alle drei echte Malcauleys sein. Vielleicht sind ihre Gesichtszüge nicht mehr so kantig wie es die des Alten waren, aber unverkennbar sind die Augen, die Nase und vor allem die buschigen Augenbrauen. Auch die rot.

«Zu rot», findet Siebenthal, und Fuchs pflichtet ihm bei.

Der eine der drei Schotten trägt gar einen ondulierten Backenbart.

«Erkennst du deinen Galeristen?» fragt Siebenthal.

«Ich glaube», antwortet Fuchs, «es ist keiner von denen.»

«Vielleicht», meint Leu, «solltest du ihn dir, bevor wir ihn auf unsere Kosten einfliegen lassen, genau ansehen.»

«Die Reise bezahle ich aber aus eigener Tasche», sagt Fuchs. Er will nicht glauben, sein Malcauley könnte ein Nobody sein, einer, der sich sogar einen Backenbart wachsen und ondulieren läßt, bloß damit er auf einer Whiskeyreklame noch schottischer aussieht.

«Eines jedenfalls ist sicher», beteuert Leu, «Whiskey haben die Malcauleys nie hergestellt.»

«Ich fahre trotzdem hin», sagt Fuchs.

«Du kannst auch fliegen», meint Siebenthal.

Fuchs fliegt nicht mehr. Selbst in der ersten Klasse

kann er seine Beine nicht mehr seinem Rheumatismus entsprechend strecken. Zudem, wenn er nach England fährt, kann er auf dem Kanal eine kurze Zeit davon träumen, wie er hatte Kapitän werden wollen. Zwischen diesem Kindertraum und der Tatsache, daß er jetzt selber in eine Gletscherspalte fallen könnte, wenn er sich noch einmal in seine Berge begäbe, liegt ein Menschenleben. Er glaubt übrigens, beim Fliegen, wenn in großer Höhe der Luftdruck abnimmt, dehnte sich die Epidermis aus, es könnten zu den bereits bestehenden Falten neue, häßlichere hinzukommen.

«Die Susanne übernehme ich!» sagt er laut und schlägt mit der Faust auf den Tisch. Die Hand schmerzt, er reibt sie mit der andern.

«Und wenn ich dabei riskiere, im Zuchthaus zu enden», sagt er und bläst auf die schmerzende Stelle seiner Hand.

«Zu enden brauchst du dort nicht», korrigiert ihn Siebenthal, «bei deinem Alter fände sogar ich noch mildernde Umstände. Als dein Strafverteidiger, meine ich. Die Idee hingegen ist großartig.»

«Danke», sagt Fuchs. Daß Siebenthal, der sich unter normalen Bedingungen stets überlegen gibt, ihm eine großartige Idee zutraut, tut ihm bis in die Zehenspitzen hinunter wohl.

«Ich meine nicht die Sache mit den Bildern und deinem vielleicht nicht ganz so einflußreichen Galeristen, obschon das weiß Gott auch nicht ganz ohne ist, ich meine deinen Hinweis aufs Zuchthaus. Sagt mal ehrlich», wendet er sich auch an Leu, «was könnte uns denn Besseres geschehen, als ins Zuchthaus zu kommen?»

Leu schüttelt den Kopf.

«Haben wir nicht ein erfülltes Leben hinter uns?»

Siebenthal holt zu einer großen Geste aus.

Fuchs nickt. Ins Zuchthaus wolle er eigentlich nicht. Er habe bloß so eine Redensart gebraucht.

«Wir haben die Welt gesehen», sagt Siebenthal und steht auf, als erhebe er sich vor Gericht zu einem Schlußplädoyer.

«Die Welt ist zu uns gekommen. Wir haben aus einem kleinen, verschlafenen Dorf einen renommierten Kurort gemacht. Wir kauften Grundstücke auf, verkauften sie wieder, ließen Hotels und Appartementhäuser bauen, wir erschlossen unsere Berge mit hochmodernen Bahnen, wir waren die Könige, nicht unsere Gäste, die wir wie Könige behandelten. Wir verdienten Unmengen Geld. Wir hinterzogen Steuern und ließen die Kleinverdiener und Beamten den Staat tragen. Wir fuhren nach Barcelona, nach New York. Wir nahmen uns die Frauen, die uns auf den ersten Blick gefielen!»

Leu hüstelt.

Siebenthal bemerkt das mitleidig spöttelnde Lächeln auf dem Gesicht des Bahnhofwirts. Es stört ihn nicht. Warum sollte er sich die Frauen, die ihm auf den ersten Blick gefallen hatten, nicht genommen haben?

«Und jetzt», fragt er, «was sind wir jetzt?»

Fuchs ist nicht einverstanden. Es lägen sechstausend Franken auf dem Tisch. Damit könne schon mal ein Malcauley eingeflogen werden, und Feuz würde nichts anderes übrigbleiben, als sich ebenfalls auf die Socken zu machen. In einem Dienstwagen, einem Mercedes der Bank.

Siebenthal schüttelt den Kopf.

«Wer hört denn heute noch auf uns? Niemand! Nicht einmal mehr die eigenen Kinder. Ich weiß, ich weiß, ich habe keine Kinder, aber Leu hat welche, und die fahren fröhlich weiter mit der Verschandelung des Dorfes, nachdem wir doch unsere Fehler längst eingesehen haben. Verzeih mir, Leu, ich mache dir nicht den geringsten Vorwurf. Gebt aber zu, daß wir ein tristes Leben führen. Nach Amerika schaffen wir es nicht mehr, weil wir im Flugzeug die Beine nicht mehr strecken können, aufs Schiff, an Bord gehen wir nicht mehr, weil wir den Traum, Kapitän zu werden, aufgegeben haben, in den Zügen sieht die zweite Klasse bald wie die erste aus, die erste Klasse ist belegter als die zweite, von Salonwagen keine Spur. Die interessanten Menschen weichen uns aus. Sie haben Gescheiteres zu tun, als sich unserem Gedächtnisschwund auszusetzen. Im Zuchthaus dagegen, meine Herren, im Zuchthaus wären wir unter Betrügern, Hochstaplern, Drogenhändlern, Mördern, Zuhältern, Dieben, Einbrechern, Industriespionen und Geheimagenten. Und wir, wir hätten in unserem Alter noch eine Bank hereingelegt. Wir wären jemand. Leute, aus deren Leben Kriminalfilme und Fernsehserien gemacht werden, wären unsere Zellengenossen, säßen neben uns an den langen Eßtischen, würden mit uns Tüten kleben oder Chips für die Computer der Elektronikindustrie löten. Sonntags säßen wir neben ihnen in der Kirche, hörten, wie der Pfarrer uns allen würde weismachen wollen, keiner sei je endgültig ein verlorener Sohn. Ein gerissener Posträuber würde dich, Fuchs, in die Seite stoßen, dir zuzwinkern, und Leu würde sich umdrehen, den Daumen siegesgewiß aufgestreckt, und ich würde mit der Zunge schnalzen, als ob ich Austern äße, statt mich mit Wasser und Brot zufriedenzugeben. Gegen unsere Kartenspielnachmittage und die einsamen Abende in Freiheit wäre selbst ein Gefängnisgottesdienst ein Ereignis.»

«Du müßtest dich aber tätowieren lassen», lacht Leu. Siebenthal krempelt seine Hemdsärmel hoch, sieht unter all den vielen Stoffschichten seine schlaffe, von Altersflecken bedeckte Haut und setzt sich wieder.

«Ich sehe schon», sagt er, «nicht einmal mehr eine nackte Frau gönnt man mir. Auf dem Unterarm.»

Fuchs hat Mitleid mit dem alten Notar und Fürsprecher.

«Vielleicht geht es noch unterhalb der Schulter. Bis zum Ellbogen.»

Siebenthal versucht, sich die Tätowierung vorzustellen. Er dreht den Kopf über die Schulter. Ein Stich im Kreuz belehrt ihn, daß sein Blickfeld seit Jahren eingeschränkt ist.

«Was meinst du, Fuchs, du verstehst doch einiges von der menschlichen Haut, schmerzen die Nadelstiche?»

Leu beginnt Siebenthals Nacken zu massieren. Er finde, sagt er ohne jeden Unterton von Spott, die Tätowierungen gehörten zu den schlimmsten Klischees. Mit den Geschichten, die sie den jungen Verbrecherschnöseln zu erzählen hätten, wahren Geschichten aus einem bewegten Leben, würden die fehlenden Tätowierungen bei weitem aufgewogen. So breite Brustkästen, so muskulöse Arme gebe es gar nicht, um auf sie ihre Lebenserfahrungen zu tätowieren. So nackt könne gar keine Frau sein.

Ihre Geschichten. Ihre Lebenserfahrung. Was halfen sie ihnen schon, dachte Siebenthal resigniert. Er wollte Leu schon auffordern, doch wie jeden Abend um diese Zeit einen Cognac einzuschenken, da wurde ihm endlich klar, was ihm seit Stunden unbestimmt durch den Kopf gegangen war, ohne einmal im Hirn stillhalten zu wollen.

«Feuz!» ruft er, als hätte seine Lieblingsfußballmannschaft ein Tor geschossen. Ein Prachtstor für Barcelona.

«Sag ich ja», erschrickt Fuchs, «du brauchst doch den Namen nicht herauszuschreien. Für meinen Plan braucht es ein bißchen Verschwiegenheit.»

«Schon gut, schon recht», ereifert sich Siebenthal. «Setz du nur deinen Malcauley auf Feuz an, mach aus unserem *Atelier* ein auf deine Wünsche abgestimmtes Etablissement, ich knöpfe mir den selben Feuz für Fritz Blumenstein vor.»

Leu zieht die sechs Tausendernoten etwas zu sich heran. Siebenthals Ausbruch kommt ihm sonderbar vor. Wer weiß, was die privatisierende Urkundsperson noch anstellen wird.

«Vor mehr als einen Karren würde ich Feuz nicht spannen», ermahnt der Bahnhofswirt seine zwei einzigen Gäste. «Ihr könnt euch sicher noch erinnern, was für unmögliche Fuhren es absetzte, wenn früher, als das Heu von den Alpen noch ins Dorf geführt wurde, zwei Hornschlitten zusammengekoppelt wurden.»

«Ich erinnere mich», schmunzelt Siebenthal, «genau das tu ich ja. Ich erinnere mich an den unscheinbaren Verwalter in der noch unscheinbareren Bankfiliale. An den kleinen Feuz und seine Bauernschläue. Damals hatte ich mit alten Häusern schon meine Erfahrungen gemacht. Bei mir stand nie Profitsucht im Vordergrund.»

Leu hüstelt.

«Was hast du gesagt?» fragt Siebenthal, der die auf dem Tisch liegenden Karten mischt, als wolle er ein neues Spiel beginnen.

«Nichts, gar nichts», wehrt Leu ab.

«Dann ist ja gut», murrt Siebenthal, und Fuchs, der noch nicht weiß, worauf der Notar und Fürsprecher hinauswill, fordert Siebenthal auf, entweder seinen Erinnerungen einen Stoß zu geben oder aber sich uneingeschränkt hinter seine Rettungsaktion zu stellen.

«Du hast mein Pleinpouvoir ohnehin», sagt Siebenthal. «Wie ihr euch erinnert, konnte man mich früher ebensowenig übergehen wie Lauener, unseren Gemeindeschreiber, Gott sei ihm gnädig. Und dann tauchte auf einmal, kurz nach dem Krieg, der unscheinbare Feuz auf, setzte sich in den Restaurants zu den Bauern, stellte sich, nachdem er eine Runde ausgegeben hatte, vor, ließ nochmals einen Halben oder auch eine Flasche auffahren und lachte bald über das Gejammer seiner Tischnachbarn. Er könne nicht begreifen, weshalb sie nicht von den Subventionen für Bergbauern Gebrauch machten. Gerade für bauliche Sanierungsvorhaben seien die Behörden und selbstverständlich auch die mit ihnen Hand in Hand arbeitenden Banken aufgeschlossen.»

«Feuz war ein grandioses Schlitzohr», bestätigt Fuchs.

«Was heißt war», empört sich Leu.

«Vorsicht mit zu voreiligen Vorurteilen», sagt Siebenthal, «manchmal beißt sich auch die schlauste Katze in den eigenen Schwanz. Jedenfalls hörten die Bauern dem jungen, die hiesige Sprache sprechenden Bankverwalter zu, erzählten von ihren Schwierigkeiten, berichteten auch von den widerlichen Wohnverhältnissen, und Feuz ließ sich die Lage der Hütten und Ställe aufs genaueste schildern, nickte, machte sich Notizen, versprach, sich der Sache näher anzunehmen, sie müßten nur ein wenig Geduld haben. Er sei auch nur ein Angestellter, sein Lohn sei nicht viel größer als ihr Verdienst, so betrachtet, sei er einer der ihren, und gerade deshalb finde er, müsse etwas gegen die Misere in den bergbäuerlichen Liegenschaften unternommen werden. Sanieren heiße das heutzutage, und der Bund bezahle großzügig, sofern die Angelegenheit professionell angegangen werde. Den Begriff professionell verstanden die Bergbauern nicht, und Feuz erklärte ihn ihnen geschickt, jede Möglichkeit zu einem gerissenen Schachzug in dem bösen Spiel wahrnehmend. Nota-

riell beglaubigt könne man auch sagen. Es brauche
eine Amtsperson oder einen Mann, dem, wenn es um
die Einschätzung des Wertes der Liegenschaft und um
die Kreditwürdigkeit des Bauern gehe, auf den Äm-
tern bedingungslos vertraut werden könne. Einen absolut integren, unbestechlichen und vor allem uneigen-
nützigen Mann müßte es doch auch bei ihnen geben.
Einer der Bergbauern nannte den Namen Lauener.
Feuz erkundigte sich nach Laueners Beruf. Einem
Gemeindeschreiber, sagte der Bankfilialenleiter, sei
nicht unbedingt über den Weg zu trauen. Die am
Tisch sitzenden Bauern erschraken. Für sie war gerade
Lauener einer der Vertrauenswürdigsten. Feuz lachte.
Er wolle ihren Herrn Gemeindeschreiber unter keinen
Umständen schlechtmachen. Er denke bloß an die
Strafanstalt im Großen Moos. Neulich habe er aus
zuverlässiger Quelle erfahren, über hundert Gemein-
deschreiber aus dem ganzen Land säßen dort ein paar
Jahre ab, ein paar Jahre, die sie sich mit Unterschriften unter nicht ganz saubere Verträge verdient hätten.
Ob es denn keinen Notar gebe, einen Fürsprecher,
zum Beispiel.»
«Und dann», unterbricht Leu die Schilderung dessen,
der nun zur zweiten Hauptperson der Geschichte werden soll, «dann sagte einer, es gebe da noch den
Siebenthal, aber dem würde er, ganz im Gegensatz
zum Gemeindeschreiber, keine Kuh abkaufen, bevor
er ihr nicht ins Maul geschaut hätte.»
Fuchs lacht. Ein bißchen Schadenfreude empfindet er
schon, er, der vielleicht mal den einen oder andern Ski-
oder Bergtouristen um ein paar Dollar oder Pfund
betrogen hat, ansonsten aber nie einen größeren Betrag erschwindeln konnte.
«Einem Gaul schaut man ins Maul», sagt er.
Siebenthal überlegt einen Augenblick, versucht zu wi-

dersprechen, findet den verlorenen Faden nicht sogleich wieder, spinnt zwei verschiedene Enden zusammen und sagt schließlich, die Bergbauern hätten keine Gäule gehabt, die hätten ihre Milchkühe vor den Wagen gespannt, sofern man überhaupt mit einem Wagen auf den steilen Wiesen und Matten etwas habe anfangen können.

Leu klopft Siebenthal auf die Schulter.

«Es ist mir einerlei», sagt er, «und Feuz beruhigte die Bauern ohnehin, sie hätten nichts zu befürchten, er, Feuz, sei auch nicht auf den Kopf gefallen. Militärgeschichten begann er zu erzählen, wohl wissend, daß für die meisten seiner Tischgenossen die Aktivdienstzeit die einzige spannende Abwechslung in ihrem ereignislosen und arbeitsreichen Älplerleben gewesen war, daß viele sich nach einem weiteren Kriegsausbruch sehnten, um wieder an den Grenzen eines kriegsverschonten Landes zu stehen, Gesellschaft zu haben, nicht allein ins Heu schlüpfen zu müssen, mit andern zu singen, statt mutterseelenallein zwischen den Felsen zu jodeln. Von seinen grandiosen Feuerwerken mit Leuchtraketen und blinder Munition berichtete Feuz, wie er die Vorgesetzten an der Nase herumgeführt, wie er sich über das gockelhafte Getue der Offiziere lustig gemacht habe, und alle glaubten sie dem kleinen Feuz aufs Wort.»

«Und dann kam er zu mir», unterbricht Siebenthal den Bahnhofswirt.

«Bist du wenigstens erschrocken?» fragt Fuchs.

«Nein», gibt Siebenthal unumwunden zu, «und was es mit meiner Unerschrockenheit auf sich hatte, werdet ihr erfahren, wenn ihr mir nicht dauernd dazwischenredet.»

«Wir reden dir nicht dazwischen», sagt Leu, «wir helfen dir auf die Spur.»

«Dann ist ja gut», sagt Siebenthal.

«Feuz kam also zu mir, tastete sich langsam vor, als gelte es, eine Schneeverwehung zu überqueren. Er sagte mir zwar von Anfang an, seine Idee, wie man das Dorf auf der Sonnenterrasse zu einem für fast jedermann erschwinglichen Kurort machen könne, bewege sich am Rande der Legalität. Und den Rest kennt ihr ja.»

«Nichts kennen wir!» protestiert Fuchs.

«Daß du dir einiges erschwindelt hast, das wissen wir, aber was hatte Feuz damit zu tun?»

Siebenthal schmunzelt.

«Feuz war schließlich bei der Bank angestellt, die über die Kredite entschied. Da durfte er nicht zu offensichtlich in Erscheinung treten...»

«Was du geschickt ausnutztest», fällt ihm Leu ins Wort.

«Nun aber auf den Tisch mit den Karten!» empört sich Fuchs.

«Ich will es kurz machen, lieber Fuchs», beginnt Siebenthal, «ich erkundigte mich beim Kartenspiel ganz beiläufig bei unserem Gemeindeschreiber, was denn dieser oder jener Bergbauer mit seiner Hütte zu tun gedenke und wie es um seine finanziellen Möglichkeiten stehe. Und Lauener gab bereitwillig Auskunft, ahnte vorerst nichts. Ich meldete die bestgelegenen Höfe beflissen weiter, Feuz handelte an höherer Stelle die Subventionen aus, die Häuser und Hütten wurden saniert, Feuz und ich redeten den Bauern zu, es nicht beim Allernotwendigsten bewenden zu lassen, noch einen Kredit aufzunehmen, an ein Bad zu denken oder zumindest die nötigen Installationen jetzt bereits ziehen zu lassen, um später nicht alles noch einmal aufreißen und neu verlegen zu müssen. Wir schlugen vor, die Stuben täfern zu lassen, die Rauchküchen zwar mit neuen, sauberen Herden auszurüsten, die Feuerstellen aber nicht zuzumauern, später, wenn die Touristen kämen, könnte der Kamin zur Attraktion werden. Überhaupt köderten wir sie mit den Fremden, die bald wieder in Scharen kommen müßten. Am liebsten waren uns die Hütten, die dort standen, wo die Berg- oder Talstationen der geplanten Bergbahnen lagen. Feuz spannte seine Bank vor den Karren, die Subventionen flossen, den Bergbauern gefielen die neuen Küchen, die Stuben und die Ställe, und sie bemerkten vor lauter Freude nicht, wie der Hypothekarzins mit ihren von uns angeregten Spezialwünschen stieg und daß sie sich fahrläßig überschuldet hatten. Anfänglich drückte Feuz beide Augen zu, wenn die Bauern den Zins nicht auf Ende des Jahres aufbrachten, etwas später schaute er schon vorwurfsvoll, und bald machte er die Kleinbauern darauf aufmerksam, daß im rasch aufkommenden Sommer- und Wintertourismus auch für sie Arbeitsplätze und zusätzliche Verdienstmöglichkeiten geschaffen würden.»

«Stimmte damals ja auch», sagt Fuchs, dessen Eltern einen Gemischtwarenladen geführt, den bald aber einem Hotel verkauft und mit etwas Geld auf der Seite zugeschaut hatten, wie aus ihrem Laden fast ohne bauliche Veränderungen ein Personalhaus mit unzähligen Schlafgelegenheiten wurde. Fuchs erinnert sich, wie sein Vater, bevor er relativ früh verstarb, geschimpft hatte, er hätte den Laden nie verkauft, wenn er gewußt hätte, wie viele Leute darin nächtigen konnten.

Siebenthal kennt die Geschichte von Fuchs' Elternhaus. Die Finger allerdings hat er sich daran nicht verbrannt.

«Feuz», fährt er fort, «dachte eine Zeitlang daran, sich selbständig zu machen, ins Liegenschaftsgeschäft einzusteigen. Da er aber für die meisten Schuldner seiner Bank auch die vorangehenden Subventionen beantragt hatte, wäre der Schwindel zu rasch aufgefallen. Es blieb ihm nichts anderes übrig, als im Hintergrund zu bleiben. Er schob mich vor, und ich nutzte jede Gelegenheit, riet den unter den Zinsen leidenden Bergbauern, die Liegenschäftchen zu verkaufen und entweder beim Elektrizitätswerk, bei der Bahn oder in den Hotels eine ohnehin leichtere und zudem besser bezahlte Arbeit zu suchen. Sie würden schon verkaufen, sagten ein paar, wenn sie bloß wüßten an wen. Ich wand mich, sagte, meine Mittel seien auch nicht unerschöpflich, aber wenn ich ihnen helfen könne, warum nicht. Feuz ärgerte sich grau. Die Hütten waren so weit saniert, daß wir nur noch wenig dazutun mußten, um sie als Chalets zu vermieten oder an zahlungskräftige Leute aus dem In- und Ausland zu verkaufen.»

«Und das ging gut?» fragt Fuchs, der von diesen Geschäften wie die meisten Dorfbewohner keine Ahnung gehabt hat.

Leu winkt mit der rechten Hand ab.

«Alles längst verjährt.»

«Lauener», ergänzt Siebenthal ehrlicherweise, «der Gemeindeschreiber, durchschaute die Geschichte. Er wollte zuerst dafür sorgen, daß man Feuz wegen mißbräuchlich verwendeter Subventionsgelder anklagte, was wohl auch seine Pflicht gewesen wäre. Feuz hatte aber damals bereits die ersten Stufen seiner steilen Karriere hinter sich gebracht, bei seiner Bank galt er als der kommende Mann in Liegenschaftsangelegenheiten, und er wollte sich seinen Weg nach oben nicht wegen sogenannter Jugendsünden verbauen lassen. Zudem habe er die Subventionsgelder keineswegs mißbräuchlich verwendet, die Bauern hätten nur mit dem ersten Geld Appetit auf mehr bekommen. Jeder sei eben doch sich selber der Nächste. Als Lauener sich noch immer nicht zufriedengeben wollte, sorgte Feuz dafür, daß der älteste Sohn des Gemeindeschreibers ohne besondere Ausbildung gleich ins Kader einer internationalen Hotelkette aufsteigen konnte. Die Bank besaß zufällig die Aktienmehrheit des aufstrebenden Unternehmens, und Lauener zeichnete eine Menge lukrativer Anteilscheine, um die sich die Finanzleute der halben Welt die Füße in den Bauch gestanden hatten.»

Fuchs schüttelt den Kopf.

«Und ich führe ein Leben lang verweichlichte Städter durch Eis und Schnee.»

«Man sagt nicht durch Eis und Schnee», belehrt ihn Siebenthal.

«Und warum nicht?» fragt Fuchs unwirsch.

Leu gibt die Antwort.

«Weil das ein Klischee ist und wir bei unseren Unternehmungen nicht kitschig werden dürfen. Nicht den geringsten Stilbruch dürfen wir uns zuschulden kommen lassen. Wir wollen etwas erhalten, das es eigentlich längst nicht mehr gibt; eine Gastlichkeit wie zu Lord Malcauleys besten Zeiten. Stilsicher. Stilecht.»

Siebenthal träumt bei Leus ihm aus der Seele gesprochenen Erläuterungen vor sich hin. Er sieht sich in die Stadt fahren. Nein, anmelden würde er sich bei Feuz nicht. Kommt gar nicht in Frage. Den Lift zur Chefetage wird er benutzen und eintreten in das Büro der Vorzimmerdame. Abwimmeln wird er sich schon gar nicht lassen. Er wird der korrekt gekleideten Dame, von der Susanne von Beatenberg verbreitet hat, sie nasche, wenn ihr niemand auf die Finger schaue, gegenübertreten, wird der nach Süßigkeiten Verrückten sagen, sie solle dem Herrn Generaldirektor melden, Herr Siebenthal von der Bergbauernsubvention sei da und wolle ihn in einer brisanten Angelegenheit sprechen. Die Dame würde wohl versuchen, ihn abzuwimmeln, und er würde sich eine Haltung geben, vor der jede noch so abgebrühte Vorzimmerdame kapitulieren müßte. Notfalls würde er ihr eine Geschichte erzählen, vielleicht die Geschichte von dem Sonderzug zwischen Les Verrières und Les Bayards, wo in einem Salonwagen ein Mann von seiner Frau aufgefressen worden war. Bestimmt würde die Sekretärin denken, er sei verrückt geworden. Wahrscheinlich würde er bloß ein bißchen stärker zittern müssen als sonst. Vielleicht fragte ihn die Frau, wo denn Les Verrières und Les Bayards lägen, und er fände Gelegenheit, zu einem längeren Exkurs auszuholen. Sehen Sie, Madame – oder Mademoiselle – man kann nicht nur über Neuchâtel nach Paris fahren, es geht auch über Basel und Belfort, und wie Sie nach Basel oder nach Lausanne kommen, ist nochmals eine andere Geschichte. Ich bin jedenfalls davon überzeugt, auf einer Reise nach Paris müßte jeder zumindest einmal durch Les Bayards fahren. Die Vorzimmerdame weiß selbstverständlich nicht, was er mit seiner Geschichte bezweckt, bloß daß zwischen Boveresse und Les Bayards, kurz vor Les Verrières ein Mann von seiner Frau aufgefressen worden sei, wird er noch einmal betonen, dann wird die Frau aufstehen, den Bürostuhl zurückschieben und, mit dem Rücken zur Wand, sich der Tischkante entlang vortasten, immer bereit, mit dem Brieföffner zuzustechen, falls er zum Angriff auf ihr an sich nicht sonderlich tiefes Décolleté übergehen sollte. «Und was sagst du Feuz?» fragt Fuchs, als ob er Siebenthals Gedanken erraten hätte.

«Gehst du denn zu ihm?» fragt Leu erstaunt.

Das sei ja kaum mehr eine Frage, antwortet Siebenthal.

244

«Ich trete ein. Wenn er telefoniert, drücke ich mit meinem Bergstock auf die Hörergabel, unterbreche jedes wirkliche und jedes vorgetäuschte Gespräch. Feuz wird fragen, was zum Teufel mir einfalle. Lauener ist tot, sage ich. Sein Sohn hat sich als Manager bewährt, ihm kannst du nichts mehr anhaben. Entweder du rückst mit großzügigen Krediten fürs Grandhotel heraus, oder ich lasse dich auffliegen.»

«Und du glaubst, das funktioniere?» fragt Leu, der sich, seit seine Zwillinge mit Finanzleuten und Anwälten verhandeln, wie zum alten Eisen gelegt vorkommt. Altes Eisen, das zu sammeln und einzuschmelzen sich schon nicht mehr lohnt.

«Du vergißt den Informationshunger der Presse», wischt Siebenthal Leus Bedenken vom Tisch. «Seit die Zeitungen festgestellt haben, daß mit übers Nierstück nicht ganz sauberen Politikern, angefangen beim kleinen Landgemeinderat bis zum gnädigen Herrn Regierungsrat, die Auflagen gesteigert werden können, sind sie scharf auf alles, was nach Mißbrauch der Macht riecht. Und was, meine lieben Freunde, ist mächtiger, hierzulande mächtiger, als ein Bankdirektor?»

Fuchs staunt.

«Und dann werde ich ihm das Geschäft in allen Details vorschlagen: Die Bank wird für das Grandhotel des Fritz Blumenstein eine Auffanggesellschaft gründen und als maßgeblich beteiligter Minderheitsaktionär das nötige Geld zur Verfügung stellen.»

Leu versteht kaum mehr als Fuchs. Er möchte allzu gerne wissen, was eine Auffanggesellschaft und ein Minderheitsaktionär sind.

Siebenthal wehrt die Fragen ab.

«Wir, versteht ihr, wir werden den Rest, den größeren Teil des Aktienkapitals zeichnen.»

«An wieviel denkst du etwa?» fragt Fuchs.

«Kommt ganz darauf an, wieviel du durch deinen schottischen Galeristen eintreiben kannst.»

Leu schmunzelt. Das Zuchthaus erscheint ihm auf einmal eine sauberere Lösung als der Sprung vom Felsen des weltberühmten Wasserfalls. Er beginnt sich das *Atelier der Alten Kameraden* vorzustellen. Was, wenn er mit ihrer Idee die Pläne seiner Söhne durchkreuzen könnte? Ein Kongreßzentrum wollen sie aus seinem altgedienten *Bahnhof* machen. Wenn nun im *Adler* und im Grandhotel der einstige Luxus wieder aufgefrischt würde, wer weiß, was für Kongresse und Konferenzen sie anziehen würden?

«Eines», sagt er, und seine Haltung gefällt weder Fuchs noch Siebenthal, «eines dürfen wir bei allen nicht außer acht lassen.»

«Wir werden einen Schlachtplan entwerfen, in dem nichts außer acht gelassen wird, der wie ein Uhrwerk abläuft, sobald wir das Ding in Bewegung setzen.»

Siebenthal ist nicht mehr zu halten. Er schaut auf die Uhr. Heute kann er nicht mehr ins Tal hinunter fahren und Feuz aufsuchen. Aber morgen wird er mit dem ersten Zug eine seiner größten Fahrten antreten.

«Wir können das Grandhotel und den *Adler* nur dann sanieren und unter neuem Namen wiedereröffnen, wenn es uns gelingt, Susanne und Fritz zusammenzubringen.»

«Ist es das, was du meintest, als du sagtest, wir dürfen nichts außer acht lassen?» fragt Fuchs.

Leu nickt.

«Ihr wißt auch, daß die beiden seit jenem unseligen Tag, als Fritz seine ihm versprochene Susanne auf der Chaiselongue dem Maler, diesem kleinen internierten Franzosen, Modell liegend vorfand, kaum mehr als ein paar Worte miteinander gewechselt haben. Er, weil er die Hörner, die sie ihm aufgesetzt hat, nie mehr abstoßen konnte, und sie, weil es unter ihrer Würde war, wegen einer Lappalie, wie sie die französische Liaison fälschlicherweise nannte, Red und Antwort zu stehen.»

«Ob sie wirklich nackt war, kann keiner mit Sicherheit sagen, und Fritz hat immer bloß Andeutungen gemacht», sagt Fuchs.

Siebenthal lächelt und sagt:

«Eben.»

Er solle nicht bloß «eben» sagen, entrüstet sich Leu.

«Was ist denn, was ist denn?» giftelt Siebenthal, und Leu erklärt ihm, er habe doch vor noch gar nicht allzu langer Zeit lauthals erklärt, er, Siebenthal, habe in seinem Leben vieles zusammengebracht, das eigentlich nicht hätte zusammenkommen dürfen, und nun solle er an von Susanne von Beatenberg und Fritz Blumenstein beweisen, daß er auch einmal etwas zusammenbringen könne, das schon immer habe zusammenkommen wollen.

«Will ich ja auch», beteuert Siebenthal.

Daß Leu so aufgebracht sein kann, ist ihm nicht geheuer. Vielleicht traut Leu ihm und Fuchs nicht zu, nach London respektive in die Hauptstadt zu fahren. Der soll sich noch wundern! Fuchs wäre immerhin beinahe Lauberhornsieger geworden, und bis vor einem Jahr erzählte er jedem Fremden, der es hören oder auch nicht hören wollte, es sei schon komisch, seine Altersgenossen säßen im Winter hinter dem Ofen und warteten auf den Tod. Er dagegen, er fahre jeden Tag mit der Seilbahn hinauf und suche ihn, den Tod, auf den schwierigsten Abfahrten. Wie man sehe, gelinge es ihm nicht, ihn zu finden. Und fast jeder Fremde, der die Geschichte zum erstenmal hörte, fragte nach: «Den Tod?» «Wen sonst?» antwortete Fuchs beleidigt und ließ sich zu einem weiteren Glas einladen. Doch

doch, er, Siebenthal, traut es Fuchs schon zu, daß er den Abkömmling des alten Malcauley in seiner Galerie aufsuchen und zu einer Besichtigung des Bildes am Ende des Ganges überreden wird, und er selber, ihm wird Feuz ins offene Messer laufen. Feuz ist zwar nicht auf den Kopf gefallen, und er fürchtet sich nur vor einem einzigen fait accompli: Was, wenn Feuz ihn wegen seines Zitterns, seines Alters und seines Ansinnens für nicht zurechnungsfähig hält? Er überlegt, ob er Feuz den Schwindel mit den ergaunerten Subventionen beweisen kann. Er wohl kaum, aber wenn er einen gerissenen Journalisten fände, dem müßte es ohne Zweifel gelingen, den Fall zurückzuverfolgen. Bestimmt wird Feuz ihn zuerst einmal auslachen.

Er hört ihn schon:

«Siebenthal, Siebenthal! Was tischst du denn da für Geschichten auf. Ja ja, ich erinnere mich, ich erinnere mich sogar sehr gut. Da hast du einige arme Bergbauern ganz geschickt hereingelegt. Erst hast du die armen Teufel mit Subventionen geködert, dann hast du ihnen zusätzliche Sanierungsvorschläge gemacht, ihnen Bauvorhaben aufgeschwatzt, die ihnen zwar gefielen, die sie aber nie finanzieren konnten, ohne in Schwierigkeiten zu geraten. Und dann kauftest du die Liegenschaften auf, rissest sie teilweise ab oder bautest sie weiter aus, verkauftest sie mit enormem Gewinn. Geniale Fischzüge. Sagen wir einmal, fast geniale Fischzüge.»

Feuz wird ihm die ganze Schuld zuweisen, wird ihn für seine Gerissenheit loben, aber selbstverständlich jeden Verdacht, mit im Spiel gewesen zu sein, von sich weisen. Er, Feuz, eine integre Person. Durch und durch.

«Der Trick mit den Subventionen war deine Idee», wird er großspurig sagen, Fall für Fall wird er aufzählen, Namen wird er nennen.

Er versucht, sich an Namen zu erinnern. Dumm, daß im Dorf auf der Sonnenterrasse fast alle gleich heißen. Da braucht es auch die Vornamen und die genaue Lage der Liegenschaft. Im Moment kommt ihm kein Name in den Sinn. Es ist ja auch spät geworden. Morgen, auf der Reise in die Hauptstadt, werden sie ihm alle einfallen. Aufschreiben wird er sie. In einem Notizblock. Wie ein Detektiv. Fakten wird er Feuz präsentieren. Und dann, wenn der Bankier ihn fragt, ob er denn ins Zuchthaus wolle, wird er ihm sagen, dieses Moment gehöre mit zum Plan.

Er freue sich darauf, noch eine Zeitlang unter Menschen zu weilen, die die langweiligen Normen der bürgerlichen Gesellschaft bewußt und risikofreudig überschritten hätten.

Würde das morgen ein Tag werden!

«Am Abend», sagt Siebenthal zu Leu, «wenn Fuchs und ich morgen nach Hause kommen, werden wir dir aus voller Kehle und ohne zu übertreiben *So ein Tag, so wunderschön wie heute* vorsingen.»

«Du willst morgen schon zu Feuz?» fragt Fuchs.

«Je eher umso lieber», antwortet Siebenthal und befingert das offene Metermaß.

«Und du meinst, ich solle dann gleich mitfahren?» fragt Fuchs weiter.

Er meine schon, sagt Siebenthal, es sei unterhaltsamer, gemeinsam zu fahren. Er könne ihm vielleicht ein bißchen behilflich sein, die Namen der von Feuz Geschädigten zusammenzutragen.

Fuchs gibt zu bedenken, daß Siebenthal das Lied vom schönsten aller Tage wohl morgen abend alleine singen müsse, denn aus London komme er nicht gleichentags zurück.

«Wenn du flögest, könntest du es schaffen», sagt Leu.

Er fliege aber nicht, muffelt Fuchs, und wenn er schon

einmal in London sei, werde er sich schon mal in dem einen oder andern einschlägigen Lokal nach ein paar Tänzerinnen umsehen, die man im *Atelier* und vielleicht im Grandhotel, also in den *Alten Kameraden* auftreten lassen könnte.

«Und dazu vielleicht ein kleines, privates Spielkasino», spöttelt Leu.

Siebenthal hebt den Drohfinger gegen Leu.

«Wenn wir Erfolg haben wollen, raschen Erfolg, meine ich», und er nimmt das Metermaß in die Hand, «müssen wir uns einiges einfallen lassen.»

«Angenommen», wird Leu ernst, «wir kriegen das nötige Geld zusammen, um ein paar Millionen wird es sich wohl handeln müssen...»

Siebenthal unterbricht ihn. Ihn quält immer noch der Gedanke, Feuz könnte ihn morgen im Büro der Generaldirektion zum Dummkopf machen, und jetzt fällt ihm etwas ungeheuer Erlösendes ein.

«Wenn wir mit Fuchs' Tänzerinnen und dem privaten Spielkasino nicht bloß unsere Privatgelüste befriedigen, wenn wir eine breite Schicht an unserem Jungbrunnen teilhaben lassen, wenn du, Leu, vielleicht sogar in Konkurrenz zu deinen Söhnen trittst und Blumenstein überreden kannst, ein kleines, aber umso feineres Kongreß- und Konferenzzentrum im Grandhotel einzurichten, ich sage euch, ich sehe Feuz vor mir sitzen und glänzende Augen bekommen.»

Leu ist überrascht, seine Gedanken in Siebenthals Überlegungen wiederzufinden.

«Mir kommt die ganze Sache langsam wie eine komische Geschichte aus dem Unterland vor. Im übrigen meine ich, wir sollten weder Fritz noch Susanne in unsere Pläne einweihen. Wir sagen Fritz, wir seien zu keinem Entschluß gekommen, und wenn Siebenthal morgen und Fuchs in ein paar Tagen zurückkommen, stellen wir die zwei alten Trotzköpfe vor vollendete Tatsachen. Da, sagen wir, da sind die Millionen für den *Adler* und das Grandhotel. Es bleibt alles beim alten, beim alten Stil, dahinter aber wird's rattern wie in einem elektronischen Rechenzentrum. Big business mit Leuten, für die die Bahn wieder einen Salonwagen wird anschaffen müssen. Haben wir denn gar nichts dazu zu sagen? wird Fritz fragen, und Susanne wird wieder die in ihrer Würde Beleidigte spielen. Nein, werden wir antworten, ihr habt nichts zu sagen, bloß ja sollt ihr sagen. Erstens zu unseren Plänen und zweitens endlich auch zu euch selbst.»

«Und du glaubst, das gehe so einfach?» fragt Fuchs.

«Deshalb will ich euch ja eine Geschichte, jene aus dem Unterland, erzählen», antwortet Leu.

«Auf einem Friedhof in der Innerschweiz ist ein Mann begraben, der während des Zweiten Weltkrieges, als die Deutschen in Rußland einfielen, wichtige Meldungen aus dem Führerhauptquartier an die Sowjetmacht weiterleitete. Sein Grab wird sehr diskret gepflegt und darf wegen seiner historischen Bedeutung nicht aufgehoben werden. Neben dem verdienten Spion liegt der sehr früh verstorbene Mann einer alten, aber immer noch recht lebenslustigen Dame. Sie bekommt eines Tages ein amtliches Schreiben, in dem man ihr mitteilt, das Grab ihres Mannes werde demnächst ordnungsgemäß aufgehoben. Sie ist entsetzt, klagt ihr Leid einem Witwer, den sie auf dem Friedhof kennengelernt hat. Nichts sei einfacher als das, erklärt der Mann, der schon seit langem Gefallen an der Witwe gefunden hat. Die alten Grabsteine, sowohl der des Spions wie auch der des früh Verstorbenen wackeln beträchtlich, wenn man gegen sie stößt. Eines Nachts machen sich die zwei Alten an die Arbeit, buddeln die beiden Grabsteine aus und vertauschen sie. Niemand bemerkt etwas. Die Frau schreibt der Friedhofverwaltung, sie sei wohl oder übel und in Anbetracht der Tatsache, daß sie sowieso nichts dagegen unternehmen könne, mit der Aufhebung des Grabes ihres Mannes einverstanden. Dem Witwer aber kommen Zweifel. Er wird in absehbarer Zeit auch auf dem Friedhof liegen. Ein Grausen packt ihn, die Angst, als Grabschänder vor den Allmächtigen treten zu müssen, treibt ihn auf den Friedhof zurück. Er entschließt sich, die Sache wieder in ihren Urzustand zu bringen. Er buddelt eine weitere Nacht, leistet noch bessere Arbeit als beim ersten Mal. In einer andern Nacht erscheinen der Witwe im Traum zwei Männer: der Spion, über den sie ein Buch gelesen hat, und ihr zu früh verstorbener Mann. Ein verheerender Alptraum. Sie fährt anderntags zur Friedhofverwaltung und gesteht. Weil die Steine tatsächlich wackeln, die Witwe einen robusten Eindruck macht und auch wirklich Spuren einer Versetzung festgestellt werden können, glaubt man der Frau. Weil man das eine Grab ohnehin bald aufgehoben hätte, wird es gleich jetzt gemacht. Die Frau steht daneben und weint. Der Totengräber tröstet sie.»

«Wir wollen keine Gräber ausbuddeln», protestiert Siebenthal und fordert Leu auf, ihm das Kursbuch zu bringen.

«Als Wirt in einem autofreien Dorf bist du verpflichtet, einen umfassenden Fahrplan zu führen und jederzeit bereitzuhalten.»

Leu holt das dicke Buch.

Siebenthal schlägt die Seite 311, weißer Teil, auf.

«Ich fahre um 5 Uhr 43. Vier Minuten nach halb acht bin ich in der Hauptstadt. Im Bahnhofbüffet werde ich mir ein kräftiges Frühstück leisten, um punkt neun Uhr werde ich bei Feuz ins Büro treten.»

«Und wenn er nicht da ist?» fragt Leu.

«Er ist da!» sagt Siebenthal mit einer Bestimmtheit, die ihm keiner mehr zugetraut hätte.

«Um vier Minuten nach halb acht, sagst du?» fragt Fuchs und schlägt das Kursbuch auf der roten Seite 163 auf.

«Ich fahre dann um 11 Uhr 16 weiter, bin um 16 Uhr 23 in Paris, wechsle den Bahnhof, verlasse Paris-Nord um 17 Uhr 07 und bin um 23 Uhr 05 nach westeuropäischer Zeit in London. Victoria Station.»

«Ich werde euch ein paar Brote auf den Bahnsteig bringen», verspricht Leu.

Und dann steht auf einmal Fritz Blumenstein wieder in der *Bahnhof*-Stube.

Siebenthal erschrickt.

«Bist du betrunken?» fragt ihn Leu.

Fritz Blumenstein sieht tatsächlich befremdlich aus.

«Sie ist tot», sagt er.

Keiner fragt, wer tot sei.

Es kann sich nur um Susanne von Beatenberg handeln.

Siebenthal, Fuchs und Leu stehen auf.

Fritz Blumenstein hat die Tür hinter sich nicht geschlossen.

Er dreht sich um, tritt hinaus auf die Straße, über die immer noch schmutziges Schmelzwasser fließt.

Die drei alten Männer folgen ihm. Leu vergißt, die Tür zu schließen.

In der Gaststube brennt Licht.

Der Bahnhof ist dunkel. Der letzte Zug ist vor mehr als einer Stunde zu Tal gefahren.

«Moment», sagt Fuchs. «Vielleicht sollten wir das Geld mitnehmen.»

«Laß es», sagt Leu. «Es ist niemand im Haus.»

Fritz Blumenstein geht voran. Er sieht alt aus. Niemand würde ihm, wie er da ein bißchen gebeugt und steif seinen drei Freunden voran zum *Adler* hinuntermarschiert, noch dieses absolute Gespür für den Berg zutrauen.

Die Eingangstür zum *Adler* steht offen. Die Halle ist wie zu einem Fest erleuchtet. Fritz Blumenstein hätte sich nicht verirren können.

Vor dem Bild am Ende des Ganges, wo nie ein Möbelstück war, stehen die Chaiselongue, ein kleiner runder Tisch und ein zerbrechlicher Stuhl.

Auf der Chaiselongue liegt Susanne von Beatenberg.

Sie scheint geschlafen zu haben, bevor sie starb.

Auf dem Tischchen brennt eine Kerze.

Fritz Blumenstein, Siebenthal, Leu und Feuz bleiben stehen.

Sie legen die Hände wie zu einem Gebet zusammen.

Susanne lächelt zu ihnen auf.

«Sie muß etwas Schönes geträumt haben», sagt Leu.

Siebenthal räuspert sich. Es scheint, als wolle er singen.

Fuchs schüttelt den Kopf, und Siebenthal nickt. Seine Hände zittern.

«Es wird einiges zu tun geben», sagt Fritz Blumenstein.

·